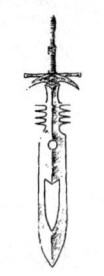

전설을 꿈꾸는

초보 영웅 들을 위한
지침서

전설을 꿈꾸는 초보 영웅들을 위한 지침서 1

조훈 판타지 장편 소설

초판 1쇄 찍은 날 § 2002년 7월 20일
초판 1쇄 펴낸 날 § 2002년 7월 30일

지은이 § 조훈
펴낸이 § 서경석

편집장 § 문혜영
편집책임 § 김희정
편집 § 장상수 · 박영주 · 권민정 · 이종민
마케팅 § 정필 · 강양원 · 김규진 · 안진원

펴낸곳 § 도서출판 청어람
등록번호 § 제1081-1-89호
등록일자 § 1999. 5. 31
어람번호 § 제1-0262호

주소 § 경기도 부천시 원미구 심곡1동 350-1 남성B/D 3F (우) 420-011
전화 § 032-656-4452 팩스 § 032-656-4453
http://www.chungeoram.com
E-mail § eoram99@chollian.net

값 7,500원

ISBN 89-5505-416-5 (SET)
ISBN 89-5505-417-3 04810

●조훈 판타지 장편 소설

전설을 꿈꾸는

초보 영웅 들을 위한

지침서 **1** 영웅은 시련을 극복함으로써 거듭… 나긴 한다

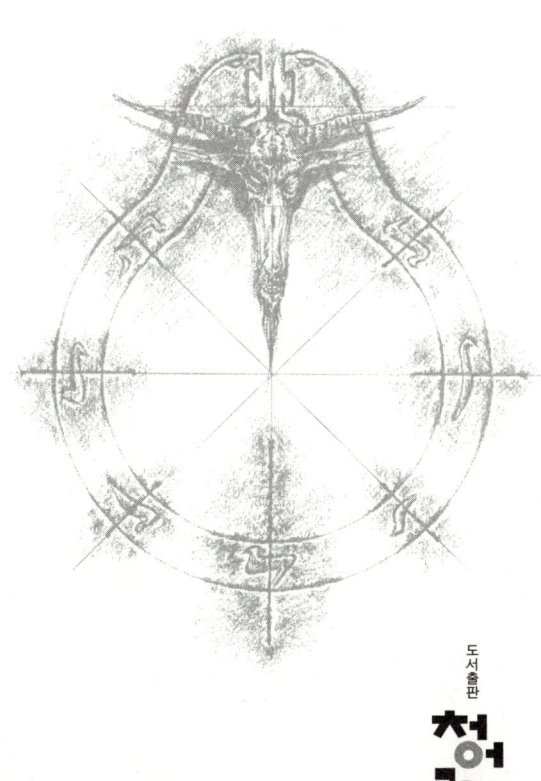

도서출판
청어람

목차

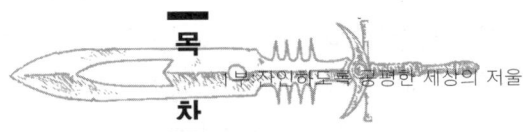

작가의 말 ●6

프롤로그 ●9

제1장 시련의 시작 ●13

제2장 저주, 그 이름은 메프로슈네 ●29

제3장 이방인, 그리고 여행 ●51

제4장 수인족? ●61

제5장 수인족의 마을 라카이람 ●81

제6장 영살검주 ●113

제7장 첫 경험? ●139

제8장 첫사랑 ●157

제9장 비 내리던 그 밤에 ●183

제10장 납치 ●203

제11장 홀로 된다는 것 ●237

제12장 잠시 동안의 휴식 ●251

제13장 네가 어떻게? ●265

용어 해설 ●280

작가의 말

　제 글들에는… 뭐랄까요, 새로운 무언가가 있지는 않은 듯합니다. 어찌 보면 누구나 생각해 왔고 누구나 경험해 봤음 직한 그런 얘기들뿐인지도 모르겠습니다. 사실 사람의 생각이란 모두 같을 수는 없는 노릇이겠지만 누구에게나 보편적으로 존재하는 감성은 있다고 생각하거든요. 전 그런 작은 부분들 중에 세월이 흘러가면 잊혀질 만한 내용을 글로 써보고자 합니다.

　한 시인이 이렇게 말했지요. 글을 쓴다는 건 깊고 깊은 광맥 속으로 들어가 석탄을 캐내는 것과 같은 일이라고요. 어둡고 탁한 내 마음속 깊은 곳에 숨겨진, 비록 엄청난 보석은 아닐지라도 다른 누군가의 가슴을 데워줄 수 있는 그런 석탄과 같은 글을 캐내고 싶습니다. 주제넘은 일이 될까요?

　사실 이 지침서란 제목도 같은 맥락입니다. 누구나 영웅을 동경하고는 하지만 실제로 그 영웅들이 어떤 과정을 겪으면서 영웅이 되었는지 아는 사람은 드물죠. 극 중에서 토미라는 망상하는 취미를 지닌 소년이 영웅이라는 단어에 접근해 가는 과정이 이 글의 주된 내용이라고 하겠네요.

　사실 토미는 영웅과는 확실히 거리가 있는 인물입니다. 차라리 상대역이나 주변 인물들이 그 단어에 더 근접하죠. 태어나면서부터 영웅이란 말이 있지만 역시 제 생각으로는 영웅은 만들어지는 것이 아닌가 싶네요. 너무 많이 얘기하면 재미없겠죠? 이 이야기는 이 정도로만 하죠.

　처음 글이라는 마약을 본격적으로 접하게 된 게 작년 늦가을의 일이니까… 출판이라는 거 사실 너무 이른 일인지도 모르겠습니다. 응원해 주시는 선후배 작가 분들과 독자님들 덕분에 여기까지 왔다고는 생각하지만… 왠지 부끄럽군요.

지침서의 프롤로그를 적었던 건… 그러니까 98년 봄, 제가 동해안 해안 초소에서 초소 근무를 서고 돌아와 식당에서 야참을 먹으면서 몇 자 끄적거렸던 그때였던 것 같군요. 말년이 가까워 오면서 조금은 쓸쓸함과 외로움을 느끼던 차에 수첩에 끄적거렸던 것이 이렇게 책으로까지 나오게 되었다고 생각하니 감개무량할 뿐입니다.

사실 그 당시만 해도 우리나라에 판타지란 말… 쉽게 접하기 힘들었었죠. 기껏해야 로도스섬전기가 '마계마인전'이라는 해괴망측한 이름으로 나온 정도였으니까요. 물론 일찍부터 반지의 제왕 같은 글이나 TRPG 리플레이 소설 같은 걸로 판타지를 접한 분들도 계셨겠지만, 그건 소수의 마니아들뿐이었죠.

그로부터 4년, 참 많이 변했습니다. 여러 가지 면으로요. 좋은 쪽이든 나쁜 쪽이든 변한다는 건 발전할 수 있다는 것이니… 좋게 생각하고 싶습니다. 고인 물은 썩는 법이니까요. 훗, 정말 주제넘는 소리만 하고 있네요. 죄송합니다.

뭐, 원래 작가의 말이란 게 읽어도 그만 안 읽어도 그만 아니겠습니까. 하지만 그래도 이런 일을 저지를 수 있게 힘이 돼주신 분들의 이름을 잊는다면 사람된 도리가 아니겠죠.

우선 언제나 어려울 때 도움주신 여러 형님께 인사를 드리고 싶네요. 굳이 이름은 거론하지 않겠습니다. 다들 아실 테니까요. 그렇죠?

그리고 이 부족한 녀석을 형이라고 대우해 주던 여러 동생들한테도 고맙다는 말을 해주고 싶어요. 몰랐겠지만, 제가 그나마 좀 밝은 생활을 할 수 있었던 건 이 녀석들 덕분이 아닐까 싶네요.

다시 한 번 말할게. 고마워, 애들아.

마지막으로 매형이랑 누나한테 특별히 감사의 말씀을 드리고 싶네요. 두 분이 없었다면 이 글은 세상에 나오지 않았을 수도 있었거든요. 후후, 그럼 독자 분들을 악의 구렁텅이로 끌어들이지도 않았을 텐데…….

음, 전부 뭉뚱그려서 인사해 버렸다고 삐지지나 않을런지 모르겠군요. 후후, 서운한 사람 있으면 밥이나 함 사주죠 뭐. 설마 죽이기야 하겠어요?

아무튼! 그래서! 그러므로!

나름대로 이것도 먼훗날 추억이 되겠죠. 손자들 앉혀놓고 이게 예전에 젊을 때 할아비가 썼던 글이란다 하고 있을지도 모르고요. 아, 그건 무린가? 독신주의자가 손자타령이라니…….

이러니저러니 해도 역시 가장 들뜨는 건 제 자신인가 봅니다. 물론 이 책이 서점에 나오고 난 뒤 돌아올 혹평이 두렵긴 하지만, 언젠가 추억으로 되씹을 날을 기다리며 차분하게 받아들일밖에요.

말이 너무 많은가요? 하긴 작가의 글을 차분하게 다 읽어주실 분이 몇이나 될런지… 뭐, 꿈이 길면 좋지 않은 법이죠. 이만 줄이겠습니다. 부족하나마 읽어주시고 따끔하게 야단이라도 쳐주시면 좋겠네요.

프롤로그

새벽을 알리는 야경꾼의 방울 소리가 들려온다. 긴장 속에서 뜬눈으로 밤을 지새던 나는 그 소리에 튕겨지듯 자리에서 일어났다. 오늘을 위해서 얼마나 오랜 시간을 기다려 왔던가. 두근거리는 가슴을 억누르며 시트 밑에 숨겨둔 가죽 갑옷을 꺼내어 입었다.

처음 입어보는 것은 아니지만 갑옷이 몸을 감싸자 어색한 느낌이 들었다. 하지만 그보다도 어떤 알 수 없는 감동이 가슴속을 스며왔다. 그래, 드디어 시작이야. 하지만 마냥 감동하고 있을 수만은 없었다. 이 집안의 다른 누군가가 눈치 채기 전에 떠나야 했으니까.

오늘을 위해 나름대로 많은 준비를 했다. 여행 경험이라고는 대상 행렬의 마차를 타고 돌아다니던 것이 전부였으므로 나 혼자 도보 여행을 떠난다는 것이 조금 두렵기는 했지만 상점을 찾아온 여행자들에게 물어서 차근차근 준비했다. 물론 여우 같은 로즈 그 계집애가 눈치 못

채게 하는 것이 가장 어려웠다.

묵직한 배낭이 조금 부담스럽기는 했지만 그것을 보자 다시 한 번 벅찬 감동의 물결이 밀려왔다.

나의 아버지는 '자칭' 루노 제1의 상인이었다. 아버지는 이 '자칭'이라는 단어가 '타칭', 혹은 '자타 공인'이라는 단어로 바뀌길 고대하고 있었다. 만약 자신이 그것을 이루지 못한다면 아들인 내가 그것을 이루어주길 바랬다. 하지만 내 꿈은 먼지 낀 책상에서 숫자와 씨름하며 동전들과 눈싸움을 벌이는 것이 아니었다. 영웅이 되고 싶었다. 아니, 영웅이 못 되더라도 최소한 강해지길 바랬다(아버지야 늘상 황금이야말로 최고의 가치이며 힘이라고 말하긴 했지만). 어쨌든 오늘 밤 드디어 결단의 발걸음을 내딛게 된 것은 그러한 내 꿈을 이루기 위해서였다.

사실 어제 아버지가 그런 말씀만 꺼내지 않았더라도 이런 극단적인 일은 없었을지도 모른다. 세상에… 크라테리움(벨로시안 왕국의 중등 교육 기관)에 입학하라는 거다. 대상인이 되려면 일찍부터 높은 집안의 자제들과 미리 친분을 쌓아둘 필요가 있다나 뭐라나. 생각해 봐라. 내가 크라테리움에 들어가서 허여멀건한 면상을 한 놈들과 책상머리에 마주 앉아서 알지도 못하는 옛날 사람들이 부인을 몇 명이나 두었는가에 대해 토론하는 광경을……. 날 아는 이가 본다면 최소한 10년은 웃음거리가 될 일을 내가 미쳤다고 하겠는가.

아무튼 이런저런 이유로 나는 이 정든 집을—그래 봐야 3년밖에 안 살았지만—드디어 박차고 홀홀 단신 여행을 떠나게 된 것이다. 사나이의 꿈을 위해서 부귀영화를 버리고 홀로 떠나는 소년이라. 크으, 이 정도면 영웅 이야기의 시작으로 무엇이 더 부족한가.

발소리를 죽이며 살금살금 정원을 가로질러 갔다. 영웅보다는 좀도

둑이 더 어울리는 모양새였지만 때론 수단, 방법을 가리지 않는 교활함 또한 영웅의 덕목이 아니던가. 정원 뒤꼍에는 무지막지하게 험악하고 커다란, 차마 개라고 부르기조차 민망한 돌프가 있었지만 이 녀석은 내가 어릴 적부터 키워온 녀석이라 걱정이 없었다. 사실 여행에 데리고 가고는 싶었지만 내가 없는 동안 이 녀석이라도 이 집을 지켜야지 하는 생각에 두고 가기로 했다.

돌프는 내가 산책이라도 가는 줄 알고 꼬리를 흔들며 반겼지만—사실 말이 반기는 거지 송아지만한 개가 두 눈을 빛내며 바라보는 모습이란 처음 보는 사람이라면 경기를 일으킬 만한 것이었다—나는 녀석의 머리를 한 번 쓰다듬어 주고는 문을 나섰다.

드디어 해방이다. 이제껏 조여오던 압박감에서 풀려난 기쁨으로 가슴이 터질 것만 같았다. 이제 남은 것은 후세의 음유 시인들이 목이 터져라 노래 부를 만한 모험을 하는 것뿐이었다. 동쪽 하늘에서 어슴푸레 밝아오는 하늘을 보며 달려나갔다. 자칭 영웅의 새로운 아침은 그렇게 밝았다.

제1장 시련의 시작

시련의 시작

  나 토머스 루크레노 베라크루스, 정말 도보 여행이 이런 것일 줄은 꿈에도 몰랐다. 정말이지, 이런 게 영웅이라면 때려치우고 싶을 정도다. 아, 영웅이랑은 상관없나?

  지금 내 상태를 설명하자면 말 그대로 만신창이에 기진맥진에 인사불성에… 아무튼 도저히 말로 표현할 수 없을 정도로 망가져 있었다. 에, 좀 더 자세히 설명하자면… 생전 처음 중노동에 시달린 발은 온통 물집이 잡힌 상태였고 생각없이 벌컥벌컥 들이마신 수통은 금세 바닥을 드러내었으며 갈증을 모면하려고 씹은 잎사귀 때문에 이틀 내내 설사를 하기도 했다. 제길… 그나마 그 잎사귀가 독초가 아닌 것이 다행이었지 하마터면 길바닥에서 원인 모를 변사체가 될 뻔한 것이다.

  거기까지면 얘기도 안 한다. 불행이란 놈은 날 놔줄 생각이 없었던지 그놈의 설사로 인해 기운이 빠질 대로 빠져서 허기진 배를 채우려고 마구마구 먹어댔다가 식량이 바닥나서 길바닥에서 옴짝달싹 못하게 되어버린 것이다. 아마 지나가던 사람이 거진 줄 알고 던져 준 빵 조각이 아니었다면 지금 이렇게 걷고 있지도 못할 뻔했다. 흑흑, 길바닥에 굶어 죽은 시체라니… 정말 너무 처참하지 아니한가. 그럴 때마다 괜히 집을 나왔다는 생각이 들었던 것도 한두 번이 아니었지만 자고로 시련을 겪지 않은 영웅이 어떻게 큰일을 하겠는가. 하하, 내가 누구이던가. 장래 전설로 불리게 될 이 몸이 그깟 조그만 고생에 굴복할 것 같은가? 음하하하하……! 으음, 공복에 웃었더니 허기가…….

아무튼 그렇게 악몽 같은 일주일을 무사히—뭐, 최소한 죽거나 다치지는 않았잖은가. 그렇게라도 위안을 삼아야지, 흑흑—버텨내고선 드디어 탐험 도시 발코스에 도달할 수 있었다. 언덕 위에서 발코스의 모습을 확인한 순간, 얼마나 감개무량하던지. 정말 생전 처음 이런 고생을 해본 뒤라서 그런지 그 감동의 물결은 쉽게 꺼지질 않았다. 하지만 이렇게 마냥 감격하고 있을 수만은 없겠지. 이제부터 진짜 모험의 시작이니까. 기세가 오를 대로 오른 나는 희망에 부풀어 나의 상태도 잊고 한달음에 달려 내려갔다. 야호!

탐험 도시 발코스, 혹은 개척 도시 발코스라 불리는 이곳의 원 이름은 발리스타 코스트라는 조금은 긴 이름이다. 원래 도시 이름이나 그런 종류의 이름은 귀족이 짓게 마련이고 귀족들은 자신의 유식함을 과시하기 위해—그래 봐야 비싼 돈 주고 작명가에게 맡기는 게 대부분이지만. 뭐, 돈만 많았지 머리 빈 귀족들이 뭘 알겠는가—알아듣기도 힘들고 발음하기도 힘든 괴상한 이름을 붙이기 일쑤였다. 내가 살던 루노만 해도 원이름은 루노칼리스 디 카르메스… 라는 괴상망측한 전혀 무슨 뜻인지

감조차 잡히지 않는 그런 이름이었지만 사람들은 보통 줄여서 그냥 루노라고 부른다.

　어쨌든 그런 이유로 이런 외진, 귀족이라고는 그야말로 거지 신발 밑창을 뒤져도—하긴 그런 곳에 귀족이 있을 리 없지만—없는 그런 도시의 이름도 나름대로 거창한 것이다.

　이곳은 원래 고대에 수인족과 인간의 전쟁 때 요새가 구축되어 있었던 곳이라고 한다. 뭐, 사실 이곳은 당시 인간 진영의 최전방 요새지였다고는 하지만 전투보다는 지휘나 보급 등의 길목으로 중요한 곳이었던 모양이다. 이런 말 하긴 뭐하지만 전쟁이 아니었다면 역사에 기록되지도 못하지 않았을까? 그래서인지는 모르지만 후에 리카온 대제라 불리는 무왕 칼스에 의해 수인족이 통합되고 나자 곧 역사의 무대에서 사라졌다.

　뭐, 역사의 무대에서 밀려났다고는 하지만 역시 동부 지역에 이만큼 큰 도시도 찾기 힘들다. 게다가 근래에 이르러서 동부 삼림 지대의 개척이 이루어지자 다시금 그 길목으로서의 역할이 부각되게 되었고 다시금 활기를 찾기 시작한 것이다.

　사설은 길었지만 어쨌든 이 도시 너머에는 사람의 손길이 닿지 않은 미지의 대지가 펼쳐져 있었고, 그것은 바로 모험을 의미했다. 그 변천사야 어떻게 되었든지든 간에 실로 전설이 스며 있는, 전설이 될 모험의 출발점으로는 제격이라 할 수 있을 것이다.

　수인전쟁의 긴 역사를 상징하는 듯한 거대한 성벽이 눈에 들어온다. 멀리서 보았을 땐 정말 멋있었는데 가까이서 보니 정말 아니올시다로군. 곳곳에 금이 간 건 기본이고 뜯어보면 군데군데 돌이 빠져나가서

금세라도 무너질 것만 같은 곳이 한둘이 아니다. 아무리 평화시대라도 좀 신경 써야 되는 게 아닌지.

그건 그렇다 치고, 워낙 이방인들이 많이 찾는 곳이기 때문인지는 모르지만 용병들이 도시를 지키고는 있어도 누구 하나 나 같은 풋내기가 도시에 들어가는 것을 제지하지 않았다. 그저 이건 또 어디서 온 애송이냐… 하는 듯한 비웃음만이 그들이 나에게 보낸 반응의 전부였다. 사실 나 같은 모험 소년─가출이 아니다. 모험이다─에게는 그게 더 좋았지만 자존심은 좀 상한다. 어디 두고 봐라. 언젠가 다시 이 문을 지날 때는 허리를 직각으로 굽혀가며 절해야 되는 훌륭한 영웅이 되어 있을 테니.

어쨌든! 하여간! 그러므로! 자, 이제 목적지에 도달했으니 다음 할 일을 생각해야겠지. 역시 동료를 모으는 것이 먼저일 듯싶군. 자고로 영웅에겐 영웅의 가치를 빛내는 믿을 수 있는 동료가 존재하는 법! 훌륭한 동료를 모으고 그들을 이끄는 것이 또한 영웅의 조건이 아니겠는가! 어디 보자… 성직자나 마법사는 필수고 여기에 나의 존재를 빛낼 조연급 전사 하나, 그리고 나를 사모하는 어여쁜 엘프에… 흐흐흐, 아니지, 영웅호색이란 말도 있잖은가. 기왕이면 여자로 모두……. 이상한 눈으로 보지 마라. 남자라면 한 번쯤은 꿈꿀 만한 것 아닌가. 흐흐흐, 좀 더 예술적인 만남이라면 위기에 처한 소녀를 구한 다음에 그런 나의 행동에 반한 그녀를 데리고 다닌다든가… 크흐흐흐흐… 아니면 위험한 미소를 띤 여인네가 한밤중에…….

그렇게 터무니없는 상상에 빠져 허우적거리며 길을 걷고 있는 걸 하늘에서 보기가 정말 고달팠는지 신은 나에게 결국 시련을 내리고 말았다. 정말이지 상상 한번 한 걸 가지고 너무 심한 일이었다. 만약 이 일만 아니었다면 난 조금은 내 이상에 가까운 여행을 할 수 있었을 것이다. 정말이지 원망스러운 일이 아닐 수 없다.

그 시련은 얼빠진 얼굴로 실실거리던 내가 시장 한복판을 가로지르고 있는 순간 시작되었다. 갑자기 옆 골목에서 누군가가 뛰어나오다가 나와 어깨를 부딪친 것이다.

"어머, 죄송합니다!"

"아니, 별말씀을……."

느닷없이 들려오는 여자 목소리를 듣자 당황해서 고개를 돌려보았지만 그 사람은 자기 갈 길이 바쁘다는 듯 사람들 틈으로 몸을 숨기려 했다. 검은 머리를 가진 소녀인 듯했는데… 흠, 하지만 어디서든 일어날 수 있는 사소한 일이… 어, 어라? 이거 어디서 많이 보고 들은 듯한 전개잖아?

무언가가 뇌리를 스치는 순간, 반사적으로 얼른 주머니를 뒤져 보니 역시나였다. 하하… 어찌하여 이런 구태의연한 전개가 나에게도 벌어진단 말인가. 소매치기라니. 내가 그 정도로 멍청한 얼굴을 하고 있었단 말인가. 아니지, 이러고 있을 때가 아니지.

얼른 다시 고개를 들어 방금 전의 그 여자 애를 찾기 시작했다. 이미 갔어도 한참은 갔을 거라고 생각했는데 이게 웬일. 그런 구태의연한 전개를 연출할 정도의 연출력밖에 없어서인지 그 소녀는 방향을 잘못 잡은 듯 사람들에게 밀려 오히려 내 쪽으로 밀려오고 있었다. 왠지 조금은 웃기는 전개였지만 하늘이 준 기회를 놓칠 수야 없는 법, 여봐란 듯이 다가가 그녀의 팔을 붙잡았다.

"꺄악! 뭐 하는 거예요!"

뭐 하는 거냐고? 도둑 잡는다.

"후, 뭔진 그쪽이 더 잘 알지 않을까? 빨랑 내놔."

그때서야 비로소 그녀의 얼굴을 자세히 볼 수 있었다. 어렸을 때 병을 앓았는지 약간 얽은 얼굴이었지만 선이 또렷하고 맑은 눈동자를 가진 소녀였다. 뜸, 역시 사람은 얼굴만 가지고 판단해선 안 되나 보다.

"무, 무슨 소리죠?"

"좋게 말할 때 빨랑 내놓으라구. 나도 바쁜 몸이야. 자꾸 이러면 경비대에 넘겨 버리겠어."

거리를 지나던 사람들이 뭔일인가 하고 모여들기 시작했다. 젠장, 뭐 팔리게……. 빨리 지갑을 찾든가 해야지 이건 꼭 불쌍한 사람 괴롭히는 악역 같잖아. 어라? 그런데 방금 이 애가 슬쩍 웃은 것 같은데?

"꺄악! 도와주세요오! 살려주세요오오오!"

"엥?"

당황하기보단 기가 막혔다. 방금 그 미소의 의미는 이거였나? 그렇지만 말씀이지, 누가 그런 지어낸 듯한 비명을 듣고 널 도와…….

"이봐! 불쌍한 여자 아이를 괴롭히다니, 네가 그러고도 남자냐!"

…주는 바보가 있긴 하군. 어딜 가나 이런 녀석 하나쯤은 꼭 있나 보다. 자기가 백마 탄 기사라고 착각하는 녀석.

"이봐… 이 앤……."

"시끄럽다! 빨리 놔주지 못하겠나!"

거참, 생긴 것처럼 성질머리 정말 더럽군. 키는 얼추 8리드(1리드=25㎝)는 될 법한 데다가 전설로 내려오는 소 잡아먹는 산적이라는 꼬리표를 단 듯한 얼굴 생김……. 솔직히 당신을 보면 울던 아기도 경기로 숨을 거둘 것만 같다고. 좀 더 자신에 대해 성찰한 다음에 기사 역을 하더라도 해보는 게 어떨까?

"후… 내 말을……."

"어허! 내 말이 말 같지 않은 건가!"

말 좀 들어라! 그러니까 내 말은…….

"꺄악! 어딜 만지는 거예요오!"

어딜 만지긴… 네 팔 잡고 있잖아. 어어? 이 바보 녀석, 왜 갑자기 불타오르지?

"아니, 어린 녀석이 벌써부터! 용서할 수 없다!"

어이? 뭘 용서 못한다는…….

헉!

다, 당했다. *끄허억*… 너무나 강렬한 충격과 고통에 정신마저 혼미해지는 느낌이다. 흐어억!

그러니까 설명을 하자면 남자 때문에 주의가 흐트러진 사이 갑자기 그 소녀가 남자의 으뜸 급소를… 한 방에 걸어차 버린 거다. *끄으*… 자신은 절대 느끼지 못하는 고통이라고 그렇게 무지막지하게 차다니…….

"고마워요, 기사니임. 호호호홋."

아, 안 돼! 내 전 재산이… *끄허어*… 거기 서란 말이다! 그러나 그런 말을 들어줄 것 같으면 소매치기가 아니겠지.

아무튼 그것이 고난의 시작일 줄은 이때만 해도 전혀 짐작하지 못했다.

"여보세요?"

오, 아름다운 목소리! 있는 힘을 다해 필사적으로 젖 먹던 힘까지 다해 눈꺼풀을 들어 올렸다. 젠장, 고작 그거 하는데 이렇게 힘들다니.

하지만 그만큼의 보답이 있었다. 오오, 하느님! 이 굶주림에 지친 중생을… 아니지, 위대한 전설의 이름을 물려받게 될 영웅이 될 어린 나무를 구원하고자 천사를 내려 보내셨군요. 정말이지 당신의 그 놀라운 성찰에 이 가냘픈 중생은 그저 감격할 뿐이옵니다.

"저… 저기요?"

오~ 천사시여, 바라는 것이 뭐냐고요? 그야 물론 세계의 악을 뿌리뽑을 강대한 힘과 그 어떤 고난과 역경에도 굴하지 않는 정신력과 드래곤도 부러워할 만한 엄청난 보물과 여신이 한 번 보고 혀 깨물고 중태에 빠질 만한 미모의 애인과 에또… 아니, 그것보다도 우선 뭐라도 좋으니 뭐 먹을 것 좀… 헉, 내가 무슨 소릴? 그게 아니라 신의 힘이 부여된 전설의 무기 같은… 것도 좋지만 역시 배는 채워야… 그… 아무튼 줄 수 있는 거 있음 빨리 줘요! 굶어 죽기 전에.

"저기 좀 비켜주실래요? 들어가야 되는데……."

오오… 그럼 이곳이 천사가 거한다는 바로 그곳? 그럼 얼른 들어가서서 일 보시고 아무튼 뭐 좀 먹을 걸… 으, 아니지. 영웅이 그런 작은 걸… 으, 하여튼 살려줘요오. 흑흑.

"으어……."

철푸덕.

결국 난 위에 나열한 것들 중 그 어느 것도 말하지 못하고 오줌 맞은 개구리마냥 뻗어버렸다. 으으, 소원 말해야 되는데…….

여기까지 들으신 분들은 저게 무슨 잡소리냐… 라고 생각하실지도 모른다. 사실… 맞다. 잡소리다. 어어? 그렇다고 돌은 던지지 말기를 바란다, 다 이유가 있으니.

역시 단도직입적으로 결론부터 말하자면 지금의 나는 동전 한 푼 없는 말 그대로 상거지 신세다. 이렇게 된 건 모두가 그 여시 같은 소매치기와 얼빠진 전사 나부랭이 콤비 때문이었음을 굳이 밝히지 않아도 다 알고 있으리라 믿는다. 아, 벌써 다 밝혔나?

하지만 장래 전설로 불리게 될 영웅의 고귀하고 영명하신 어린 싹인 이 몸이—으, 허기져~—그 정도 고난 정도는 영웅이 되기 위한 작은 수련 정도라고 생각하고 그 돈을 생각할 때마다 도지는 위장병을 억지로 참으며 어떻게든 이 위기를 탈출할 방도를 마련해 보려 했으나 역시 신이 주신 고난은 그 레벨이나 난이도 면에서 타의 추종을 불허하였기에 결국 이런 지경까지 오게 된 것이다. 헉헉… 그런데 왜 꼭 이렇게 길게 말해야 되는 거지, 허기 지는데……? 영웅 관둘까? 헉! 내가 무슨 망발을!

비참한 말이지만 이런 생각을 떠올리면서도 천사가 몸을 일으켜 내게서 멀어지려 하자 형용할 수 없는 위기감이 내 전신을 휘몰아치며 마지막 생명의 기운을 불태우는 심정으로 있는 힘을 다해 간신히 한마디를 내뱉을 수 있었다.

"배고파… 요오……."

으으… 영웅의 자존심으로는 차마 입에 담을 수 없는 말이었으나 일단 살고 봐야 할 것 아닌가. 혹… 한 열흘 물만 마셔봐라. 내 처지가 이해될 거다. 어쨌든 그 필사적인 절규 덕분에 세계는 위대한 영웅 하나를 잃지 않을 수 있게 되었다.

지금 이곳은 바로 그 천사의 집이었다. 사실은 기아에 의한 혼수 상태에서 깨어나자 그녀가 천사가 아니라는 것을 알 수는 있었으나 그래도 난 그녀를 천사라고 부르고 싶다. 누가 뭐래도 그녀는 위기에 빠진 한 영웅의 목숨을 구함으로써 결과적으로 세계를 보살핀 것과 같은 일을 한 것이니까. 뭐, 가끔 화가 나면 입이 조금… 아주 조금 험해지고 거기서 더 흥분하면 끝이 세 개로 갈라진 사랑의 채찍으로 어루만져주는 일을 서슴지 않았지만… 그래도 천사는 천사였다. 적어도 내게는……

"토미, 이 쉬쉑아! 너 또 스벌 넘의 잡생각이지! 후딱 튀어나가서 손님 맞지 않고 멀뚱하니 서서 뭐 하자는 거야! 후딱 안 튀어?"

…평소에도 이런 건 아니다. 아주 가끔… 정말로 아주 가끔일 뿐이다. 아, 참고로 토미는 내 애칭이다.

"칵! 헤롤드! 이 미친 쉬쉑아! 내가 걸레 빤 물은 나중에 쓸 데 있으니까 모아두라고 했어, 안 했어? 이 쉬쉑이가 이젠 반항하는 거냐?"

정말로 가끔, 아주 가끔이다. 그런 건 넘어가자. 그런 게 중요한 게 아니지 않은가? 입은 좀 험해도 마음은 정말 비단결이니까. 믿어달라, 사심없이. 굶어 죽어가는 영웅의 모습을 보고는 구해주지 않았는가.

"쉬헐, 내가 미쳤지. 허우대는 멀쩡하길래 일이라도 좀 부려먹을까 했더니만 이건 완전히 밥버러지야, 밥버러지."

…가끔 이런 소리도 하긴 했지만 그건 어디까지나 약해지려는 내 마음을 다잡아주기 위해서 하는 소리다. 절대로 난 그렇게 믿고 싶다. 그게 사실일 테니까.

쯧… 왜 자꾸 '너 미친놈 맞지?' 하는 눈으로 쳐다보는가. 후우~ 알았다고. 말이야 바른말이지, 누군 저런 소리 듣기 좋아서 좋게 해석하려고 애쓰는 줄 아나? 하지만 별수없잖아. 여기서 나가면 또 굶어야 한다고. 현실에 굴복하는 거냐고? 당신도 굶어보시길. 그런 소리 나오나.

천사의 집은 펍을 겸하는 여관이었다. 조금은 고풍스러운 분위기가 풍기는 싸구려 여관… 이라고 해야 하나. 1층에는 언제나 매캐한 담배 연기와 술 냄새가 진동하는 펍이 있었고 2층과 3층은 여관 영업을 하는, 어디서나 흔히 볼 수 있는 그런 싸구려 여관이었다.

모험자들로 문전성시를 이루는 모험 도시에 위치한 만큼 여관의 주고객들은 보통 먼지를 뒤집어쓴 여행자들이 대부분이었다. 때때로 여자 사제 같은 사람이 들어왔지만 순식간에 집중되는 험상궂고 의미 모를 눈초리들에 겁을 집어먹고 도망가기 일쑤였다. 덕분에 이 여관은 언제나 험상궂고 우락부락한 사내들로 북적거렸다. 도대체 여자 하나 없는—천사… 가 있긴 하지만—이런 여관에 그래도 손님들이 모이는 것은 아무래도 값이 저렴하기 때문일 것이다. 내 생각이긴 하지만 천사의 저런 성격은 이런 곳에서 부대끼며 장사를 하다 보니 그렇게 된 것이 아닐까. 저 정도 괄괄한 여자가 아니라면 아마도 손님으로 온 남자들의 치근거림 때문에 정신 쇠약에 걸렸을지도 모른다.

아무튼 상황이 이렇다 보니 종업원들을 제대로 구하기도 힘들 것 같은데 의외로 이 여관엔 종업원이 꽤 많았다. 그러나 사실을 알고 보니 자의로 이곳에 들어온 사람은 단 한 명도 없었다. 그러니까, 무슨 말이 나면 모두 나와 같은 경우라고나 할까. 어떻게 보면 세상 물정 모르고 집을 나와서 이러저리 떠돌다가 객지에서 죽기라도 하는 것보다야 낫기는 했지만 과연 이 상황을 즐겁게 받아들이는 녀석이 있을런지.

아무튼 천사의 은혜(?)를 생각해서라도 열심히 일할 도리밖에 없었다. 뭐라고 해도 일단은 생명의 은인이니까. 하지만 그렇다고 여기서 평생 눌러앉을 생각은 물론 아니었다. 나를 원하는 세계의 부름을 내

어찌 거역하겠는가.

며칠이 지나 내 몸이 그럭저럭 회복되자 나는 천사를 찾아가 정중히, 아주 정중히… 잘못 말하면 맞으니까라는 게 본심이지만… 아무튼 정중하게 떠날 의사를 밝혔다.

"시방 뭐라고? 떠난다고?"

"네……."

아쉬운 걸까? 하긴 영웅과의 짧은 만남이란 아쉬워할 만한 내용이지. 하지만 역사는 당신의 그 아름다운 행동을 대대손손 찬양할…….

"톡 까놓고 씨부려 보자. 너, 누구 덕분에 살아났는지 기억하냐?"

"…네……."

왠지 분위기가 이게 아니다 싶은데.

"이 쉑야! 그걸 안다는 넘이 지금 시방 내 앞에서 떠난다고 씨부린 거냐! 네놈이 인간이냐? 인간이라면 자신이 입은 은혜 정도는 갚을 줄 알아야 되는 거 아니냐? 근데 뭐? 몸이 회복되었으니 떠난다고? 누군 땅 파서 장사하냐? 여기가 무슨 거렁뱅이들 공짜로 먹고 자고 하는 덴 줄 알아? 이 쉑이 보자 보자 하니까, 정말 한번 죽어볼래? 그런 소리 쏙 들어가게 해줘?"

저, 저기… 아무리 아쉬워도 그렇게까지 말할 건…….

"크아아! 정말 살다살다 별 그지 같은 쉑이 다 보겠네! 크악! 그래, 너 이 쉑이 잘 걸렸다! 어디 한 시간 뒤에도 그 딴 쉽을헐 말이 입에서 나오나 한번 보자. 칵!"

천사는 입에 거품까지 물고—입에 거품 문 천사라… 정말 희귀한 광경이다—악을 쓰며 끝이 세 갈래로 갈라진 예의 그 무시무시한 어루만짐 도구를 집어 들었다. 저, 저기… 그게… 그러니까… 으악!

그리고 천사가 말한 한 시간이 지난 후…

"엉엉, 안 그럴 게요. 엉엉… 한번만 봐주세요."

"이 쉑야! 봐달라고? 네놈 쉑이가 뭐 볼 게 있다고 봐줘? 앙? 죽어!
그냥 죽어버려!"

"악! 악! 다시는… 악! 다시는 안 그럴게요. 엉엉… 악!"

아무리 영웅이라도 저 세 갈래 끝이 갈라진 어루만짐 도구의 힘 앞
에서는……. 자꾸 그런 눈으로 보지 말아 달라. 내가 우선 살아야 나중
에라도 세계를 구할 수 있는 것 아니겠는가. 그냥 그렇게 이해해 달라.
이렇게 말하지만 지금까지 말한 일은 내가 가장 숨기고 싶은 일이기도
하다. 그리고 내가 조금 어루만짐을 당했다고 해서―사실 너무 아팠다.
한 시간 내내 어루만짐을 당했으니―내 의지를 굽힐 인간으로 보이는가?
그렇게 보인다고? 음… 할 말 없군.

하지만 말은 이렇게 해도 결국 난 이곳을 벗어나겠다는 생각을 일
단은 접을 수밖에 없었다. 당장 이곳을 나가서의 생활도 문제였거니
와―혹, 천사한테 구원받기 전의 그 굶주림의 고통이란―나가다가 걸리기
라도 하는 날에는 그 세 갈래진 어루만짐 도구의 잔혹한 어루만짐이
기다릴 것은 너무나도 뻔했으니까. 그러나 다시 한 번 말하지만 난 결
코 포기한 게 아니다. 세계가 나를 원하는 한 나는 결코 포기하지 않
는다. 음하하하하하하! 캑캑…….

제2장 저주, 그 이름은 메프로슈네

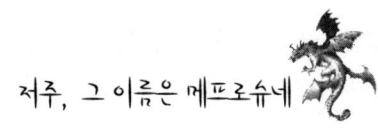

저주, 그 이름은 메프로슈네

그날은 확실히 평소와 달랐다. 무슨 얘기냐고? 이때의 나에게 있어서 생존을 위해 무언가를 관찰해야 하는 이유와 대상이 존재한다면 그 대상은 단 하나, 지고하고 지엄하며 언제나 우리에게 일용한 양식을 주옵시고 따뜻한 충고… 와 다정한 어루만짐… 으로 이끌어주시는 천사뿐이었다. 헉헉… 이 말 하기가 이렇게 힘들 줄은… 헉헉…….

아무튼 그날은 이상하리만치 조용한데다 미첼이라는 녀석이 접시를 깨는 상상도 못할 죄를 저질렀음에도 불구하고 사랑의 어루만짐을 당하지 않은… 평소의 천사라면 상상도 할 수 없는 일들이 벌어졌다.

안 맞으면 다행 아니냐고? 우리 천사 휘하 밥버러지들… 크흑, 눈물이 앞을 가린다. 아무튼 우리들은 이 당시 생존이라는 대전제 하에 극도로 감각이 발달되어 있었는데 이때 천사의 이런 상태가 결코 우리에게 이롭지 못하다는 것을 본능적으로 깨닫고 있었다. 무언가 알 수 없는 공포에 모두들 움찔거리는… 기괴하지만 슬픈 그런 광경이 계속해서 연출되었다.

매우 슬프게도… 우리의 그런 예감은 절대로 틀리지 않았다. 그날 내내 그 알 수 없는 공포에 몸을 사리던 우리는 해질 무렵이 되어서야 그 공포의 진정한 실체가 무엇인지를 알 수 있었다

오… 그것은 진정 하늘의 저주였다.

여기서 여러분은 매우 궁금할 것이다. 그때까지 그야말로 잡초 같은 생명력으로 목숨을 이어 나가던 내가, 그 무지막지한 존재를 천사라고 부르는 만행도 서슴지 않던 내가 저주라는 말을 쓸 정도의 대상이 과연 무엇이었을까.

외적인 면만을 묘사하자면 그 대상은 귀엽고 청순하며 깨물어주고 싶을 정도의 모습을 가진 소녀였다. 아, 여인이라고 해야 하나? 왠지 조금 성숙하고 묘하게 매력적인 분위기를 풍기지만 행동이나 말하는 걸 보면 마치 소녀와 같은 그런 인상이었다. 물론 그런 외적인 요소가 공포의 대상이 되지 못하는 것은 당연한 일이다. 중요한 것은 그녀가 바로 천사의 동생이라는 점이었다.

"꺄하! 언니, 나 왔어!"

순간 나는 보았다. 하늘 아래 그 무엇도 두려울 것이 없을 줄 알았던 천사의 어깨가 움찔하는 것을 나는 깨달아야 했다. 그 '움찔'의 이유를… 그리고 그녀를 본 순간 심약한 녀석 하나가 거품을 물고 쓰러진 그 까닭에 대해 조금이라도 깊게 생각했어야만 했다. 나를 제외한 모든 이들이 그녀의 모습을 대하고는 짧은 경련을 일으키는 이유를 조금이라도 일찍 깨달았어야 했다. 하지만 후회는 아무리 빨라도 늦는 법이었다.

"꺄? 넌 처음 보는 아이네?"

사실 이때까지만 하더라도 꺄꺄 하는 소리를 말버릇처럼 내지르는 이 소녀에 대해 그다지 큰 두려움을 가지고 있지 않았다. 그냥 좀 웃기는 애구나, 아니, 어떻게 지엄하신 천사의 동생이 이렇게 귀여울 수가 라는 벌받을 생각까지도 서슴지 않았던 것이다.

"안녕하세요?"

언제나 레이디에게는 그 대상이 어리든 늙든 간에 최대의 경애를 표하는 것이 영웅의 도리… 라는 지금의 내가 생각해도 도대체 말이 안 되는 그런 이유로 최대한 정중하게 인사를 했다. 제대로 하지도 못하는 궁중 예법까지 써가면서.

뭐? 거짓말하지 말라고? 쩝… 눈치는 빨라 가지고. 그래, 사실은 천사의 동생이었기 때문이다. 이미 영웅으로서의 자존심은 바닥난 상태이기도 했거니와 그 아이를 내 편으로 만듦으로써 얻어지는 이득… 솔직히 생각하지 않았다고 할 수는 없다. 어쨌든 이때까지만 해도 내게 가장 두려운 것은 천사, 아니, 더 정확히 말하면 그 세 갈래진 어루만짐 도구였으니까.

하지만 그것은 실수였다. 그 악마는—지금부터 이 소녀를 악마라고 부르겠다. 천사의 동생이 악마라니… 이것만으로도 웬만한 이야기 한 대목 정도는 우습게 나올 법하지 않은가—그런 내 모습을 보고는 너무나도 기뻐했다.

"꺄하하하하! 너, 정말 재미있다. 어디서 그런 애늙은이 같은 말투를 배운 거니? 하하하하!"

…순간 나는 궁중 예법을 배우게 한 아버지를 원망했다. 사실은 나중—그러니까 공을 세우고 난 담에 공주와 결혼할 때… 알았다고, 그만 하면 되

잖아—을 대비해서 배운 거긴 하지만 방년 16세의 꽃다운 나이에 애늙은이라니!

아무튼 거기까진 별로 내 몸에 해로울 것이 없었다. 해롭다기보단 오히려 더 좋았다고 할까? 그날은 한 대도 안 맞고 욕도 안 들었으니까. 하지만 난 그날이 가기 전에 그것이 천사가 보여준 마지막 자비였다는 것을 알았다.

첫 만남 때 찍혔기 때문일까? 난 악마의 식사 담당이 되었다(으… 왠지 어휘 자체에서 섬뜩함이 느껴지지 않는가). 어쨌든 주어진 일에는 충실해야만 어루만짐이라는 형벌이 기다리지 않았기 때문에 나는 식사를 들고 악마의 방으로 갔다.

문을 열었다. 그리고 한순간 기가 막혀 몸이 굳어버렸다. 이런 망할! 그리고 뒤 이어 정신이 마비되었다. 빌어먹을, 비명 따위 지를 만한 여유도 없었다. 어째서 여관 객실 따위에 헬하운드가 있는 거냐!

난 그 순간 이 말도 안 되는 운명을 내게 내려준 신을 저주하고 싶었지만 그놈이 나를 향해 침을 꿀꺽 삼키는 걸 보자 재빨리 노선을 변경, 신에게 아부성의 미사여구를 포함한 구조 요청이라는 필살기를 날렸다. 그래, 나 지조없는 놈이다! 하지만 그런 상황에 처한다면 누가 나를 욕할 수 있겠는가?

하지만 나의 그런 노력—뭐 했는데?—에도 불구하고 결국 순식간에 녀석의 발 아래에서 신음하는 꼴이 되고 말았다.

흐후후후, 길다면 길고 짧다면 짧은 나의 16살 생애가 이렇게 허망하게 끝나는구나. 세계를 구하기 위해 싸우다 전사하는 것도 아니고 느닷없이 여관 객실에 나타난 헬하운드에게 죽게 되다니……. 흑흑, 이럴 줄 알았으면 조금 못생겼어도 수잔이 고백할 때 그냥 받아주고 좀 답답하더라도 아버지 말씀도 잘 듣는 착한 어린이, 아니, 소년이 되었을 텐데… 흑흑흑. 그 짧은 시간 동안 난 인생의 온갖 회한을 느끼며 절규했다. 하지만…….

"뭐야, 이거! 식사가 다 엎질러졌네?"

저 악마는 헬하운드가 보이지도 않는 건가? 뭐냐, 저 긴장감없는 말은. 그리고 나보다 저 식사가 더 중요… 하겠군. 그녀가 천사의 동생이라면.

"쫑! 거기서 뭐 해? 저기 가 있어!"

헬하운드는 그 말을 듣고 얌전히―이것으로 저 존재가 악마라는 것이 여실하게 증명된 순간이었다―자리로 가서 필사적으로(!) 꼬리를 흔들며 헥헥거렸다. 너… 똥개였냐? 내가 저런 놈한테 당한 거란 말인가.

"흐흥, 내 식사를 엎다니… 내가 여자라고 깔보는 거니? 꼴에 남자라고?"

확실히 천사보다 언어는 순화되어 있었지만 어감은 더 기분 나빴다. 게다가 내가 왜 벌을 받아야 하는데? 잘못한 건 내가 아니라 저 똥개라고… 라는 말을 하고 싶었지만 악마의 행동이 더 빨랐다.

"자연의 의지를 뒤집어 새기는, 깨어진 세계에 거울을 비추는 왜곡."

…뭐라는 겨? 어… 왜… 이렇게 어지럽지… 어… 어…….

잠시 어지러움이 내 머리 속을 휘젓고 도망갔다. 그리고 그 어지러움이 끝나는 순간 뭔가 이상이 생겼다는 것을 본능적으로 깨달은 난 무의식 중에 손으로 얼굴을 만져 보려 했다. 어? 손이 안 닿아?

후다닥 내 손을 바라보았다. 흰 털로 뒤덮인 짧고 오동통한 앞발… 앞발?!

고개가 부러져라 시선을 돌려 방 한쪽의 전면 거울을 바라보았다(여담이지만 이 여관은 러브호텔을 겸하기도 한다. 동생을 그런 객실에 재우다니……. 여기서 우리는 천사와 악마가 일반인의 사고와 얼마나 동떨어진 존재인지 알 수 있다). 그곳에는 얼빠진 표정의 강아지 한 마리가 앉아 있을 뿐이었다.

하. 하. 하! 너무 어이가 없다 보니 웃음이 나왔다. 나 이제 인간이 아닌 건가? 그러나 그런 회한을 음미할 시간적 여유조차 내겐 주어지지 않았다.

"학학."

문득 뜨거운 숨결이 목덜미에 느껴졌다. 누구야? 이런 상황에… 헉!

고개를 돌린 순간 내 눈에 들어온 것은… 헬하운드의 싯누런 이빨이었다.

"깨갱!!"

이제 다시는 지를 수 없게 된 비명을 그리워하며 나는 달리고 또 달렸다.

"으라차차!"

안면으로 날아드는 다트! 작다고 무시할 수는 없다. 저것도 엄연히 살상용 무기니까. 게다가 무슨 독이 발라져 있을지는 오직 맞아봐야만 알 수 있을 것이다. 계속해서 짧은 간격을 두고 다트가 연이어 날아온다. 젠장! 어두운 밤인데다 좁은 통로, 오직 직감과 소리 같은 것만으로 판단해서 피해야 한다. 쉬울 것 같은가? 해봐라. 하나라도 제대로 피한다면 당신은 훌륭한 실력을 갖춘 것이다. 그럼 그걸 다 피하고 있는 넌 뭐냐고? 물론 나야 영웅이니까 이 정도야 식은 죽 먹기보다 쉽다고 말하고 싶지만 솔직히 식은땀난다.

내가 이곳에 와서 얻은 것이라고는 단 하나, 육감의 발달이었다. 뭐, 사실 이건 좀 좋게 말하면 육감이고 사실대로 말하자면 초인적인 눈치 코치의 대가가 된 것이라고 보아야 한다. 천사와 악마, 이 둘의 위협에서 살아남기 위한 자연스러운 진화라고 볼 수 있지만. 아, 그러고 보니 그 한 가지가 아닌가? 똑같이 맞더라도 조금은 덜 아프게 맞는 방법, 가능한 한 많은 양의 물건을 가장 빠르고 신속하게 옮기는 방법, 윗사람의 기분 파악하고 대처하는 방법… 정도겠군. 한마디로 이곳에서 생존하기 위한 방법들이로군. 조금 먹고 많이 일하려니 자연스럽게 체득된 것이지만…… . 혹, 나 영웅 맞아?

이크! 조심스럽게 내딛던 발 아래가 갑자기 푹 꺼져 버린다. 함정이로군. 아래를 내려다보니 보기에도 살벌한 쇠꼬챙이들이 즐비하게 박혀 있다. 흐흐… 완전히 죽어라… 이거로군.

아, 근데 내가 지금 뭐 하는 거냐고? 밤중에 살금살금 나간다고 여자라도 만나러 가는 줄 아나 본데 간단히 말해서 탈출하는 중이다, 이 지옥을. 난 적어도 천사와 악마라는 존재를 알게 된 이후로는 여자에 대한 환상 같은 건 쓰레기통에 버린 지 오래다. 그러니 다음부터라도 그런 착각은 하지 말도록.

악마와 그녀의 똥개를 만난 이후로 난 더 이상 물러날 곳이 없음을 알았다. 이대로 가다간 어느 틈에 저 똥개의 식후 디저트가 될지 알 수 없는 일이었으니깐. 이건 생존을 건 대탈출이었다.

내가 지금의 이 탈출 시도를 준비하기 위해 지난 일주일간 고생한 것을 생각하면 정말 눈물이 앞을 가릴 뿐이다. 정말 벼룩의 간만큼 주어지는 식사에서 오래 보관할 수 있는 것들을 모으고, 들렀다 가는 손님 중에 모험자로 보이는 사람이 있으면 조금이라도 지식을 얻고자 필살의 아부를 펼치고, 놓고 간 물건 중에 조금이라도 탈출에 도움이 될 만한 게 있으면 무슨 수를 써서라도 꺼내오고… 정말이지 별의별 짓을 다 했으니까. 그리고 어느 정도 준비가 갖추어졌다고 느끼는 순간 나는 계획을 실행에 옮겼다. 그것이 바로 오늘 밤의 일이었다.

하지만 어디 천사와 악마가 그렇게 호락호락한 존재이던가. 난 현관을 나서자마자 나의 결심을 후회해야 했다. 현관을 열었을 때까지만 해도 난 탈출이 성공한 줄 알았다. 그러나 현관 밖으로 나가서 문을 닫는 순간 순식간에 주위의 풍경이 지금 보고 있는 길다란 통로로 바뀌어 버렸다. 그것도 온갖 함정이 즐비하게 설치되어 있는 무슨 던전 같은 곳으로.

물론 나는 상황이 꼬인 걸 알고 즉시 발길을 돌리려고 했지만 이미 내가 들어온 문 따위는 사라진 지 오래였다.

콰직!

적어도 내 허벅지만한 두께를 가진 석재 타일들을 종잇장처럼 날려 버리며 그놈은 모습을 드러냈다. 그저 입을 쩌억 벌리고 바라볼 수밖에 없었다. 세상에, 발목이라도 잡을 건가? 저기에 걸렸으면 단번에 목이 날아갔을 거다.

그 흉측한 놈은 일명 덫이라고 불리는 물건이었다. 하지만 보통 생각하는 덫을 떠올리지 마라. 그런 것에 내가 놀라겠는가. 이 덫이라고 부르기도 민망한 흉물은 펼쳐 놓으면 족히 12리드(1리드=25cm)는 될 만한 녀석이다. 그걸 두꺼운 타일 밑에 감추어두다니, 도대체가 제정신인지 의심스럽다.

꼬르륵······.

젠장, 내가 왜 이따위 짓을 해야 하는가 말이다. 우웃! 아싸, 피했다. 아슬아슬하게 스쳐 가는 거대한 투창—이것도 말이 투창이지 완전 랜스다, 랜스. 정말 무식의 표본을 보는 듯하다—을 보면서 식은땀을 흘리고 있는데 이번에는 벽에서 '달칵' 하는 아주 작지만 소름이 순간적으로 돋아오르는 소리가 들렸다. 생각할 틈? 그런 게 있다면 이렇게 욕도 안 한다. 머리보다 몸이 먼저 반응했다, 다행스럽게도. 하지만 볼품없기는 마찬가지였다. 왜냐고? 열심히 떼굴떼굴 굴렀는데 볼품이 있겠는가.

파파파곽!

굳이 돌아보지 않아도 통로에 새로운 철창이 생겨났다는 것쯤은 알 수 있다. 몸이 반응하지 않았다면 실핀에 꽂혀 액자에 걸린 한 마리 나비처럼 누군가가 내 몸을 감상하며 애도했겠지. 젠장.

투툭, 툭.

뭐, 뭐냐, 이번엔? 이번엔 몸이 먼저 반응할 틈도 없었다. 내가 구르고 있는 바닥이 허전해진 것이다.

물체가 자유 낙하할 때의 위치 선정에 있어서··· 으악! 잡생각이 떠오를 상황이 아니잖아! 살길을 찾아 순간적으로 초인적인 능력을 발휘한 내 눈에 손잡이—왜 그게 거기에 있냐고 묻지 마라. 나도 모른다—를 발견함과 동시에 나는 있는 힘껏 손을 뻗으면서 다리로는 떨어지는 타일들을 걷어찼다. 내가 무슨 전설적인 무술의 대가는 아니지만 누구라도 이런 상황에 처한다면 나와 같은 행동을 할 거다, 아마도. 아무튼 내 명이 길었던 건지 손잡이를 잡을 수 있었다.

달칵.

어, 어이··· 또 달칵이냐? 좀 더 독창성있는 소음은 없는 거냐(0.01

초)? 꾸엑! 그게 아니지! 이번엔 또 뭐냐? 이런 잡생각을 하는 와중에 내 몸은 손잡이를 잡은 손을 중심으로 원을 그리면서 벽 쪽으로 부딪쳐 갔다. 반사적으로 벽을 걷어차면서 삼각 점프를 시도하려던 찰나, 무언가가 머릿결을 스치는 오싹한 느낌! 머리털이 곤두선 나는 하려던 동작을 멈추고 천천히 머리 위를 바라보았다. 역시나 부르르 떨고 있는 벽에 가득 박힌 투창들이 보였다. 젠장, 손이 아닌 발로 밟았다면 그대로 황천행이겠군. 젠장, 젠장……

끙끙거리면서 간신히 기어 올라가자 드디어 내 눈앞에 문이 나타났다. 나는 얼른 록픽(Lockpick:도적들이 사용하는 만능 열쇠)을 꺼내 문을 열려다가 문득 스치는 좋지 않은 예감에 손을 멈추었다. 상대는 절대 얕볼 만한 자가 아니다. 최후의 최후까지 방심하면 안 된다. 게다가 그녀는 나에 대해 너무도 잘 알고 있다. 내 행동 양식은 물론 사고방식까지.

더 이상 고민하지 않고 화약을 꺼내어 경첩과 손잡이에 장치한 후 폭파시켰다. 어렵게 구한 거지만 그런 걸 따질 상황이 아니었다. 적은 양을 정확히 한 점에 집중시켜 사용했기 때문에 내가 원하는 부분만 부서져 내렸다. 그리고 조용히 쓰러지는 문. 드디어 출구를 연 것이다.

그. 러. 나……

"꺄핫! 정말 대단하네, 거길 통과하다니? 꺄하핫! 너, 알고 보니 한 실력 하는구나?"

어째서 이 악마가 여기에 있단 말인가? 그저 하늘이 노래질 뿐이었다.

"후훗. 너, 어디 가려고 그러니?"

어디 가긴… 너 때문에 도망가려고 하던 거잖아!

"아뇨, 저기 잠깐 바람이나 쐴까 하고… 하하핫……."

하지만 그런 어설픈 변명에 넘어갈 정도로 어수룩하다면 굳이 내가 도망칠 이유조차 없을 것이다. 악마는 짧게 코웃음을 치며 대답했다.

"도망치는 건 아니고? 바람 쐬러 그렇게 짐을 잔뜩 들고 가니?"

흑… 세상은 왜 나를 낳고 저 악마를 낳은 것이오니까. 난 하늘을 원망했지만 이미 신 따위 나서봐야 저 악마에게는 저녁 디저트거리도 안 된다는 사실을 알고 있는 내가 택할 수 있는 것은 단 한 가지뿐이었다.

"엉엉! 제발 한 번만 봐주세요. 엉엉."

일명 눈물 작전……. 도저히 영웅이 할 만한 행동이 아니라는 것쯤은 나도 잘 안다. 그러나 죽어서 영웅이 무슨 소용인가. 흑흑.

"봐달라고?"

악마는 팔짱을 끼고는 째려보며 말했다. 하지만 그런 태도가 무슨 문제인가, 살아날 수 있는 실마리가 생겼는데.

"네, 뭐든지 할 테니 제발 한 번만 봐주세요. 엉엉."

악마는 뭔가 잠시 생각하는 듯싶었다. 그리고 그 행동은 나로 하여금 뭔가 알 수 없는 불안감을 만들기에 충분한 것이었다. 저게 대체 또 무슨 짓을 하려고.

"뭐든지 한다고?"

그때서야 아차 싶었다. 저 악마를 모르는 것도 아닌데 그런 말을 하다니. 내 심장을 실험 재료로 쓰자고 할지도 모르잖는가. 하지만 이미 엎질러진 물이었다. 결국 난 기세가 팍 죽어서 이렇게 말할 수밖에 없었다.

"…네……."

악마는 사악하게―사실 다른 사람이 봤다면 상당히 예쁜 미소라고 했을 테지만 나에게는 말 그대로 악마의 미소였다―웃으며 말했다.

"좋아, 그럼 넌 이제부터 내 시종이다! 꺄하하하!"

"네?"

그날 이후 난 세계 역사상 처음으로 악마의 시종이라는 부업을 가진 영웅이 되었다.

"룰룰루~"

자고로 빵의 생명은 적당한 숙성과 알맞은 화덕의 온도, 그리고 정확한 시간이렷다. 화덕에 장작을 하나 더 넣었다. 구수한 빵 냄새가 천천히 퍼지기 시작한다. 노릇하게 구워질 빵을 생각하니 벌써부터 웃음이 나온다. 이게 남자의 행복이 아닐… 테지? 흑, 이제 완전히 밥돌이의 경지에 다다른 건가? 흑흑흑… 나 언제 영웅 되지?

지금 뭐 하는 거냐고? 보면 몰라? 빵 굽잖아. 흑흑흑… 무슨 소린지 이해가 안 간다고? 그래, 설명해 주지. 도저히 눈물 없이는 듣지 못할 슬픈 사연을……

전에 내가 악마의 시종이 된 경위까지는 설명했던 것 같은데… 여긴 바로 그 악마가 사는 집이다. 발코스에서 5시간 정도 떨어진 작은 변두리 마을 근처의 집이지. 그 사건이 있은 후 나는 강제로 여기로 끌려왔다. 시종이란 명목 하에. 실제로는 밥돌이로.

그녀의 시종이 되었을 때 나는 작으나마 천사가 나를 악마의 마수에서 구해주리라 기대했었다. 뭐, 나를 구해준 것도 그녀이고 무엇보다 다른 사람을 때리는 것보다 날 때리는 걸 좋아(?!)했거든. 그런데 천사도 결국 인간이었나 보다. 아무 소리도 못하고 날 악마에게 빼앗기더군. 악마보다 천사가 세다는 거 다 순 거짓말이더라고. 아, 그 천사가 아닌가? 더군다나 그 밥버러지 자식들… 내가 그녀에게 간다니까 왜 그리 좋아하던지……. 뭐, 그 심정 이해 안 가는 건 아니지만 솔직히 화가 나더군. 그래도 한때는 한솥밥 먹으며 함께 사랑의 어루만짐을 당하던 동료애가 있다고 생각했었는데 남자의 우정이니 뭐니 그런 거 다 부질없더라고. 어휴…….

아무튼 그런 경위로 지금 난 이곳에서 남자의 행복—컥, 나 진짜 완전히 밥돌이 다 됐나 봐—을 느끼며 살고 있지. 뭐, 자는 곳이 똥개 녀석 집 옆이라는 거하고 가끔 아침에 일어나면 똥개 품에 안긴 채 자고 있더라는 거하고 가끔 악마 기분 안 좋으면 지옥을 경험한다는 정도… 를 제외하면 그런대로 나쁘진 않은 편이지. 흑흑흑… 어무이~

문득 떠오르는 생각. 어디서 읽었더라? 울적할 땐 노래를 부르면 기분이 나아진다고 들은 것 같은데. 좋아, 어차피 지금은 악마도 없으니 한번 불러젖혀 보자.

그렇게 힘 풀린 얼굴로
대지의 속박에 안주하는가.
언제까지라도 지금처럼
힘겹게 걸어다닐 건가.

날개는 바람을 가르는 나의 칼날
대지의 얽매임을 가르고
저 태양과 달을 가로막고
폭풍을 뚫는다.

날개는 대지를 감싸는 나의 외투

대지의 열기를 감싸고
나를 부르는 별들을 어르고
산들바람을 탄다.

그대 높이 솟아올라 보아라.
하늘에서부터 빛을 발하며 날아라.
서서 기다리지만 말고
스스로 찾아가 보아라.

날개의 신.
잠시도 멈추지 않는 바람처럼
함께 저 아득히 날아올라 보아라.

얽매어 있던 모든 것을 버려라.
가두고 있는 사슬을 잊고 뛰어올라라.

날개의 신.
네 몸속에 깃들어
들어 올린 팔은 펄럭이는 날개가 되리라.

너와 함께 가리라.

대지를 떠나서 창공을 뚫고서
더없이 먼 빛까지 솟아올라

영원히 꺾이지 않을 날개로.

날개의 신.
영원히 너와 함께하는
너의 날개에 머무는 빛이 되리라.

―날개의 신.

크흑, 죽여준다. 언제 불러도 정말 훌륭한 노래야. 그래그래, 노래
만. 아무튼 이 노래는 내가 어릴 적부터 리카온 대제 이야기를 들으며
꿈을 키울 때마다 즐겨 불렀던 노래지. 수인족과의 길고 긴 전쟁을 종
결한 영웅 리카온 대제. 흑흑… 근데 지금 내 꼴은 이게 뭐람. 빵 구우
면서 행복을 느껴야 하다니… 흑흑흑.

"까하? 너 뭐 하니, 혼자 중얼거리면서?"

저 까갸거리는 소리, 아무리 세월이 지난다 해도 절대로 못 잊을 거
다. 악마!

"하하하, 원래 제가 좀 잡생각이 많죠. 하하하하……."

어설픈 웃음으로 얼버무려 보지만 그런다고 내 속을 모를 악마가 아
니다. 하지만 오늘은 그냥 넘어가 주나 보네.

"그래? 잡생각하는 건 안 말리지만 빵 태우면 죽는 건 알지?"

핫! 그리고 보니… 으라차차차, 으, 뜨거. 얼른 달려가 화덕에서 빵
을 꺼냈다. 다행이다. 조금만 늦었어도 위험할 뻔했군.

"그런데 오면서 들으니까 무슨 노랫소리가 들리던데?"

이크, 들은 건가? 혹시 그런 걸로 꼬투리를 잡지는 않겠지.

"하하하, 예. 제가 잠깐 심심해서요."

악마는 뭔가 잠시 생각하더니 말했다.

"그거 제목이 '날개의 신'이던가?"

음, 하긴 이렇게 유명한 노래를 모를 리가 없겠지.

"예, 리카온 대제를 그렇게 표현했다고 하더군요."

하지만 악마는 그런 내 말에 코웃음 칠 뿐이었다.

"흥, 날개의 신이라고? 칼스가? 웃기는 소리."

무슨 소리지? 왠지 잘난 척하는 그녀의 말투가 몹시 신경 쓰였지만 그렇다고 엉길 수도 없는 노릇 아닌가. 난 생명을 소중히 여긴다. 쩝.

"저기… 무슨 말씀이신지……?"

하지만 궁금한 건 알고 넘어가야겠지. 대답해 줄지는 모르지만.

"칼스는 날개의 신 따위가 아니었어. 알지도 못하는 것들이 그 따위 노래나 만들고 다니다니……."

어라, 이건 또 무슨 소리지? 마치 무왕 칼스에 대해, 아니, 그러니까 그 사람 본인을 마치 봤다고 말하는 것처럼 들리네? 게다가 리카온 대제의 이름을 무슨 친구 이름마냥 부르는군. 난 목숨을 걸고 다시 물었다. 허허, 나도 참 정말 대담해졌군. 이따위에 목숨을 걸다니.

"저기… 무슨 말씀이신지 전혀… 이해가 안 간다는……."

악마는 잠시 나를 빤히 쳐다보더니 내 말을 깨끗이 무시해 버리고는 자기 방으로 들어갔다. 우씨, 아무리 그렇다고 이렇게 무시하다니. 내가 막 그녀에 대한 험담을 한 보따리 풀려는 찰나 어디선가 잔잔한 류트 음이 울리기 시작했다. 악마의 방에서였다.

잊을 수 없었어.

그 순간의 나약함을
언제까지고 지워지지 않는 그녀의 모습을
사랑하는 이의 마지막 부탁을
피 묻은 검에 맹세한 복수의 서약을.

길었다 하지 못할 생은
단 한 가지 맹세를 위해
검과 빛과 어둠과
그녀의 묘비에 새긴 맹세를 위해

피의 맹세는 멈추지 않는다.

오직 앞으로 달렸다.
무엇이든지 희생할 수 있었다.
마지막 단 한 가지 약속
지키기 위해서라면.

그리고 충분한 힘을 얻었을 때
피로 물든 맹세는 실현되었다.
잔인하게 또한 철저하게
흔적조차 남지 않게 될 때까지 끊이지 않고

검에 새겨진 맹세는 끝없이 피를 마시고

마음에 새겨진 맹세는 깊게 패여만 갔다.
끝없이 부수고 죽이고 무너뜨렸다.

복수의 시간은 끝없이 계속될 것만 같았으나
무정한 모래시계는 웃어주지 않았다.
아직 맹세를 지키지 못하였건만
복수만큼이나 잔인한 시간은 힘을 앗아갔다.
맹세는 변하지 않았으나 검은 낡아갔다.
그리하여 쓰러지고 말았다.

맹세는 완결되지 못하고 남았다.
너무나도 일찍 끝나 버린 잔인하고도 슬픈 복수
마지막 순간까지도 잊혀지지 않는
다시 만날 그녀를 위한 맹세는 허공에 흩어져
아무 말도 하지 않는 문장들만을 남겼다.

흩어진 노래
부서져도 사라지지 않을 맹세
잊혀져 버린 절규는 바람에 흩날리고

언젠가 흘러내린 피의 강에
푸른 물고기가 뛰놀기를.

—흩어진 노래.

흐어억… 이럴 수가! 이것이 악마의 노래란 말인가? 나도 모르게 그녀의 노래에 취했다가 화들짝 놀라고 말았다. 수준급의 류트 실력. 그러나 그런 류트의 음률이 무색한 아름다운 목소리. 그 아름다운 목소리라고는 생각할 수 없는 격정적인 노래. 도저히 그녀의 노래라고 인정할 수 없었다. 아니야, 이럴 순 없어! 그래, 이건 악마가 매혹의 주문을 쓴 거야… 틀림없이!

그렇게 혼자서 패닉 상태에 빠져 허우적대고 있을 때 방문이 열리더니 악마가 나왔다.

"들었지?"

으아악, 이럴 순 없어. 이건 아니야. 내가 홀린 거야. 절대로 말도 안 돼.

"이봐?"

끄허어어, 그래, 그러고 보니 뱀파이어는 피를 빨기 전에 상대를 매혹시킨댔지. 악마도 틀림없이 동족이니까 아마 날 잡아먹으려고 이러는 거야! 틀림없어!

"야?"

흑흑, 어무이, 아부지, 불효자는 이렇게 산중에서 악마의 한 끼 식사로 전락하게 되었습니다. 몰래 가출한 거 정말 미안해요. 흑흑흑, 다음 생에라도 만나면 그땐 정말 효도할게요. 흑흑흑.

"야!"

퍽!

"꿱……!"

그제야 정신이 돌아온 나는 머리를 부여잡고 주위를 둘러보았다.

헉! 악마가 불타오르고 있었다.

"아무래도 너의 주인이 누구인지 확실히 깨닫게 해주어야 할 것 같
군."

그, 그런 거 안 해주셔도… 되는데… 요……. 삐질.

하지만 악마는 무정하게도 그런 나의 마음속에서 우러나오는 절규
를 무시해 버렸다. 굳이 이 뒷부분은 설명하지 않겠다. 남 맞는 얘기
뭐가 좋다고 들으려고 하는가. 아무튼 그날 난 천사가 악마를 두려워
하는 정확한 이유를 깨달을 수 있었다. 흑흑, 사실은 그런 거 깨닫고
싶지 않았다.

제3장 이방인, 그리고 여행

이방인, 그리고 여행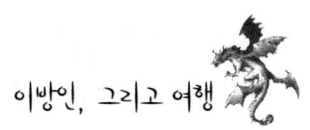

"재밌군."

재밌긴 뭐가 재밌어! 난 하나도 재미없다고! 으아아아! 제, 젠장, 정말로 벨 셈인 거냐? 이크크……

정말 정신없는 칼 놀림이다. 뭐가 어떻게 돌아가는 건지 정신이 하나도 없다. 공격해 들어오는 상대의 움직임 같은 걸 읽는 건 이미 포기한 지 오래다. 나 정도의 실력으로 어찌해 볼 수가 없는 상대였다. 이미 옷은 걸레가 된 지 오래고 그 사이사이로 아까운 내 붉은 피가 번져 나오고 있었다.

"흐읍!"

갑자기 숨을 들이키는 소리, 이미 몇 번 당해봐서 다음 공격이 뭔진 안다. 물론 안다고 해서 피할 수 있는 종류의 공격도 아니었다.

순식간에 새하얀 검광이 온 시야에 가득 들어찼다.

으아아아아아! 헉헉… 어떻게 피한 건진 모르지만 일단은 피했다. 물론 완벽한 건 아니었지만.

"재밌군."

으아아! 이것도 엄청난 심리 공격이다. 저 녀석은 아까부터 '재밌군', '흐읍!' 이 두 가지 말밖에 안 하고 있다. 한 번만 더하면 벌써 30번째라고! 그리고 왠진 모르지만 그 '재밌군'이란 말을 들을 때마다 알 수 없는 분노가 불끈불끈 솟아오르는 게 정말 환장하겠다.

으으으… 도대체 이 녀석은 누구지? 왜 다짜고짜 처음 보는 사람한테 칼질이야, 칼질이! 으으으… 도대체 왜 집 나온 다음에 만나는 인간 치고 제대로 된 인간이 하나도 없는 거냐! 난 정말 신이라는 그럴듯한 간판만 걸어논 사기꾼한테 밉보이고 있는 건가? 설마 내가 지난 추수감사절 헌금 봉투에 동전 몇 개만 넣은 게 들킨 건가? 아무리 그렇다고 쳐도 너무 쪼잔하잖아, 명색이 신이란 녀석이!

"꺄, 뭐 해?"

이미 한 시간 가까이 '재밌군', '흐읍!' 두 가지 낱말만 듣다가 다른 말을 들으니 얼마나 반갑던지. 난 그 말을 한 자가 지금 눈앞에서 무식하게 칼질을 해대는 인간보다 더하면 더했지 덜하지 않은 인물이란 걸 잊고 말았다. 미쳤다고? 그럼 이 상황에 제정신이겠어?

"아, 주인님!"

…이젠 너무나 자연스럽게 나오는 이 단어 '주인님'. 왠지 씁쓸하다. 하아~ 어쩌하여 이런 일이 일어나게 된 걸까. 이크크! 제, 젠장, 네놈은 책도 안 봤냐? 영웅이 사색할 땐―실은 잡생각―절대로 건드리는 게 아니란 말이다.

그러나 악마는 나와 이 무식한 괴한이 보이는지 아닌 건지 그냥 무심하게 집 안으로 들어가 버린다. 으아아, 그럼 난 어떻게 하라고! 내 속에서 터져 나오는 처절한 절규를 알아차렸는지 문득 악마는 내 쪽을 돌아보며 말했다. 오오, 세상에 이런 기적…….

"피곤하니까 목욕물 데워놔, 10분 내로."

…같은 일이 일어날 리 없지. 그리고 농담이겠지. 이런 상황에서 어쩌라는 거야? 말이 되는 소릴 해야지! 더군다나 10분이라니! 지금부터 전력으로 해도 도저히 시간 안에 댈 수 없을 것 같은데…….

괴한의 현란한 칼 놀림을 오직 직감과 본능에 의존해 피하면서 어떻게 해야 이 난국을 헤쳐 나갈 수 있을지 고민해야 했다.

"흐읍!"

으으, 정말 정확하기도 하여라. 아마 이놈은 지독하게 고지식하거나 머리가 지독하게 나쁘거나 둘 중 하나일 거다. 난 죽인데도 저런 식의 어휘 구사는 못할 거다. 절대로.

그건 그렇다 치고, 핫! 으… 이번 건 좀 아슬아슬했어. 하지만 피했으니 그걸로 된 건가?

"내 말이 말 같지 않니?"

헉! 이런, 나도 모르게 잡생각에 빠져서 대답을 안 했다. 크, 큰일이다!

왜 나만 갖고 이러는 거야? 왜? 난 비쩍 말라서 요리거리는커녕 박제거리로도 시원치 않다고! 으으… 게다가 난 앞으로 영웅이 되어야 할 몸이란 말이닷!

"으라랏차!"

단 한 번의 기회를 잡아야 한다! 우렁차게 기합을 지르고 그사이에도 나를 향해 찔러 들어오는 검을 허리를 틀어 피하면서 몸을 웅크리고서 있는 대로 남아 있는 힘을 끌어올린 다음… 죽어라고 집 안으로 도망쳤다.

괴한은 그런 내 모습에 조금은 놀랐는지 잠시 나를 빤히 쳐다보았다.

"재밌군."

으음, 그럼 다음 차례는 '흐읍' 이겠군.

"그만 하고 당신도 들어와. 내 집 앞 잔디밭을 망친 건 고쳐 놓고."

괴한은 잠시 나를 지켜보던 시선을 거두어 그녀를 바라보았다. 그리고 말했다.

"흐… ㅂ."

그리고 난 그 소리를 듣고는 확신했다. 이 인간 진짜 바보라고.

"rew9 802#%$B WwE RGW##G# $G#Q$WE F#@$r……."

"#%G%$$# F@ FDG?"

"#$GA WFA $H%$% G%#$F#$… H%# F@#."

한 가지 부탁을 하고자 한다. 혹시 지금의 저 대화를 해석할 수 있는 사람이 있다면 내게 무슨 뜻인지 말해 주지 않겠는가. 모른다고? 젠장…….

사람에게 있어, 특히 나처럼 한창 호기심 많을 나이의 사람에게 있어 가장 큰 고통이 뭐냐고 묻는다면 지금으로썬 궁금증을 해소하지 못하는 일이라고밖에 대답할 수 없다. 물론 어디까지나 '지금으로썬' 이긴 하지만.

아까부터 저 악마와 바보, 두 인간 같지 않은 존재들은 내가 알아먹지도 못하는 이상한 말로 대화라는 걸 나누고 있었다. 둘 중 어느 하나

만 그랬다면 그냥 '드디어 미쳤군'이라고 넘겼겠지만 너무나도 진지한 표정으로 심각하게 이야기를 나누는 터라 감히 그렇게 생각하지 못하는 것이 못내 아쉬울 뿐이다.

"토미, 짐 싸."

웃! 갑자기 이게 무슨 소리인가? 혹시 날 자유롭게 해준다는 말 아닐까? 귀가 번쩍 뜨였다. 오오, 하느님, 이제야 제 기도의 응답을 내리시는군요. 흑흑, 이제부턴 정말 열심히 당신을 섬기겠나이다. 절대로 헌금 같은 거 안 떼먹고 착실히 기도도 드릴게요. 흑흑… 너무 감사합니다.

"그 이상한 표정 집어치우고 당장 여행 갈 준비나 빨리 해. 10일 정도 걸릴 거니까 식량 충분히 마련하는 거 잊지 말고."

쩝… 에휴휴~ 그럼 그렇지. 후우… 언제쯤 내게도 자유의 광영이 비출려나. 아까 했던 말 전부 취소. 역시 신도 저 악마한텐 안 되나 보군.

푸른 하늘 사이로는 새하얀 솜털 구름이 비추고, 그 아래 펼쳐진 대지에선 푸르른 잎새들이 바람에 나부낀다. 새들은 그 품 안에 둥지를 틀고 그 싱그러움을 노래 부르고 따스한 햇살은 그 모두를 포근하게 안아주고 있었다. 정말이지… 지금 내가 처한 상황만 아니라면 이 풍경에 흠뻑 취하고 싶을 정도였다.

흐으윽… 사, 살려줘. 이 극악하고 파렴치한데다 후안무치하기까지 하고 치사찬란하기로는 따를 자가 없는 데다 얼굴 가죽마저 두꺼운, 제정신이 아닐 게 분명한 저 악마로부터 누가 나 좀 구해줘요! 구해주기만 한다면 평생 주인님으로 모시며 제가 이룬 모든 공을 그대의 품으로 돌리겠나이다. 영웅의 몸값으로 너무 싼 거 아니냐고요? 그게 아니죠. 괜히 영웅이겠습니까? 그러니 제 말을 믿어주시고 제발 저 좀 살려주세요~

뭐? 시끄럽다고? 왜 그렇게 미친놈마냥 발광하냐고? 그럼 내가 가만 있게 됐나? 지금 내 꼴을 보고 그런 소릴 하란 말이다!

세상에… 어딜 봐도 연약하기 그지없는 이 가냘픈 미소년에게 어떻게 이렇게 많은 짐을 지울 생각을 할 수 있는 건지? 얼마나 많길래 그 난리냐고? 대충 쌓아도 내 키보다 팔 하나는 더 높다면 이해가 가? 그것도 있는 대로 꼭꼭 눌러 담아서 말이야.

이 인간 같지도 않은 두 XX들은 힘은 나보다도 센 주제에 짐을 홀랑 나한테 다 떠맡겼단 말이다. 대충 계산해도 세 사람—일단 모양은 사람이니까—과 한 마리 똥개—말이 똥개지 이 녀석 식량이 사람들 먹을 식량과 맞먹는다—가 10일간 먹을 식량이 얼마나 된다고 생각하나? 그나마도 건량도 아니라면… 이제 좀 이해가 가려나? 어디 식량뿐인가? 집에 있던 요리 도구라는 요리 도구는 모조리 들고 나온 데다 10일간 갈아입을 의복이며 침구류, 기타 생활 필수품… 솔직히 이걸 지고 내가 움직이고 있다는 것 자체가 말이 안 된다고 생각지 않아?

물론 마차 같은 걸 탄다면 얘기는 또 다르겠지. 하지만 이 무식한 것들은 도보만 고집하는 거야. 하긴 이런 산길을 마차 타고 갈 수는 없는 노릇이겠지만, 그래도 어떻게 건드리기만 해도 더럽혀질 듯한 이 미소년에게 이런 짐을 지울 생각을 할 수 있는 거냐고!

그나마 천천히라도 가면 말도 안 해. 무슨 놈의 걸음은 그렇게 빠른 거지? 똥개 등에 타고 건들거리면서 가는 저 악마는 그렇다 쳐도 저 바보 녀석은 신발에 무슨 날개라도 달린 건가? 뒤에서 끙끙거리는 이 영웅 생각도 조금은 해줘야 할 것 아닌가 말야. 젠장, 젠장, 젠장, 젠장!!

"으아아아아아!"

몰라! 이젠 나도 몰라! 배 째! 아니, 그렇다고 칼은 꺼내지 말고. 아무튼 더는 못 가! 때려죽여도 못 가! 이, 이봐, 똥개야. 그렇다고 그렇게 군침을 흘릴 건 없지 않겠니? 아하하……

아무튼! 하여간! 그러므로! 난 그냥 벌러덩 누워버렸다.

"……."

잠시 침묵이 흐른다. 지금 이 순간이 중요한 고비였다. 여기서 더 물러설 수는 없다고. 이대로 가다간 인류 역사상 처음으로 과로사하는 영웅이 될 거다. 아니, 짐더미에 압사한 영웅이 맞겠군. 나를 내려다보는 악마의 눈을 째려… 보면 안 될 것 같아서 일단 눈을 깔았지만 아무튼 더 이상은 못해! 안 해!

"재밌군."

끙~ 그나마 붙잡고 있던 긴장의 끈까지 끊어지게 만드는 저 말… 저놈 진짜 저 두 마디밖에 모르는 거 아닐까? 어? 어어… 어이? 이봐? 자, 잠깐! 오지 마! 아, 알았다고! 갈게! 갈 테니까 오지… 헉?

"흐읍!"

내가 뭐 어쩌고 할 새도 없었다. 그대로 나와 내가 지고 있던 짐까지 한 손으로, 그것도 왼손으로 들어 올려 버린 것이다. 검을 쓰는 손도 아닌 왼손으로 말이다! 으으… 정말이지, 왜 내 주위엔 이런 괴물들만 있는 건……? 으헛! 이게 아니지. 어, 어쩌려는 거야? 허?!

왠지 좀 어안이 벙벙해졌다. 이런 걸 의외의 상황이라고 하는 걸까? 바보는 그대로 나를 한쪽 어깨에 태우고는 아무 일 없었다는 듯이 다시 가던 길을 가기 시작했다. 나야 잘된 일이긴 한데… 뭔가 어색한 것이… 아무튼 고마워해야 할 것 같은데…….

"저기… 고… 마워."

"재밌군."

…관두자, 말을 한 내가 잘못이지.

경위야 어찌 됐든 그 이후로 여행이 좀 편해진 건 사실이다. 뭐, 짐을 내가 메야 한다는 사실은 변하지 않았지만 그걸 지고 직접 걷느냐 아니냐는 엄청난 차이다. 그리고 그날 이후로 어쩌면 이 바보도 악마의 마수에 걸려들어 속고 있는 게 아닐까 하는 생각마저 가끔 들었다. 말하자면 그나마 악마보다는 인간처럼 보였다고나 할까? 아무튼 난 그렇게 훗날 저주를 퍼붓게 될 악몽의 여행을 시작하게 되었다.

제4장 수인족?

수인족?

　세상에는 천적이라는 것이 있다. 이른바 먹이사슬이라고 불리는 하늘이 정한 법칙의 한 부분을 지칭하는 말이다. 하지만 이것은 단지 생태계에서만 통하는 얘기는 아닐 것이다. 좀 딱딱한 얘기가 되겠지만 인간 관계에서도 이 먹이사슬이라는 말과 천적은 어느 정도 통용되는 면이 있는 듯하다. 적어도 내 생각엔 말이다.

　무슨 뚱딴지 같은 말이냐고 의아해하시는 분이 더러 있을 것이다. 나 자신부터도 이런 말을 갑자기 듣는다면 '어디서 웨어울프가 짝 짓기라도 하나 보군' 하면서 들은 척도 안 했을 테니까.

　그럼 여러분은 여기서 내가 왜 갑자기 이런 오크 풀 뜯어 먹는 소리를 하나 하고 궁금해할 것이다. 안 궁금하다고? 미안하군. 뭐, 아무튼 난 얘기를 하는 입장이고 여러분은 듣는 입장이니 잠자코 듣기 바란다. 싫다고? 싫으면 어쩔 건데? 어어… 폭력 반대! 평화를 사랑합시다!

이야기가 잠시 옆으로 샜군. 이번엔 제대로 얘기할 테니까 경청해 주시길.

일단 내가 어떻게 그 저주스런 여행을 떠났는지까지 얘기한 것 같은데… 일단 그 다음부터 이어가도록 하겠다.

뭐, 사실 난데없이 급작스럽게 떠난 여행이라서 좀 당황스럽긴 했지만 이 여행은 내가 발코스까지 했던 여행과는 여러 가지 면에서 질적으로 달랐다. 뭐가 다르냐고? 일단 낮에는 조금 고된 편이었지만 밤에는 편히 잘 수 있었다는 점을 들 수 있겠다. 모름지기 밤에 충분한 휴식을 취하고 아니고의 차이를 여행을 해본 사람이라면 누구나 절실하게 깨닫고 있을 것이다. 그건 이해하지만 어떻게 그게 가능하냐고? 나와 같이 있는 존재들이 누구이던가? 바로 악마와 바보다.

악마. 지금까지도 이를 바득바득 갈게 만드는 이 이름의 존재는 그야말로 천하무적이라는 말이 어색하지 않다. 적어도 내가 보기엔 말이다. 데리고 있는 똥개만 해도 지옥의 마수인 헬하운드. 내가 계속 똥개라고 불러서 제대로 인식이 안 되었을는지도 모르지만 일단 어지간한 하급 마족 정도는 가뿐하게 상대하는 괴물이 바로 이놈이다. 이런 판국에 다른 잡다한 몬스터야 더 말할 필요도 없지. 그런 존재를 애완용 강아지마냥 데리고 다니는 악마는 그럼 얼마나 강한 것일까?

육체적인 면은 모르겠지만 적어도 그녀가 사용하는 그 특이한 마법만큼은 최강이라고 불러도 손색이 없을 것 같다. 천사의 집에 잠시 있을 때와 예전에 대상 행렬에 끼어 가던 중 여행 중인 마법사 몇이 수련 중이거나 싸우는 걸 가끔 본 적이 있는데 그녀처럼 간단하게 마법을 사용하는 걸 본 적이 한 번도 없다면 이해하기가 편하리라.

마법사의 약점은 주문을 외우고 마법을 발동시키는 데 시간이 걸린다는 점, 그리고 마법 사용 시에 엄청난 정신력을 소모한다는 점 정도이지만 적어도 이건 악마에겐 전혀 해당이 안 되는 일이니까. 딜레이 없는 마법 연사, 그리고 엄청난 마법을 펑펑 써대도 두통 한 번 일으키지 않는 특이한 모습. 이 두 가지만 가지고도 이미 더 이상 할 말이 없다고 본다.

그리고 또 한 명의 존재, 바보. 전에도 말했듯이 그 엄청난 짐을 진 나를 왼손으로 가볍게 들어 올리는 이 존재 또한 세상의 법칙에서 벗어난 존재라고 부르기에 부족함이 없다. 게다가 단순히 힘만 센 것도 아니고 눈에 보이지도 않을 만큼 빠른 검을 구사하는 데 이르러선 보고 있는 나조차도 믿기 힘들다.

이런 존재들과 같이 여행하는 마당에 산속에서 오크나 고블린 따위 만나봐야 전혀 긴장감이 안 드는 건 오히려 당연한 일이 아닐까. 바로 지금처럼 말이다.

퍽퍽퍽!

꾸에에에에엑!

흠, 과연 생긴 것만큼이나 확실한 돼지 멱 따는 소리군.

"한눈팔다가 스튜가 눌기라도 하면 너도 저 꼴로 만들어줄게."

저 악마… 누가 안 잡아가나. 하긴 옆에서 오크 떼와 바보가 죽어라 싸움을 벌이는 마당에 식사 준비나 태평하게 하고 있는 나도 참 대단하긴 하다.

퍽, 퍼벅, 퍽!

펙!

오호? 저런 걸 콤비네이션이라고 하는 건가? 정강이차기, 스트레이트, 훅, 뒤돌려차기로 이어지는 4단 공격이군. 음, 그나마 식사 준비 중이라 검을 안 쓰는 게 다행이라고 해야 하나.

솔직히 처음으로 피 튀기는, 다시 말해 죽고 죽이는 싸움을 보았을 때 장난 아닌 충격을 받긴 했었다. 아무리 몬스터라고 해도 일단 사람 모양을 한데다 개중엔 인간의 말을 어설프게나마 하는 놈들이 있으니 푸줏간 돼지고기 보듯 할 수는 없는 노릇이다. 덕분에 며칠간 아무것도 먹지 못하는 사태가 벌어지기도 했다. 바보 어깨에 타고 가는 것조차 버거울 지경이니 말 다했지. 그나마 지금은 그래도 어느 정도 익숙해지긴 했지만 역시 피 튀기는 싸움은 즐겁게 지켜볼 만한 구경거리는 아닌 듯하다.

꾸에에에에에엑!

또다시 한 마리 오크가 저 하늘 멀리 빛나는 별이 된다. 이걸로 전부 마무리된 건가?

바보가 손을 탁탁 털면서 터벅터벅 걸어온다. 떱… 땀방울 하나 안 흘린다. 역시 괴물이야.

아무튼 바보도 제 역할을 했으니 나도 내 역할을 해야겠지. 음, 간은 이 정도면 됐고… 고기도 이 정도면 됐고…….

꾸에에에에에에에에엑!

어라? 이건?

소리가 나는 곳을 돌아보았다. 처음엔 검은 점으로 보이다가 급속히 커지는 물체. 엥? 오크? 헉! 안 돼! 이러다간 직격으로 스튜가……!

"흡!"

케에에에에에엑!

다행히도 나의 걱정을 바보가 덜어주었다. 날아오는 오크를 그대로 다시 쳐서 날려 버린 것이다. 오오… 저 오크는 하루에 몇 번이나 별이 되는군. 어라?

내 눈에 특이한 광경이 비춘다. 믿기지 않는군. 바보가 주먹을 감싸 쥐고 얼굴을 일그러뜨리고 있는 것이다.

"##%G# #$$#! #FQ @$$ $$$F#$$AF!"

바보는 악마의 집에서 들어보고 정말 오랜만에 들어보는 예의 그 이상한 말을 악마에게 급하게 내뱉더니 오크가 날아온 방향을 힐끔 보고서는 그대로 뒤도 안 돌아보고 냅다 뛰어가 버린다. 어찌나 급하게 달려가는지 내가 그 방향으로 고개를 돌렸을 때에는 이미 흩날리는 먼지 구름만 보이고 있었다.

뭐가 어떻게 돌아가는지 영문을 알 수 없던 나는 악마에게 시선을 돌렸다. 오, 이런 진기한 광경이?

뭐가 진기하냐고? 언제나 자신만만한 악마가 골치가 아프다는 표정으로 관자놀이를 주무르고 있는 게 아닌가! 살다 보니 악마의 저런 모습을 볼 때도 있군.

무엇이 악마에게 두통을 선사했는지는 금방 알 수 있었다.

끼이이이이이이이이익!

우웃… 이건!

무언가가 우리 둘의 앞에서 급정거하는 소리!

그리고 일어난 자욱한 먼지! 안 돼! 스튜와 고기가!

필사적으로 먼지를 걷어보려 했으나 중과부적. 난 하늘이 노래지는 걸 느꼈다. 그리고 울분이 일어났다. 으흐흑… 누구야! 누가 감히 이따위 짓을!

하지만 내가 그 대상에게 소리를 지르기 전에 그쪽이 한발 더 빨랐다.

"이봐, 꼬마야. 여기서 몸집 엄청나게 크고 힘 엄청나게 좋은 남자 못 봤어?"

그 존재는 나보다도 어려 보이는 여자 아이였다. 프릴이 잔뜩 달린 공주풍의 옷에 모양 만드느라 무척이나 시간 걸린 듯이 보이는 롤 머리에 좀 특이한 점은 양손에 끼고 있는 검은 건틀렛 정도?

"에… 그게……"

"음? 이건?"

여자 아이는 내가 뭐라고 하기도 전에 갑자기 시선을 한곳으로 홱 돌렸다. 그리고 바보가 달려간 방향으로 달려갔다. 아니, 달려갔다고 느꼈을 땐 이미 시야에서 사라진 후였다. 그리고 들려오는 소리.

"휴우우우! 리이이이이! 에에에에엘!!"

"$#$$#! F#$@c4$f#$!!"

저건… 아마도 바보의 목소리?

뒤에 알게 된 이야기지만 휴리엘은 바보의 이름이었고, 그 소녀는 그의 약혼자란다. 음… 가히 범죄 수준이지만……. 돌아온 바보의 혼이 빠져나가 버린 듯한 모습을 보고는 왠지 측은한 생각이 드는 건 나뿐일까?

이미 여행을 시작한 지 일주일을 넘어서고 있다. 그나마 이제야 어느 정도 익숙해지는 느낌이랄까. 우리는 그 지겹던 산맥을 넘어 계곡을 따라 평지로 나아가고 있었다.

새로이 동행이 된 바보의 약혼녀 이름은 자낙. 척 들어도 여자 이름으로 보기에는 상당히 무리가 있지 않은가? 만약 나중에라도 이런 이름을 자기 딸한테 붙일 마음이 있는 사람은 손을 들어보기 바란다. 어

이, 거기 장난치지 말고.

아무튼 지적 호기심으로 충만한 내가 이런 일을 넘어간다면 말도 안 되는 일이겠지. 나는 저녁 설거지가 끝나고 한가한 틈을 타 그녀에게 물었다.

"아, 내 이름?"

자기 전에 머리를 무엇인가로 동여매던 소녀는 싱긋 웃음을 지으며 얼굴을 붉힌다. 우우… 정말이지, 이건 범죄다. 바보 자식, 정말 복도 많… 아차차, 잠시 그녀의 괴력을 잊고 있었군. 하지만 저 미소를 보고 그런 생각을 떠올리지 않을 자신있는 놈 나와보라고 그래. 음? 여자는 빼고.

"그건, 음… 약혼의 증표야."

약혼의 증표라고? 이름이?

"뭐, 보통 사람들은 잘 이해가 안 가는 게 당연해. 이건 우리 부족들만의 풍습이니까."

그렇게 말하고는 잠시 바보 녀석의 옆 얼굴을 발그레한 얼굴로 바라본다. 바보 녀석은 모닥불에 장작을 넣다가 그 시선을 느끼고는 괜스레 헛기침을 하면서 고개를 돌려 버린다. 으… 왠지 화난다.

"풍습이라니?"

소녀는 그런 바보의 모습을 한동안 꿈꾸듯 바라보다가―아아, 정말 나의 인내심의 한계를 느낀다―내 물음에 마지못해 고개를 돌려 대답했다.

"왜 그런 거 있잖아. 너희들도 약혼할 때 반지 같은 예물을 교환하지?"

"응."

"마찬가지야. 다른 게 있다면 우리는 이름을 교환한다는 거지."

그 말은… 바보의 원래 이름이 자낙이고 소녀의 원래 이름이 휴리엘이라는 소리군. 이제야 이름과 얼굴이 좀 매치가 되네.

"특이한 풍습이라고 생각하겠지? 하지만 난 그래서 더 마음에 들어."

"어째서?"

"생각해 봐. 이름이란 건… 그러니까 다른 사람이 나를 떠올리는 데 쓰이는 가장 중요한 상징이야. 그리고 자신을 타인과 구별 짓는 많지 않은 도구 중 하나지."

소녀는 눈을 반짝이면서 자기 말에 도취되고 있었다. 역시 힘은 세도 로맨스에 약한 소녀라는 건가.

"게다가 우리 부족은 옛부터 이름에 특수한 마력이 있다고 생각하고 있어. 이름 그 자체로 영성을 가지고 있다는 거지. 그래서 서로 이름을 교환한다는 것은 그 상대가 또 다른 자신이라는 것을 인정한다는 의미야. 그리고 자신과 영혼을 공유한다는 의미도 되지."

떱… 확실히 로맨스에 약한 소녀에게는 치명적이겠군. 게다가 듣는 사람으로 하여금 닭살에 쪄 죽을 수 있는 기회도 부여할 수 있겠어.

"그런데 아까부터 부족부족 하는데… 지금도 부족 같은 걸 따지는 곳이 있어?"

그렇다. 부족이라는 것은 적어도 왕국 성립 이전이나 그 왕국의 왕권이 성립되기 이전의 단어이다. 물론 민족이라는 단어는 아직까지 남아 있지만 이미 대륙은 거대한 왕국들이 정립해 있었고 인간의 역사상에서 부족이라는 단어는 사라진 지 오래였다. 소녀와 바보가 문명의 혜택을 받지 못한 완전 깡촌에서 왔다면 모르되 그들의 차림으로 보아 그런 것도 아닌 듯했다.

"음? 몰랐니? 하긴 휴리엘은 공용어를 잘 모르니까. 음, 혹시 수인족이라고 들어봤어?"

수인족? 무왕 칼스가 정복한 그 종족? 무시무시한 동물의 형상을 하고 있다는 그 악마적인 전투 종족? 하지만 그들은 이미 사라진 게 아닌가?

"네 표정을 보아하니 수인족에 대해 어떻게 생각하는지 알 만하구나. 사실은 나와 휴리엘은 5대 수인족 중 하나인 투웅족의 후예야."

헉! 저 바보 녀석은 그렇다 쳐도… 음, 정말 안 믿긴다. 눈앞의 이 소녀가 곰 같은 걸로 변신한다는 건가? 곰돌이 인형이라면 또 모를까. 곰돌이 인형이라……. 생각해 보니 그것도 나쁘지 않겠군… 이 아니라 아무튼 지금 수인족이 그런 거 맞지?

"하하, 농담도……."

"농담? 내가 왜 그런 걸로 농담을 해야 하는데?"

으으, 그럼 사실이란 건가? 정말 곰돌이 인형으로 변신을? 이 아이라면 아마도 분홍빛 털을 가진 아기 곰 인형인가? 헉! 내가 무슨 망상을……

"하지만 내가 알기로 수인족은……."

"아, 무슨 말인지 알겠어. 하지만 모든 소문이 진실은 아닌 법이지. 수인족이라고 해서 이름처럼 동물 모습을 하고 있는 것은 아니라고. 뭐, 특별한 경우에 변신을 하기 때문에 그런 이름이 붙은 것뿐이지. 그리고 그 변신이라는 것도 자유로이 할 수 있는 게 아니고 말야."

아무튼 변신을 하긴 한다는 거군. 하하, 자꾸 아기 곰이 떠오른다. 으……

"너… 도… 변신하는 거야?"

"아, 난 못해."

음, 왠지 안도감이. 이유? 나도 모른다. 따지지 말자. 아무튼 이 곰돌이 인형에 대한 망상은 지울 수 있겠군.

"수인족이라고 해서 자기가 원하는 대로 언제든 변신할 수 있는 건 아니야. 따지고 보면 수인족들도 일반적인 인간과 다를 게 없거든."

이봐, 변신한다는 자체가 다른 거라고.

"일반적인 인간과 다를 게 없다고? 그럼 어떻게 변신하는 건데?"

"대대로 내려오는 샤먼이 주술을 거는 거야. 이를 테면 성황이 성전을 선포할 때 '파나틱시즘(Fanaticism)'이라는 전체 마법을 거는 거나 마찬가지라고 보면 돼. 수인 족은 대대로 토템 신앙을 가지고 있기 때문에 약간 다른 거라고 생각하면 이해하기 쉽겠지."

그, 그런 건가? 확실히 이해는 간다만 납득하긴 어려운걸.

"따지고 보면 수인족들이 특별할 수 있는 건 바로 그 샤먼의 힘이라고 할 수 있겠지. 하지만 샤먼은 부족 내에서 일맥 계승되기 때문에 무척 보기 드문 존재야. 금언 주법, 또는 금언령이라고 부르는 주술을 사용하는 자들이지. 주법사라고도 불러."

정말 오늘 너무 많은 걸 들어서 머리가 지끈거릴 지경이로군. 결론은 수인족들도 샤먼이 없으면 결국 일반인과 마찬가지라는 얘기인가? 그럼 내가 아는 사람들 중에도 수인족의 후예가 있을 수 있다는 얘기잖아. 가만, 그러면 지금 시대에 수인족이 눈에 띄지 않는 건?

"그럼 수인족들이 사라진 게 아니라 샤먼이 사라진 거란 얘기가 되나?"

"응? 사라지다니? 그들은 사라지지 않았어. 다만 힘을 사용하지 않을 뿐이지."

"뭐?"

"가까운 곳에도 한 명 있잖아."

가까운 곳이라니, 내 주위엔 샤먼이 될 수 있을 만한 존재가… 헉!

설마?!

하지만 소녀는 그런 나를 아랑곳하지 않고 악마를 가리키며 말했다.

"바로 저기 메프로슈네 언니가 현 시대의 샤먼이야."

하.하.하… 이제야 저 악마의 강함이 이해가 되는군. 전설 속에나 나올 법한 수인족의 샤먼이라… 그리고 역시 전설 속에나 등장할 법한 수인족 커플이 덤으로……. 하아, 내가 아무리 전설을 일궈내는 게 목표기는 하지만 이렇게 갑자기 코앞으로 들이닥치니 정말 혼란스럽네. 역시 갑자기 이 정도 지식을 들이붓기에는 내 머리의 용량이… 아차차, 방금 건 취소. 가만, 그러고 보니 악마의 이름인가, 메프로슈네가? 안 어울려, 안 어울려. 으으으… 도저히 이름과 행동이 매치가 안 되잖아. 악마가 쓰기엔 너무 고귀해 보이는 이름이라고.

"하아, 어쩐지 무적이더라니."

"음? 무적? 그렇진 않아."

순간 귀가 번쩍 트인다. 눈에 힘이 들어가는 건 당연한 조건 반사! 악마의 약점이닷! 자유의 광영이닷! 해방의 숨결이닷! 음, 조금 오버한 감이 있긴 하지만 그 정도로 귀가 확 트이는 얘기였다.

"그럼 약점이라도?"

최대한 집중, 또 집중! 단 한 단어라도 놓치지 않도록 난 집중할 수밖에 없었다.

"음, 금언 주법이란 것이 확실히 신에 가장 근접한 주술이라는 얘기는 듣지만 그건 어디까지나 상대가 생명체일 경우에 한해서야. 무생물에게는 아무런 영향도 미치지 못하지. 사실 그 때문에 이전 시대에 무왕에게 패해 산림으로 쫓긴 거고."

아, 아무튼 그게 약점이라 이거지? 잉? 하지만… 곰곰이 생각해 보면 역시 나한테는 아무런 도움이 안 되잖아. 난 엄연히 생명체니까. 자유를 얻기 위해 좀비가 될 수는 없는 노릇이라고. 떕, 김샜다.

그래도 이제까지 몰랐던 악마의 정체라든가 하는 걸 알아낸 건 큰 수확이다. 자고로 적을 알아야 깰 수도 있는 법이니까. 음, 이 소녀하고는 가능한 한 친해지는 게 좋겠어. 아, 나쁜 의도는 아니니까 그런 눈으로 보진 말라고. 하여간 생각하는 게 왜 그 모양이지. 이건 굳이 말하자면 생존을 향한 몸부림? 뭐, 그녀가 나에게 반한다면 말릴 생각은… 아차차, 역시 못 본 걸로 해주길. 흠흠, 이미지 관리를 좀 더 충실히 해야겠군.

이름조차 잘 모르는 산을 넘어 도달한 평원은 마치 별천지 같은 곳이었다. 일단 땅의 빛깔부터가 달랐다. 마치 붉은 바다를 보는 것처럼 넓게 펼쳐진 평원을 보고 있자면 왠지 삭막한 기분부터 일어나는 건 어쩔 수 없을 것 같다. 가끔 보이는 나무조차도 말라비틀어져 있고 가장 흔하게 눈에 띄는 것은 고작해야 헐벗은 대지 위에 불쑥 솟아 있는 희멀건 바위 몇 개일 뿐이었다.

그러나 이런 버려진 평원이라고 해서 죽어 있는 것은 아니었다. 나무는 없을지라도 군데군데 잡초들이 무성했고, 커다란 동물들은 없을지라도 벌레라든가 그 벌레를 먹고 사는 새들이 가끔 보였다. 생물이란 어디서든 적응해서 살기 마련인가 보다.

하지만 이 붉은 평원의 주인이라 할 수 있는 생물은 따로 있었다. 도대체 무엇을 먹고 사는지 알 수조차 없는, 우리가 흔히 몬스터라고 부르는 바로 그 종족들이다.

주인으로서는 낯선 손님이 허락도 없이 멋대로 자기 영역을 침범하는 것처럼 기분 나쁜 일도 없을 것이다. 그것은 그 주인이 설령 몬스터라고 해도 마찬가지였다.

"새벽의 호반 수면 위에 비친 소녀의 미소."

미친 듯이 질주해 오던 코란드노투스 무리들이 갑자기 우당탕 소리를 내며 자빠져 버린다. 우와, 정말 장렬하군. 맨 앞에 있던 놈이 어찌 되었을지 심히 걱정되는걸. 정말 말로만 듣던 희귀 몬스터를 실제로 보니 영광스럽기는 하구만 그래.

코란드노투스. 한마디로 코뿔소가 두 발로 뛰어다니는 걸 상상하면 녀석들의 모습이 짐작이 갈 듯싶다. 신장은 대략 9리드(1리드=25㎝) 안 팎이고, 무슨 갑옷을 입은 것마냥 보이는 두터운 외피, 그리고 가장 무시무시한 건 코 위에 솟아 있는 저 강력한 뿔이겠지. 온갖 무기와 방어구로 무장한 중기 병대도 저 녀석들은 피해간다더니 그 말이 거짓말은 아니었군.

이놈들이 나타난 건 우리가 계곡을 빠져나오는 순간이었지. 마치 기다리고 있었다는 듯이 평원 끝에서 질주해 오는데, 히야~ 정말 그 목표가 나만 아니었더라면 도시락 싸들고 다니면서 구경 다닐 만한 장관이었다니까. 뭐, 결국은 악마의 주술 한 방에 저렇게 볼썽사납게 죄다 엎어지긴 했지만 말이지.

"간다!"

놈들이 엎어지자 기다렸다는 듯이 달려나가는 우리 이쁜 자낙 양. 아, 이 대사는 절대 사심이 섞이지 않았다는 걸 명심해 주시길. 아무튼 바보의 어깨 위에서 재잘대던 모습이라고는 도저히 상상할 수 없는 마치 화살과도 같은 도약이다. 그녀의 불그스름한 금발 덕택에 마치 불화살이라도 쏘아져 나가는 듯한 착각이 들 정도다. 언니, 나 반할 거 같아. 헉, 내가 무슨 소릴?

그녀가 달려나가자 그때까지 반쯤 넋이 나간 바보의 전형적인 모습을 보여주던 바보 녀석도—음? 당연한 건가?—덩달아 그 뒤를 쫓아 나간다. 난 뭐 하냐고? 구경한다. 떾, 별수없잖아. 어떡하라고.

마침 뭉그적거리며 일어나던 코란드노투스 한 마리가 불행히도 첫 타깃이 되는 영광을 안게 되었다. 자낙 양은 그야말로 순식간에 그 옆을 스쳐 지나갔다. 하지만 그냥 스쳐 지나간 것이 아니란 것은 뒤 이어 들려오는 격타음으로 알 수 있었다.

콰콰콰쾅!

보통 퍼퍼퍼퍽 아닌가? 으… 자낙 저 애도 확실히 수인족의 후예가 맞긴 한 거군. 하지만 코란드노투스의 외갑은 역시 견고했다. 하기사 전력을 다한 중기병의 랜스도 퉁겨낸다는데 저 정도 공격으로 허물어지진 않겠지. 뭐, 비틀거리는 걸 보니 완전히 무사한 건 아닌 모양이지만. 게다가 그 뒤에선 바보가 달려나오고 있으니.

푸칵!

후아~ 역시 괴물이구먼. 어떻게 저런 놈의 목을 단번에 절반이나 날려 버리는 거지? 바보 녀석은 마땅치 않은 얼굴이지만 저건 확실히 대단한 거라구.

하지만 그사이에도 자낙은 비칠거리며 일어서는 코란드노투스 떼거리에게 무자비한 어루만짐을 가하고 있었다. 자기 힘으로는 쓰러뜨릴 수 없는 걸 깨달았는지 하체만을 노려 움직임을 봉쇄하고 있긴 하지만 그게 어디 보통 능력인가? 게다가 그 현란한 움직임을 코란드노투스 같은 둔중한 몬스터가 잡아내기는 역시 무리겠지. 그렇게 움직임이 봉쇄된 녀석들을 바보 녀석이 일검에 하나씩 마무리. 음, 자신들의 장점을 확실히 알고 행하는 콤비 플레이라서 그런지 확실히 대단하군. 역시 러브러브 어택은 무적인 건가?

정말 그놈들이 달려오던 기세를 생각하면 어이없을 정도로 허무하게 끝나 버린 전투구만. 그리고 덕분에 내가 함께하고 있는 존재들이 얼마나 인간 같지 않은 존재들인지 다시 한 번 확인도 되었고 말이지. 방금 쓰러뜨린 코란드노투스 8마리라면 웬만한 기사단 하나쯤은 순식간에 전멸시킬 수 있을 거 같은데 말씀이야. 음? 뭐, 아님 말고. 아무튼 자유의 광영은 너무나 먼 곳에 있군. 제길.

"그나저나 큰일이네."

자낙 양이 우그러진 건틀릿의 보호대를 주먹으로 두들겨 펴면서 한마디 했다. 으, 그렇게 시위하면서 말해야 되나.

"벌써부터 이런 놈들이 설칠 정도면 상당히 심각한데. 게다가 기껏해야 한두 마리씩 나다니는 코란드노투스가 한 번에 8마리씩이나 등장하다니."

음, 그랬던 거냐? 윽, 아닌 게 아니라 정말 큰일이잖아. 다른 녀석들이야 어디에 처박아도 제 한 목숨 건사하겠지만 난 이런 괴물들과는 다르다고! 어쩌지? 어쩌면 좋지? 생존 전선에 켜지는 빨간 불 하나. 딩동! 음냐.

"진짜 큰일이잖아. 누가 농담이라고 해줘."

나의 푸념과도 같은 목소리에 대답한 건 놀랍게도 악마였다.

"꺄핫! 그래도 걱정은 되나 부네? 하지만 그럴 필요 없어. 너도 나름대로 쓸모가 있으니까 데리고 온 거야."

뭔 소리여? 하긴 내가 좀 다방면에 재능이 있긴 하지만… 그건 어디까지나 인간의 범주에서 얘기할 때나 통하는 거라고. 이런 비상식적인 상황에선 나 같은 영웅이라고 해도 별수가 없는 거 아닌가?

"흐음, 과연. 그런 거군."

자낙 양이 고개를 끄덕이며 말한다. 이봐, 그렇게 쉽게 납득하지 말 란 말이닷! 자기들끼리 그렇게 당사자 제치고 납득해 버리면 재밌냐? 나두 좀 끼워줘. 히잉.

"뭐가 그런 것이군… 이야? 나도 좀 알려줘. 우리 이쁜 자낙 양."

윽… 이럴 수가. 나도 모르게 생각한 게 입 밖으로 나와 버렸다. 으 걱… 뒷수습을 어떻게 하지? 하지만 그런 나의 걱정과 기대를 일절 무 시하고 자낙 양은 건틀릿을 다시 손에 끼면서 대답한다. 당연하다는 듯이. 왠지… 화난다.

"전에도 말했지만 메프로슈네 언니는 샤먼이야. 하지만 역시 샤먼에 게도 약점은 있지. 무생물에게는 아무런 영향도 끼치지 못한다는 점. 그래서 방금 같은 난투극이 되면 샤먼은 뒤에서 구경할 수밖에 없어."

그건 알아듣겠는데 그거랑 나랑 무슨 상관이야?

"좀 내가 알아듣게 설명해 주면 안 될까?"

"그러니까 그런 상황에서 샤먼이 쓸 수 있는 방법은 결국 한 가지지. 자기 동료에게 주술을 걸어서 상황을 타개할 만한 능력을 주는 거야."

자, 잠깐! 그 말은 그러니까… 머시기냐. 에엑! 설마?

"다시 말하자면 넌 메프로슈네 언니의 비밀 병기 역할이라고나 할 까? 솔직히 수인족이 아닌 일반인에게 주술이 먹히는지는 나도 잘 모 르겠지만."

여, 역시 난 실험 재료였어!

"너, 너희들도 있잖아! 왜 나야?!"

자낙 양은 그 말을 듣더니 쓴웃음을 피식 흘리면서 대답했다.

"그게… 나나 휴리엘은 이미 주술을 많이 겪었거든. 생명체라는 게 묘해서 어떤 것이든 자주 경험하게 되면 면역이 생겨. 다시 말해서 우리는 언니의 주술에 면역 상태야. 게다가 부작용도 있거든."

아, 그렇구나… 가 아니라! 머시라! 부작용?

"부작용이라니? 도대체 무슨?"

"그게… 개인 차가 있어서 정확히는 어떤 거라고 말해 주기가 힘드네. 휴리엘의 경우에는 비정상적으로 근육과 골격이 성장했지. 그리고 덤으로 새로운 지식을 습득하는 데 자신도 모르게 의식이 거부 반응을 일으켜. 공용어를 쓰지 못하는 것도 그 때문이지."

하하… 그럼 지금 바보의 모습은 결국 그 부작용 때문이라는 건가?

"그, 그럼 넌? 너도 면역이라면서? 그럼 넌 무슨 부작용이 생긴 건데?"

자낙 양의 쓴웃음이 더욱 처량해졌다. 윽, 왠지 건드려서는 안 되는 부분을 건드린 게 아닐까 하는 생각이 떠올랐지만 이미 엎질러진 물이었다.

"그건… 그래, 말하지 뭐. 난 반대로 성장이 멈췄어. 그리고 덤으로 아이도 갖지 못하게 됐지."

헉! 이, 이건 보기보다 심각하잖아! 게다가 아이를 낳지 못하다니! 너무 심하잖아! 넌 그런 상황에서도 그렇게 행복하게 웃을 수 있었던 거야?

"대신 지금 보는 것처럼 인간 같지 않은 반사 신경과 힘이 생겼지."

자낙 양은 오히려 씨익 웃으며 알통을 만들어 보이는 시늉을 했다. 하지만 그런 건 위로가 될 만한 문제가 아니잖아. 하아…….

"세상 사는 게 원래 그런 거야. 세상의 저울은 언제나 공평하지. 오는 게 있으면 그만큼 가는 것도 있는 거야. 그리고 금언 주법이란 건 결국 인간이 가진 잠재 능력을 끌어내는 도구지만 노력없이 결과를 얻은 대가치고는 싸다고 생각지 않아?"

난데없이 들려오는 악마의 싸늘한 목소리. 확실히 맞는… 아니지! 이게 어떻게 공평하다는 거야! 도대체 왜 이들이 이런 일을 겪어야 하는 건데? 그리고 내 허락도 없이 내 몸을 마음대로 쓰려는 이유가 뭔데?

나는 울컥 화가 치밀어 올라서 지금까지의 내 위치도 잊고 악마에게 대들 뻔했다. 그러나 그런 나의 옷자락을 잡아끄는 손길이 있었다. 자낙이었다.

"그만둬."

자낙은 어느새 내 한쪽 소매를 붙잡고 있었다. 여전히 웃음을 띠고 있었지만 뭔가 복잡해 보이는 그런 미소를 띤 채 고개를 가로저으며.

"언니라고 해서 부작용으로부터 자유로운 건 아니니까."

팔을 뿌리치려던 난 그 말에 우뚝 멈춰 버리고 말았다.

"뭐?"

자낙은 잠시 머뭇거리며 악마를 훔쳐보았다. 하지만 이미 악마는 고개를 돌린 채 앞서 나가고 있었다.

"언니는… 여자로서의 자신을 완전히 잃었어."

그녀의 말을 이해하지 못한 나는 잠시 멍하니 서 있어야 했다. 그리고 이해하고 나서도 움직이지 못했다. 그럼 도대체 악마의 정체는 무엇이란 말인가. 게다가 그런 악마를 예쁘다고 생각한 난 뭐란 말인가. 음, 원래 여자였다니까 예쁜 건 그럴 수도 있겠군. 그런데… 그럼 지금 악마는 남자야, 여자야?

제5장 수인족의 마을, 라카이람

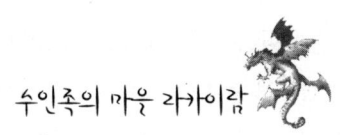

수인족의 마을 라카이람

"글쎄, 거기서 걔네 아버지가 튀어나올 줄은 꿈에도 생각 못했던 거지. 어떻게 됐을 것 같아? 결국 그대로 둘은 미렐 아버지한테 끌려간 거야. 쿡쿡쿡, 그러니까 아마 지금쯤이면 쿠라스는 미렐이라는 이름으로 불리고 있을걸?"

지금 이 말은 자낙 양이 언제나처럼 그의 어깨에 올라앉은 채 떠들어대는 얘기다. 어제 그런 일이 있었음에도 불구하고 저 둘은 여전히 같은 모습이었다. 하지만 난 그럴 수 없었다.

솔직히 지금 저렇게 즐겁게 떠드는 자낙의 속내를 이해할 수가 없었다. 그래, 성장이 멈추었다는 건 어느 정도 받아들일 수 있을지도 모른다. 사실 늙는 걸 두려워하는 건 여자로서는 당연한 일일 테니까. 하지만 아이를 낳을 수 없게 되었다는 점이 떠오르면 역시 이해가 안 된다.

물론 개중에는 몸매가 망가질까 봐 아이 낳기를 두려워하거나 출산

시의 그 끔찍한 고통이 두려워서 아이 낳기를 기피하는 여자도 분명히 있다. 하지만 그건 어디까지나 철모르는 귀족 아가씨들이나 하는 얘기가 아닌가. 모름지기 생명체라고 불리는 것들에게는 종족 유지의 본능이라는 게 있는 법이니까. 하긴 내가 남자라서 이렇게 얘기하는 것일 수도 있겠지. 하지만 본능을 떠나서라도 2세라는 것은 사랑의 결실이라는 상징성도 있다. 그런 사랑의 결과물을 자신들의 동의도 없이 거의 강탈당하는 형태로 빼앗긴 상황에서도 저 둘은 어떻게 미소 지을 수 있는 것일까.

물론 지금 내게 가장 중요한 건 저 둘의 문제는 아니다. 조금 이기적이라고 할지는 몰라도 일단 내게 닥친 문제가 가장 시급하다고 봐야겠지. 난 그 일이 있은 후 저녁 무렵이 되어서야 내가 선택(?)된 일에 대해 악마에게 물을 수 있었다. 악마는 의외로 선선히 대답했다.

"그건 언니 집에서의 일 기억나지? 그때 내가 너에게 주술을 걸었던 것."

어찌 잊겠는가. 강아지 형상으로 헬하운드에게 쫓기는 건 절대로 일상적인 경험이 아니니까.

"변명이 되겠지만 사실 나로서도 네가 덜커덕 그렇게 주술에 걸릴 줄은 몰랐어. 일반인에게 주술을 시도한 건 그게 처음이었으니까. 물론 나 자신이 주술의 부작용에 대해 잘 알고 있는 만큼 고민을 해야 했지. 그리고 그 고민의 결과 넌 내 시종이 되었던 거고."

악마는 이제까지 보아왔던 까부는 모습이 아닌 차분한 어조로 이야기를 이어갔다. 주술의 부작용 이야기를 들은 탓일까, 왠지 그 표정이 중성적으로 느껴지는 것은? 후, 인간의 선입관이란 얼마나 무서운 것인가.

"일단 그렇게 된 바에야 내 곁에 두는 편이 낫겠다 싶었지. 주술 대상자가 언제 또 필요할지 알 수 없는 노릇이었고 무엇보다도 어떤 식으로 부작용이 일어날지 예측할 수 없었으니까. 지금도 마찬가지지만."

결국 이왕 버린 몸이니 별수없지 않느냐, 이런 뜻이었다. 하지만 역시 나로서는 받아들이기 어려운 일이었고 덕분에 지금 난 악마와 무척 서먹해져 버렸다. 후우, 나도 자낙 양이나 바보처럼 태평할 수 있으면 얼마나 좋을까.

어쨌든 여행을 시작한 지 9일 만에 우리는 목적지에 도착했다. 물론 나는 도착한 다음에서야 목적지라는 걸 알았지만. 얼마 남지 않은 수인족의 마을 라카이람이 바로 그곳이었다.

라카이람. 지금이야 이렇게 작은 마을로 변했다지만 무왕 칼스가 활동했던 시대에는 수인족과 인간의 군대가 치열한 접전을 벌였던 요새지라고 한다. 마을 뒤쪽으로 솟아오른 산은 비록 높이는 얼마 되지 않았지만 그 반대 편이 절벽으로 이루어져 있고 입구도 거대한 바위로 인해 구불구불하게 되어 있어서 말 그대로 평야 한가운데 위치한 천혜의 요새라고 할 만한 곳이었다.

악마와 저 닭살 커플은 이곳에서 상당한 유명인이란 걸 한눈에 알 수 있었다. 입구를 지키던 청년의 자지러지는 듯한 반응은 둘째 치더라도 우리가 당도한 걸 안 모든 마을 사람들이 한꺼번에 몰려 나와 북새통이 되어버렸으니까. 하긴 그들 부족의 상징이랄 수 있는 샤먼이 온 것이니 어쩌면 당연한 반응일 수도 있겠지.

적어도 악마의 집에서 떠나오기 전의 나였다면 이런 환대에 무척이나 들떴겠지만 지금은 아무래도 흥이 나지 않았다.

어슴푸레 비치는 역광 사이로 천장이 비추인다. 그리고 덮쳐 오는 타는 듯한 갈증. 몸을 일으켜 머리맡에 놓여진 물 주전자를 기울여 소리 내 마셨다.

갈증이 어느 정도 풀리자 그제야 방 안의 사물이 내 눈에 들어와 박힌다. 여기는 어디지? 나는 기억을 헤집어보기 시작했다.

수인족들이 우리를 조촐한 잔치에 초대했었지. 하지만 난 그들의 말을 모르기 때문에 꿔다 논 보릿자루나 마찬가지였고 자낙 양이나 바보, 그리고 악마가 수인족들과 어울리는 걸 물끄러미 쳐다보는 수밖에 없었지. 그러다가 누군가 다가와서 잔을 내밀었고, 그걸 한 번에 쭉… 음, 거기서부터 기억이 없군.

웃! 머리가 깨질 것 같다. 뼈마디가 욱신거린다. 젠장, 그게 술이었나? 그럼 이건 숙취라는 거겠군. 젠장, 이런 걸 뭐가 좋다고 마시는 거지? 정말 이해가 안 가, 모든 게.

잠시 멍하니 누워서 천장만 바라보고 있었다. 하지만 한번 일어난 두통은 수그러들 생각을 하지 않은 채 잠들 만하면 간헐적으로 나를 덮쳤다. 덕분에 정신만 점점 더 또렷해졌다. 결국 난 다시 잠드는 걸 포기하고 바람이나 쐴 겸 집 밖으로 나왔다.

하늘엔 오늘도 변함없이 두 개의 달이 떠 있었다. 붉은 달 카미레스와 하얀 달 레미네스. 두 달이 동시에 떠 있어서 그런지 밤인데도 시야를 분간하는 데 별다른 불편을 느낄 수 없었다. 하지만 그 덕에 별들은 모두 숨어버려서 밝은 몇 개만 빼고는 찾아보기 힘들었다.

그나마 알아볼 수 있는 별자리들을 헤아려 가면서 산책을 하고 있는

데 어디선가 노랫소리가 들려왔다. 나는 홀린 듯 그 노래가 들리는 곳
으로 다가갔다.

이제는 알 수 없는
그 길의 저편에
서 있겠어요.

이제는 볼 수 없는
추억의 그 끝에
그대가 보이네요.

그토록 시린
미련만 묻어둔 채
서 있을게요.

이제 다시는
다가갈 수도
느낄 수도 없겠지요.

하지만 슬퍼 마세요.
이제 우리 헤어진다 하여도
추억만은 남을 거예요.

우리가 함께 거닐던

그 모든 시간 속에서
추억만은 남을 거예요.

슬퍼 마세요.
울지 마세요.
사랑하는 그대여.

이것이 이별이 아님을
이것이 이 길의 끝이 아님을
우리는 알고 있잖아요.

우리 다시
함께할 수 없다 하여도
추억만은 남을 테니까요.

언제까지나
언제까지나

사랑하는 그대여.
기억해 주세요.

언제까지나
언제까지나

끝이 아니었음을.

내 시선이 멈춘 그곳에는 한 소녀가 웅크린 채 모래를 부르고 있었다. 굳이 누구인지 물어볼 것도 없이 난 그녀가 악마라는 걸 알고 있었다. 악마는 다가가는 내 모습을 잠시 흘긋 쳐다보았지만 그대로 시선을 돌려 모닥불만을 바라보고 있었다.

나 자신도 모르게 그녀의 곁에 주저앉았다. 나는 그녀가 무슨 말이라도 걸어오길 바랬지만 그녀는 끝내 입을 다물고 아무 말도 하지 않았다. 그저 조용히 모닥불만 지켜볼 뿐이었다.

가냘프게 들리는 조용한 노랫소리를 자장가 삼아 달이 지고 있었다.

"허허, 받으시게나."

촌장이 사람 좋은 얼굴로 잔을 내민다. 하지만 나의 직감은 저 속에 감추어진 살기를 이미 짚어내고 있었다. 으으… 그나저나 또 술인가? 술은 싫은데. 난 절대 주는 거 마다하는 사람은 아니지만 어제 그 고통을 생각하면 역시 나에게 술은 좀 이르다는 감이…….

"저는 나이도 있고 아직 술은 좀……."

최대한 정중하게 거절을 해본다. 음? 그런데 그 순간 촌장의 한쪽 눈썹이 꿈틀거리는 듯한 착각이 드는 이유는 무얼까?

"흠, 바리크라의 잔은 받고 내 잔은 받지 못하겠다는 건가, 지금?"

바리크라는 또 누구지? 난 그런 이름 들어본 적도 없다고, 이 양반아. 그런데 내가 잔을 받기는 누구한테 받… 았군. 그럼 어제 나한테 잔을 건넨 사람의 이름이 바리크라인가? 얼굴도 기억 안 나는데. 어쨌든 여기서 누군가의 잔을 받은 건 그 사람뿐이니까 맞겠지.

"그게… 전 그게 술인지 모르고 받았거든요."

촌장은 잠시 나의 진위를 파악하려는 듯 턱에 손을 괸 채 잠시 노려보았다. 흐으… 무서워요. 어찌 나 같은 연약한 소년에게 그런 잡아먹을 듯한 눈빛을 보낸단 말입니까. 내가 뭘 잘못… 하긴 했지만 그건 어디까지나 우연이라고요.

"그렇다면 할 수 없군. 그럼 본론으로 들어갈까? 이제 어쩔 텐가?"

매우 차분한 대화 같지만 그건 들어보지 않아서 하는 얘기다 저 으스스한 눈빛과 말속에 숨어 있는 살기를 겪어보지 못해서 하는 말이다. 정말 어쩌다 일이 이 지경이 되었는지. 난 또 한 번 이제는 신이라 부르기도 민망한 저 하늘의 그 놈팡이를 저주했다.

그런데 뭣 때문에 이러는 건지 궁금하지 않아? 하해와 같은 아량으로 설명해 주는 걸 감사하라고. 솔직히 난 그때 일 떠올리기 싫거든.

그러니까 지금 이 상황이 벌어진 계기를 설명하자면… 후우~ 정말 한숨밖에 안 나오는군. 아무튼 어젯밤, 아니, 오늘 새벽인가? 아무튼 그쯤에 일어난 일 때문이었어. 아니지, 정확히 말하자면 오늘 아침 일 때문이겠지.

어제 내가 악마의 노랫소리에 이끌려 모닥불로 다가가 함께 앉아 있었던 것 기억하시는지. 악마의 노랫소리… 전에도 잠깐 말했지만 그거 듣고 제대로 이성을 챙길 수 있는 인간이 과연 몇이나 될까? 오죽하면 내가 이건 뱀파이어다, 서큐버스다 하면서 가까스로 정신을 챙겨야 할 정도일까. 하지만 악마의 노래라든지 그걸 듣고 다가간 것까지는 아무 문제될 게 없었지. 다만 문제는 아침에 일어났을 때였어.

"이봐, 이봐."

으음… 누구지? 안 떨어지려고 버둥거리는 눈꺼풀을 가까스로 들어 올리고 나를 깨운 존재를 바라보았다. 음, 저 불타는 듯한 롤 머리… 자낙 양이군.

"음……."

근데 왜 이리 가슴패기가 답답한 거지? 뭔가 무거운 것이 짓누르는 느낌인데 이게 뭐…….

"헉!"

잠, 그 딴 거 순식간에 달아났다. 숙취? 그런 거 자취도 없이 사라져 버렸다. 이성? 그런 거 챙길 틈이나 있었겠는가. 난 그만 돌이 되었다!

"둘이… 밤새 같이 있었던 거야?"

자낙 양이 왠지 불쌍하다는 듯한 말투로 물어온다. 왜? 왜 악마가 내 위에 포개진 채 자고 있는 거냐!

이제 대충 감 잡았는가? 그렇다. 나는 그 전설로 내려오는 이른바 '불장난'이라는 명목 하에 코가 꿰이기 직전인 것이다. 나 자신도 기억 못하는 일 가지고 말이다. 기억이나 하면 차라리 체념이라도 하지, 기억도 못하는데 어떻게 하라는 말인가! 뭐? 남자답게 그냥 책임지라고? 말 같지도 않은 소리! 내가 그럴 리가 없잖아! 그리고 날 인간 취급도 안 하는 악마를 내가 그랬겠어?

음, 솔직히 악마가 좀 이쁘긴 하지만 알다시피 난 그 본성을 속속들이 안다고! 게다가 내가 술에 취해서 정신 못 차리고 있었다면 몰라도 난 정신 또렷했단 말이야! 뭐? 그럼 왜 기억하지 못하냐고? 낸들 알아? 일어나니 그 모양인 걸!

게다가 더 심각한 문제는 그 꼴을 마을 여자들이 전부 다 봤다는 거야. 생각해 봐, 지금 상황이 어떻게 되었을지. 원래 소문이란 게 어떻게 퍼지는지 잘 알지? 누구랑 누가 지나가다 인사라도 하면 다섯 사람쯤 건너가서는 손 잡았다로 바뀌고, 10사람째에는 키스로 바뀌고, 20사람쯤 되면 약혼에 동거까지 시켜 버리는 세상이라고. 지금 이 마을이 온통 나와 악마의 소문으로 들끓고 있는 건 오히려 당연한 일 아니겠어? 하나뿐인 샤먼과 그녀가 데리고 온 소년, 알고 보니 그렇고 그런 사이였다더라. 안 들어도 훤하지 않아?

하지만 그것만 가지고는 지금 촌장이 나에게 이렇게 살기를 뿌리는 이유를 설명하는 덴 무리가 있지. 아무리 귀중한 샤먼이라고 해도 사적인 남의 일 때문에 그렇게까지 할 이유는 없으니까. 어쨌든 난 점점 더 죄어오는 촌장의 살기를 식은땀을 흘리면서 애써 견뎌내고 있었어.

"어, 어쩌다뇨?"

으으… 이미 기세 싸움에서 완전히 패배한 상태다. 이래서야 대책이 안 서잖아. 난 떳떳하다고! 그, 그렇지만 기억이 안 나니 좀 불안하기는 한데… 으으.

"그걸 몰라서 묻는가?"

이젠 살기를 감추려고조차 하지 않는군. 윽… 저 불타는 듯한 눈빛이 날 더 옥죄어온다. 어, 어쩌지?

"긴말 하지 않겠네. 우리 메프로슈네와 이름을 맞바꾸게."

우리 메프로슈네? 굉장히 친근하게 부르는군. 그럼 이 촌장은 악마와 무슨 관계… 으악! 그게 문제가 아니잖아! 지금 뭐라고? 이름을 바꾸라고? 저 악마하고 내가? 오, 이 사기꾼 신아!

"노, 농담이시겠죠?"

농담이라고 말해 줘요, 촌장 아저씨. 아니, 촌장 할아버님. 아니지, 촌장 폐하. 아니, 아니, 저 사기꾼 신보다 훨씬 영명하신 우리의 태양 촌장이시여, 제발.

그러나… 처절한 마음의 절규를 담은 나의 애타는 눈빛 따위는 아예 싹 무시한 채 촌장은 단호하게 선언해 버린다.

"그걸 농담으로 받아들인다면 자네는 이곳에서 뼈를 묻게 될 걸세."

그 말이 끝남과 동시에 그게 거짓이 아니라는 걸 보여주듯 불타는 눈빛으로 나를 쏘아본다. 어찌나 그 기세가 흉흉한지 손가락 하나 움직일 수 없을 정도다. 뱀에게 몰린 개구리의 심정이 이럴까. 어쩌지? 어쩌면 좋지?

"그만 해요, 아버지."

여기서 악마의 난입. 음, 근데… 뭐시라? 아버지? 이 촌장이? 하하하… 촌장님 부인께서 상당히 미인이셨나 보네요. 솔직히 오우거 로드라고 부르는 쪽이 알맞을 것 같은 촌장과 저 악마가 같은 혈통이라니, 차라리 드래곤이 도롱뇽의 후예라는 쪽을 믿겠다.

"무슨 소리냐?"

촌장의 시선이 악마에게 돌아가자 난 겨우 한숨 돌릴 수 있었다. 한 번만 더 그 눈빛을 받았다가는 제명에 못 살겠다. 이미 악마를 만난 후로 제명에 살기는 포기했지만 말이다.

"토미는 수인족이 아니에요. 그런 그에게 우리의 방식만 강요할 수는 없는 거 아니겠어요?"

의외로 논리정연한 반박. 하긴 보통 머리 가지고 마법사가 되진 못한다니까 당연한 건가?

"그럼 넌 어떻게 하자는 거냐?"

악마는 잠시 시선을 돌려 나를 보고 씨익 웃더니(!) 결정적인 치명타를 날렸다.

"그야 저도 그쪽 부모님을 만나봐야 하는 거 아니겠어요? 꺄핫."

…그 후론 아무것도 생각나지 않는다. 난 그대로 졸도해 버렸기 때문이다.

무겁고 탁한 공기가 온 실내에 들어차 있다. 실제로 무겁고 탁해서가 아니다. 이 방 안을 온통 지배하고 있는 팽팽한 긴장감 때문에 그렇게 느껴지는 것이다.

"어쩌자는 거죠?"

그 긴장감을 견뎌내지 못하고 일단 내가 먼저 입을 열었다. 물론 평소에 이런 투의 말투를 썼다가는 그야말로 국물도 없었겠지만 상황이 상황이니만큼 악마도 그걸 따지지는 않았다.

"뭐가?"

오히려 악마는 천연덕스럽게 반문해 왔다. 정말 얄밉다 못해 증오스럽기까지 하다. 내가 어쩌자고 이런 악마와… 으아아아악! 또 떠올리고 말았다! 으악! 안 돼! 이럴 때일수록 정신을 챙기지 않으면…….

"지, 지금 몰라서 묻는 건가요?"

"응."

요사하다 못해 사이한 미소로 대꾸하는 악마. 물론 악마는 충분히 아름답다. 객관적으로나 주관적으로나 그건 틀림없는 사실이다. 하지만 뱀파이어가 못생겨서 공포스러운가? 이쁘면 됐지 뭐가 문제냐고? 지금까지 뭘 보고 들은 거냐! 만약 저 악마와 정말로 약혼을 하고 결혼까지 한다고 생각… 크허억! 헉헉헉… 죽을 뻔했다. 단지 상상만 했을 뿐인데도 이 심장을 쥐어짜는 듯한 고통은 도대체 뭐란 말인가. 헉헉.

안 돼. 절대로 안 돼. 절대로 있어선 안 되는 일이다. 영웅? 그 딴 거 둘째로 치고라도 일단 내 생명이 위태로운 일이다. 있을 수 없다. 절대 있을 수 없는 일이다!

"역시 그것 때문에 그런 거니?"

잠시 내 얼굴을 빤히 쳐다보던 악마의 말. 헉! 저런 표정과 어투와 몸짓이라니! 과연 여자는 변신하기 위해 태어난 존재란 말인가? 하지만 분명히 애처로운 몸짓과 표정과 어투임에도 불구하고 난 오히려 더욱 싸늘한 한기가 몸을 덮쳐 오는 것을 느꼈다. 내 본능은 명백한 위험을 경고하고 있는 것이다.

"난 분명 부작용 때문에 외적인 '여성'은 잃었지만 분명히 여성으로 자라왔고 나 자신을 여성으로 자각하고 있어. 게다가 겉보기에도 여자잖아. 난 '여성'이란 외양을 잃었을 뿐이지 '남성'이 된 건 아니야. 이해해?"

어라? 내 얼굴을 보더니 뭔가 착각한 건가? 음, 그렇고 보니 그 문제도 있었군. 엥? 잠깐. 그럼 몸은 적어도 여성은 아니란 소리잖아. 가만, 그럼…… 이것 봐라?

"잠깐만요. 그럼 사고가 날래야 날 수도 없는 거 아닌가요?"

그때까지 눈물은 보이지 않았지만 무척이나 애처로운 표정으로 고개를 숙이고 있던 악마의 얼굴에 아차 하는 표정이 스치고 지나간다. 역시 그랬던 거야! 난 결백해!

"꺄… 하하, 그게 그러니까……."

이봐요, 악마 씨. 이미 늦었다구요.

"과. 연. 그럼 난 누명을 쓴 거군요? 계획적으로?"

내가 단정적으로 결론을 내려 버리자 그때까지 자신이 무슨 명연기자라도 되는 양 절대 어울리지 않는—이라고 말은 하지만 넘어갈 뻔했다—온갖 대사와 표정을 남발하던 악마의 태도가 일순 급변했다.

"그래, 그럼 어쩔 건데?"

웃, 순식간에 다시 분위기 역전. 저렇게 뻔뻔하게 나오니 오히려 내가 말문이 막혀 버린다. 그런 호기를 놓칠 악마가 아니지.

"이걸 알아야 해. 상황을 되돌리기엔 이미 늦었어. 우리 관계가 설령 그것이 진실이든 허구이든 간에 퍼질 대로 퍼져 버렸다고. 이 상황에서 네가 그 딴 사실 지껄여 봐야 들어줄 사람은 아무도 없다는 걸 알아야 해. 오히려 책임감없는 녀석이라고 손가락질이나 안 받으면 다행이겠지."

으윽… 부정하고 싶었지만 그것 또한 사실인 게 분명하다.

"그러니까 넌 내가 하자는 대로만 하면 돼. 사실 네가 방금 전처럼 주제넘게 굴지만 않았어도 조금쯤은 약혼자로서 대우를 해줄까 생각했었지만 역시 안 되겠어. 넌 말로 해선 들을 녀석이 아니란 걸 다시금 확인했어. 이 말의 뜻은 잘 알겠지?"

말을 마치고 승리감에 가득 찬 표정으로 미소를 지어 보인다. 그야말로 악마의 미소… 그리고 악마라는 칭호가 전혀 부끄럽지 않은 교활함에 오히려 감탄이…으악! 그게 아니잖아!

"자, 잠깐만요! 어째서 나죠? 나 아니더라도 그럴 생각만 있었다면 얼마든지 가능했잖아요! 어째서 나인 거죠?"

악마는 절규하는 나를 재밌다는 듯이 쳐다보면서 쐐기를 박았다.

"그야 때리는 손맛이 있으니까. 게다가 난 요리를 못하거든."

오, 멀찍이 하늘에서 모든 걸 주관한다는 핑계 하에 퍼져서 직무유

기나 일삼는 신아! 헌금 제대로 낸다니까 왜 사람 말을 못 믿는 거냐!
너, 내가 나중에 하늘에 가면 죽을 줄 알아! 절대로 가만두지 않겠어!

이미 정신의 균형이 파괴될 대로 파괴되어 이따위 기도나 올리는 상
황이라면 대충 내 상태가 어떤지 알겠지? 흐흐흑… 결국 이런 결말인
가. 흑흑……

그런데 그 순간.

"토미라는 인간이 누구냐! 어서 나왓!"

음? 저거 혹시 나 부르는 소리? 멀찍이 이탈해 버리려는 영혼을 붙
잡아 어거지로 구겨 넣은 다음 악마의 반응을 살폈는데… 어라? 이건
자낙 양이 처음 왔을 때와 비슷한… 아니, 더 심각한 표정이잖아?

"제길……"

그건 내가 악마의 입을 통해 들은 최초의 욕이었다.

나를 부른 존재를 객관적인 시각으로 묘사하자면 우선 치렁거리는
금발을 허리까지 기르고 갸름한 턱 선과 오뚝한 콧날, 그리고 푸르고
청아한 눈동자를 지닌, 이른바 절세미남자라고 할 만한 외모를 가진 녀
석이었다.

"네가 토미라는 음흉한 녀석이냐?"

이봐, 멋대로 나에 대한 정의를 그 따위로 내리지 말라고! 난 어디까
지나 전설로 남을 영웅을 목표로 하고 있는 사람이란 말이다.

"그러는 넌 누구지?"

나의 그 말이 떨어지기가 무섭게 그 녀석은 몸을 잽싸게 한 바퀴 돌
리고는 한쪽 무릎을 꿇고 두 팔로 자신의 몸을 감싸 안았다. 그런 녀석
의 입가엔 언제 준비했는지 한 송이 장미가 물려 있었다. 뭐, 뭐냐?!

"나로 말할 것 같으면 전설적인 금언 주법사 모르카탄의 하나뿐인

손자이자 그 유명한 대마법사 힐라시엔의 아들이며 또한 위대한 북의 탑 후계자인 크라이스 바탈리언이다."

모르… 힐라시… 뭐가 어쨌다구?

"너 어떤 방법으로 사랑스러운 내 맘속의 연인 메프로슈네의 마음을 현혹시켰는지 모르나 나 크라이스 바탈리언이 그것을 안 이상 네가 그 검은 속에 품은 야망은 절대로 이루어질 수 없다는 것을 알아야 할 것이다."

햐, 말도 잘하네. 나도 좀 배워야겠는걸. 난 저렇게 말하는 법은 모르는데. 히야, 정말 대단… 한 게 아니라 지금 뭐라고 한 거야? 내가 악마를 유혹해서 뭐가 어쩌고 어째?

"이봐, 너 뭔가……."

"흥, 당신이 그래 봐야 이미 내 마음은 토미의 것이에요. 이미 늦었으니 더 이상 연연하지 말고 물러가요!"

뜨악! 이, 이 악마가 미쳤나? 어떻게 그런 낯뜨겁고 말도 안 되는 말을 그렇게 서슴없이 내뱉는 거야? 제정신이야?

"저, 그게 갑자기……."

"아니, 그대는 성스러운 투웅족의 하나뿐인 주법사, 저자는 분명 그대의 그 힘을 노리고 접근한 속 검은 악당일 뿐이오. 무엇이 그대를 현혹시켰는지 모르나 내 기필코 당신을 저 악의 구렁텅이 속에서 구해주리다."

뭐? 뭐가 어쩌고 어째? 누구 속이 검고 누가 누구를 현혹시켰다는 거야? 지금 나랑 장난하자는 거냐?

"너, 어디서……."

"그렇지 않아요. 그의 마음은 저 푸르른 하늘을 노니는 구름처럼 순백 그 자체, 그리고 난 이미 그에게 내 모든 것을 주었어요. 내 영혼 한 조각마저 모두. 이미 당신이 들어설 자리는 내 마음에 존재치 않아요. 헛수고하지 마세요."

구름이 조각나서 뭐가 어쨌다고? 이, 이 사람들이 미쳤나?

"이, 이봐요, 나랑 언……."

"구름이라고 해서 모두가 희디흰 순백의 영혼을 가졌다고 생각지 마시오. 격렬한 파괴를 일삼는 폭풍우도 결국 그대가 말하는 구름에서 나오는 것임을 잊어선 안 될 것이오. 저자가 만약 구름이라면 그건 틀림없는 속 검은 먹구름일 것이오."

그래, 맘대로 해라. 아예 난 쏙 빼놓고 지들끼리 신나서 떠드는구만.

"하지만 당신은 그 구름으로 인해 언제나 대지가 촉촉히 젖어 풍요로운 결실을 얻는다는 것을 잊어선 안 될 거예요. 내게 있어 이 사람은 그런 존재예요."

으윽… 가만히 듣고 있는 것도 못해먹겠다. 이 둘은 도대체 어디서 이런 닭살스런 대사만 골라온 거지?

"그가 당신에게 어떤 존재인지는 중요하지 않소. 다만 그대는 저자에게 현혹되어 진실을 보는 눈을 잃은 것뿐일 테니 내가 저자를 물리침으로써 그대는 진실을 깨달을 수 있을 것이오."

그렇게 말하고는 나를 노려본다. 이봐, 진실을 깨닫지 못하는 건 내가 아니라 너라고. 이 악마의 본질을 눈곱만치라도 안다면 절대 그런 소리 못한다는 거 알아?

"토미, 저 사람은 당신과 나의 사이를 떼어놓으려고 해요. 나를 위해 저 사람을 이겨줄 수 있겠죠?"

음? 그게 갑자기 무슨?

"흥, 그건 어려울 것이오. 언제나 진실의 힘은 거짓과 오만을 누르는 법이니까."

자, 잠깐. 그럼 지금 나보고 저 변태 같은 놈이랑 싸우라는 거야? 아니지. 오히려 이건 기회야. 저놈한테 져주면 저 녀석은 당당하게 나와 악마 사이를 갈라놓을 테니까. 그래, 져주자, 까짓것.

"네놈이 저지른 죄, 목숨으로 갚아야 할 것이다. 각오해라!"

말이 끝남과 동시에 엄청난 살기가 그 녀석에게서 뻗어 나오기 시작했다. 허억! 이, 이거 져주고 말고 할 상황이 아니잖아?

어느새 붉게 물든 석양이 사방을 뒤덮기 시작했다. 그러나 지금 내 앞에는 그보다 더 붉은 어떤 기운을 내뿜는 한 존재가 나를 주시하고 있다. 크라이스 바탈리언인가 하는 눈이 삐었어도 단단히 삔 놈이다. 아, 눈이 삔 건 아닌가? 어쨌든 예쁜 건 예쁜 거니까.

문제는… 내가 왜 이놈이랑 싸워야 하는 건데? 내 말은 들으려고도 하지 않고 지멋대로 착각해서 저 난리를 치고 있냔 말이다. 더 웃긴 건 악마는 오히려 그걸 더 부추긴다는 거다. 뭐, 이놈 하는 짓거리로 봐서는 떨쳐내고 싶은 생각이 드는 거 나도 충분히 이해는 한다. 하지만 왜 나냐고!

내가 할 줄 아는 게 뭐 있냐? 이런 말 하긴 뭐하지만 내가 검을 쓸 줄 아냐, 마법을 할 줄 아냐. 그 흔하디흔한 주먹다짐조차 해본 적 없는 나란 말이다. 음? 그러면서 무슨 영웅타령이었냐고? 그럼 날 때부터 영웅인 사람도 있나?

이 상황을 어떻게 타개하지? 도저히 방법이 떠오르질 않는다. 끄응.

"조금만 더 시간을 끌어봐."

머리를 쥐어짜진 않았지만 한 거나 마찬가지의 표정을 짓고 끙끙대는 내가 측은했던지 악마가 넌지시 슬쩍 찔러준다. 시간을 끌라고? 시간을 끌면 어떻게 되는 건가? 그런데 어떻게 시간을 끌지? 으윽······.

"큭큭큭, 후회되나?"

크라이스라는 녀석 역시 내 표정이 안돼 보였던지 한마디 한다. 물론 비아냥거림을 담뿍 담아서 말이지. 으, 좋아. 일단 말로 시간을 좀 벌어보자.

"한 가지만 묻자."

여전히 살기를 누그러뜨리지 않은 채 녀석이 대답했다.

"뭐지?"

옳거니, 됐다.

"너, 메프로슈네의 어디가 그렇게 좋냐?"

음, 이름 불렀다고 나중에 패거나 하진 않겠지. 적어도 공적으론 약혼자 관계니까. 어라? 그런데 이 녀석 봐라?

"음, 그… 그건… 음······."

헤? 이제껏 자기가 내뿜던 붉은 기운은 저리 가라 할 정도로 얼굴이 시뻘게져 가지곤 말까지 더듬네? 이 녀석 장난이 아니잖아? 됐다. 이거라면 충분히 시간을 끄는 게 가능하겠어.

"뭐야, 이거 완전 숙맥이잖아?"

"뭐야? 이 녀석이!"

핵심을 찔렀는지 버럭 화를 낸다. 아차, 실수. 여기서 덤비게 하면 안 되지.

"그럼 아니야? 자기 마음조차 알지도 못하는 녀석이 왜 남의 연애 사업에 이래라저래라야?"

으윽… 악마와 나의 관계를 스스로 인정하는 발언이지만 이 상황에선 선택의 여지가 없다. 혹시라도 내 본심을 의심하지 말아주시길.

"으윽."

자식, 핵심을 찌르니까 아프지? 조금 더 몰아쳐 볼까?

"남 주긴 아깝고 네가 먹긴 그렇고. 이거 완전히 도둑놈 심보 아냐?"

"닥쳐!"

와, 진짜 화가 났나 보다. 완전히 활활 타오르네. 끙, 그나저나 악마 말 듣고 시간을 끌긴 했는데 이거 완전히 불 난 집에 부채질한 격 아닐까? 혹시라도 나중에 악마가 '아, 그거? 농담이었어' 하는 사태라도 벌어진다면? 으윽… 낙관적인 사고, 낙관적인 사고.

"네놈이 뭘 안다고 지껄여 대는 거냐! 그녀를 향한 나의 마음은 그렇게 쉽게 말로 표현할 수 있는 것이 아니다!"

호오, 이거… 왠지 내가 악역이 된 느낌이잖아. 대단한 일편단심이로세.

"말로 표현하지 못한다고? 그거 말은 좋군. 사실은 너 자신도 제대로 모르는 건 아니고?"

"닥치란 말이다!"

이젠 눈동자까지 완전히 뒤집혔다. 윽, 이거 왠지 실수한 것 같은데…….

"그 썩어 문드러진 입을 완전히 뭉개 버리겠다!"

말이 끝남과 동시에 녀석의 주위로 수 개의 빛무리가 일어나더니 작은 막대 모양으로 뭉쳐 간다. 이, 이런, 주문도 없이 마법을 쓰다니! 이거 잘못 건드려도 한참 잘못 건드렸잖아!

"이미 후회해도 소용없다! 가랏! 매직 미사일!"

"으, 으아아아아아!"

"이럴 수가……."

뭐, 뭐가 이럴 수가야! 헉헉. 그나저나 피한 건가? 어떻게 된 거지? 뭐가 뭔지 정신없이 움직인 거 같긴 한데.

"과연 나불댈 정도의 능력은 있었단 얘기군."

어, 어쨌든 피한 거 맞지? 내, 내가 생각해도 놀랍다. 어떻게 피한 거지? 빛무리가 나를 덮친 것까지는 알겠는데. 그러고 보니 전에도 이런 상황이 한 번 있었던 것 같은데. 그러니까 바보랑 처음에 만났을 때인가?

"토미, 힘내요! 꼭 이겨야 돼요!"

삐질. 이, 이게 무슨 난데없는… 윽, 그런 말 하지 말란 말이다! 저 녀석 더 불타오르잖아!

"어떻게 피한 건지는 모르겠다만 칭찬해 주지."

으윽… 이젠 타오르다 못해 아주 불덩이군. 질투의 불덩이.

"하지만 기회가 있었을 때 도망치지 않은 건 분명 네 잘못이다. 아주 처참하게 짓이겨 주마."

그러고는 손을 앞으로 모은 채 뭐라 중얼거리기 시작했다. 그런데 그걸 본 악마가 대번에 안색이 질려서는 소리쳤다.

"안 돼! 토미, 막아! 저건 메테오야!"

뭐시라? 메테오? 메테오가 뭐였지? 그러니까… 헉! 설마 운석 소환! 저 녀석 미친 거 아냐? 그런 거 했다간 내가 죽는 건 둘째 치고 마을까지 송두리째 사라진다고!

"멈춰!"

으윽. 마법사는 주문 거는 동안이 약점이었던 거 맞지? 어떻게든 주문을 멈춰야만 한다. 어떻게든…….

그야말로 젖 먹던 힘까지 다 모아서 녀석의 얼굴을 후려쳤… 끄학! 뭐, 뭐야, 이거! 주먹이 닿기도 전에 마치 돌덩이를 후려친 듯한 이 느낌은!

"큭큭큭… 내가 그렇게 하찮게 보이나? 이렇게 복잡한 주문을 시전할 때는 실드 정도는 기본 아닌가? 크하하하하!"

이, 이놈 정말 대단하긴 한데, 아무튼 멈추란 말이다!

"아, 알았어. 내가 잘못했으니 제발 그 주문 좀 멈춰!"

죽느냐, 사느냐 하는 마당에 자존심 같은 거 챙길 상황이냐? 악마는 그런 나를 째려봤지만 거기 신경 쓸 상황이 아니잖냐!

"소용없다. 네 그 교활한 혀가 어떤 것인지는 이미 충분히 파악했으니 넌 그냥 여기서 잠자코 죽으면 되는 거다! 크하하하!"

이, 이놈 진짜 돌아버렸잖아?

"그런 짓 하면 어떻게 되는지 몰라서 그래? 너의 메프로슈네도 함께 죽는 거라고!"

좀 치사하지만 이게 내가 생각할 수 있는 최대한의 설득이다.

"훗, 넌 그녀를 뭘로 보는 거냐? 금언 주법이란 신의 가호를 받는 자, 인간의 마법 정도로 해를 입지 않는다는 것도 모르나?"

헉, 그, 그 정도로 대단한 거였어?

"크크큭… 이제 끝났다. 죽어라! 메…….."

그 순간, 어디선가 들려오는 종달새 소리.

뾰로로로롱.

"헉, 어디 됐더라?"

그리고 그 소리가 들리기 무섭게 하늘로 쳐들었던 손을 내리며 허겁지겁 품을 뒤지는 크라이스.

"후우……."

그 광경을 보고는 왠지 모르게 남몰래 한숨을 내쉬는 악마.

"……?!"

그 모든 상황을 영문도 모른 채 멀뚱히 쳐다보고 있는 나.

그런 모든 이의 반응을 싸그리 무시한 채 품 안에서 작은 수정 구슬을 하나 찾아낸 크라이스는 그 구슬에 대고 말했다.

"여, 여보세요?"

그리고 이어져 들리는 카랑카랑한 목소리!

"라이 이 녀석, 너 지금 어디냐!"

눈에 띌 정도로 당황하는 크라이스. 음, 마법사들은 수정 구슬로 먼 거리에 떨어진 상대와 대화한다고 하던데 저것도 그런 건가?

"저, 저기, 그게……."

식은땀까지 흘리며 쩔쩔매고 있다. 이유를 모르는 나조차 왠지 불쌍하다는 생각이 들 정도로.

"저기… 엄마? 왜 전화해쪄?"

엄… 마? 지금 저 입에서 엄마라고 나온 거 맞지? 게, 게다가 해쪄?

"너, 밥 먹고 약 먹으라고 했는데 왜 안 먹고 도망갔어!"

"엥? 아, 그게요! 그… 바쁜 일이 있어서… 헤헤헤헤……."

저, 저 녀석 방금까지 나 죽인다고 설치던 그 녀석 맞아?

"이 어미가 네 속셈을 모를 줄 알고? 그런 핑계 대고 안 먹으려 드는 줄 모를 줄 알아?"

"그, 그게… 아닌데… 정말인데……."

왜, 왠지 속은 듯한 기분이 드는 건 나뿐일까? 정상이 아닌 건 알았지만 마마보이였을 줄이야.

"떽! 너, 들어와서 보자. 오늘 저녁은 없다!"

"헉! 제발 그것만은……."

크라이스 녀석의 처절한 절규가 무색하게 들려오는 하나의 소리.

"그리고 지금 몇 신 줄이나 알앗! 통금 시간은 7시라고 말했을 텐데? 저녁이 아니라 일주일간 단식하고 싶나!"

"가, 갈게요!"

그리고 순식간에 뭐라 중얼거리더니 휘황한 광채와 함께 사라져 버린다. 왠지 모를 쓸쓸한 바람이 주위를 몰아쳤다.

통금이라…….

"우리 메프로슈네를 잘 부탁하네."

전혀 부탁하는 어조가 아니다. 저 살 떨리는 시선과 격앙된 목소리. 협박하는 거지 절대 부탁하는 어조가 아니다. 게다가 그거 아세요? 그게 얼마나 부담되는 말인지? 결정적인 건 누구한테 누구를 부탁한다는 말씀이신 건가요? 에휴휴, 정말 이 타는 속을 누가 알아줄는지. 하지만 그런 내 심정을 혹시라도 드러낼 수 없는 일이다. 왜냐하면…….

"만약 내 말을 잊고 딸애의 눈에 눈물이 한 방울이라도 맺히는 날엔… 기대하게나."

…이렇게 주먹을 우두둑거리며 윽박지르는 데다 대고 '전 결백합니다' 라고 소리칠 수는 없는 노릇 아닌가. 적어도 목숨이 아깝다면 말이지. 덧붙여서 촌장님, 그 말에는 심각한 논리적 오류가 있다고요. 만약에 하품 하다가 눈물 나오면 그것도 제가 책임져야 합니까? 예? 정말이지, 이렇게 소리치고 싶은 마음은 굴뚝같았지만 앞서도 말했듯이 난 내 생명의 소중함을 잘 알고 있다. 살고 나서 영웅이지 죽고 나면 무슨 소

용인가. 악마는 그런 내 속에 기름이라도 끼얹기로 작정했나 보다.

　"걱정 마세요, 아버지. 토미가 이렇게 표현은 잘 안 해도 얼마나 저를 챙겨주는데요. 여기까지 오면서 전 손에 물 한 방울 안 묻혔는걸요."

　그게 내가 원해서 그런 거냐? 그렇게 안 하면 똥개가 당장 저녁 식사로 날 잡아먹을 듯이 노려보는데 어떻게 하라는 거냐구! 그리고 여기까지 오면서 물 한 방울 안 묻혔단 말야? 한 번도 안 씻었단 말야? 악마… 그렇게 안 봤는데…….

　이런 시시껄렁한 야유라도 해야 하는 내 심정을 이해해 주길. 정말이지 어떻게 저런 말도 안 되는 얘기를 눈 하나 깜빡하지 않고 스스럼없이 지껄이는 거냐구. 옛말 틀린 거 하나 없다니까. 여자는 정말 요물이다. 정말이지, 이런 상황에선 저절로 고개가 끄덕여지지 않아?

　물론 이렇게 속으로 지껄여 봐야 상황이 바뀌는 건 아니란 걸 잘 알지. 게다가 내 의도는 아니었더라도 어차피 공인돼 버린 마당에 별수 없잖아. 여기서 더 튕겼다간 생명의 위협을 느껴야 하는 상황이라면 말 다한 거지.

　겨우 이틀 있은 거라고 생각하기엔 너무 머리 속이 복잡하다. 한 열흘은 있었던 것 같잖아. 하아, 어쨌든! 하여간! 그러므로―이것도 오랜만에 쓰는군―이 지긋지긋한 마을에서 드디어 해방이다. 이제부터가 진짜 모험이라고 봐도 무방하겠지. 음? 그런데 한 가지 뭔가 부족한 게 있는 것 같은데?

　지금 어디를, 무엇 때문에 가는 거지? 그리고 보니 난 이번 여행에 대해 아는 게 아무것도 없잖아? 갑자기 바보가 들이닥쳐서는 악마한테 몇 마디 하는 바람에 나가지 얼결에 따라나섰다는 정도가 내가 아는 전부군. 이거 너무하잖아.

생각하면 할수록 궁금해지네. 그런데 누구한테 물어보지? 바보는 아예 의사 소통 자체가 안 되고 악마는 접근조차 하기 싫고. 결국 자낙 양밖에 없는 건가? 자낙 양은 어디에? 오, 저기 있군.

음? 뭐지? 자낙 양 하고 바보가 뭔가 심각한 대화를 하고 있는 게 눈에 들어온다. 뭔가 분위기가 심상치 않은 것이 내가 끼어들었다가는 국물도 안 남을 것 같은데. 허, 저게 바로 말로만 듣던 사랑 싸움? 하지만 그렇다고 하기엔 분위기가 너무 살벌한데.

자낙 양은 여기까지 오면서와는 달리 이번엔 갑옷까지 차려입고 완전무장한 상태였다. 그건 바보도 마찬가지. 조금 빛은 바랬지만 튼튼해 보이는 하프 플레이트까지 차려입고 있었다. 이런, 그럼 나도 뭔가 준비해야 하는 거 아닌가? 지금 입고 있는 거라고는 가출할 때 들고 나온 가죽 갑옷이 전부인데 저 인간 같지도 않은 커플이 저 정도 준비를 할 정도라면 상당히 위험하단 얘기잖아. 윽, 어쩌지?

하지만 내가 그렇게 대책 마련에 부심하고 있는 동안에도 둘의 다툼은 멈추지 않았다. 오히려 언성이 점점 높아지는 것이 심상치 않다. 소설에서나 읽었던 일촉즉발의 상황이 저럴까? 하하, 아무리 그래도 설마 주먹다짐까지 하지는 않겠지. 뭐라고 해도 그 둘은 약혼까지 한 연인 사이인데 설마 그러…….

"@#%#t $@ff$ #f@#@$$@!!"

"%$#!!"

콰앙!

…는군. 세상에, 저러다 죽으면 어쩌려고. 상황이 어떻게 된 것인고

하니, 뭔가 큰 소리를 내지르며 자낙 양이 바보의 면상에 강력한 스트레이트를 날린 거다. 그리고 피하지 못한 바보는 비명을 지르며 날아가 마을 입구에 서 있는 바위 하나를 산산조각 내버린 거고. 역시 인간같지 않은 커플이야.

과연 바보답다고 해야 하나. 바보는 그런 엄청난 일격을 받고도 멀쩡한 듯 벌떡 일어서서 다시 뭐라 지껄였어.

"#%#g$ #t$ #t#g!"

제길, 뭔 소리인지 알아먹어야 재미라도 있지. 그에 맞서 대꾸하는 자낙 양의 말도 못 알아먹긴 매한가지고.

"e@$f, @$fw #$#$ #$gg%r!"

그 말을 끝으로 그 둘은 서로를 노려만 보고 있었다. 윽, 그런데 살갗이 따끔거리는 듯한 이것은 살기? 이 사람들이 미쳤나? 뭔진 몰라도 이렇게 죽일 듯이 싸우다니. 약혼한 사이 맞아? 더군다나 주위의 사람들 중 아무도 말리려고 들질 않잖아! 제길, 말려야 해!

그러나 앞으로 튀어나가 말리려던 나의 어깨를 누군가가 지그시 붙잡았다. 악마였다.

"……?!"

"가만있어. 이건 저 둘이 풀어야 할 문제야."

무슨 문제인지는 모르지만 서로 죽일 듯이 싸워서 풀어야 할 정도인가?

"무슨 문제인데요?"

악마는 한숨을 푹 쉬며 대답했다.

"후, 그게… 자낙 양은 우리를 따라가겠다고 하고 있고 바보는 그걸 말리려고 그러는 거야."

엥? 겨우 그것 때문에? 아니지. 잠깐. 바보가 저 무식한 힘의 소유자인 자낙 양을 못 가게 말릴 정도라면 나는? 나는 어떻게 되는 거야? 내가 속으로 이런 결론에 도달했을 때 이어서 들리는 악마의 말.

"뭐, 둘이 워낙에 사랑하다 보니 이런 일도 있는 거지. 좀 샘이 나긴 하지만 어쨌든 다른 사람이 끼어들 문제는 아니야."

"잠깐만요. 그렇게 위험한 건가요?"

악마는 난데없는 나의 질문에 내 얼굴을 잠시 빤히 쳐다보더니 뭔가를 알아차린 듯 탄성을 지르며 대답했다. 왠지 얼버무리는 분위기로.

"꺄, 하핫. 그러고 보니 너한테는 이번 여행의 목적을 얘기 안 했구나. 음음, 그게 말이지……."

쿠콰쾅! 투다다다다다! 푸슝!

헉! 이게 무슨 소리? 악마와 나는 놀라서 소리가 들려온 곳으로 동시에 고개를 돌렸다. 세상에!

그곳에서는 무언가 알지 못할 엄청난 일이 벌어지고 있었다. …무슨 이런 성의없는 얘기가 다 있냐고? 난 보고 느낀 대로 말했을 뿐이야. 온통 피어오르는 먼지구름 사이에 무언가 정신없이 움직이고, 그럴 때마다 천둥이라도 치듯이 울려 퍼지는 소리. 그게 내가 볼 수 있는 전부였으니까.

아무리 사랑 때문에 벌어진 싸움이라지만 이건 말도 안 되는 거라고! 저게 인간의 싸움이야? 정말이지, 저 둘이 커플이란 사실에 대해 안도감이 드는 건 나뿐일까?

한동안 주위 사람이 어쩌고 할 사이도 없이 둘의 싸움은 계속되었다. 모두 말리고 싶은 기색이 역력했지만 괜히 말린다고 나섰다간 누가 먼저 저승에 갈지 모르는 이 상황에 누가 용기를 낼 수 있겠어. 안 그래?

아무튼 그렇게 한참을 쿵쾅거리다가―보통은 투닥거린다고 하지. 후~
―조금 지나자 잠잠해졌다. 사람들은 결과가 어떻게 되었는지 알고 싶
었지만 조금 더 기다려야 했다. 그리고 그런 사람들의 시선 사이에 나
타난 하나의 그림자. 이럴 수가!

완전히 대자로 뻗어버린 바보를 등에 진 자낙 양이 밝게 웃으며 걸
어나오는 것이다. 자낙 양이 이긴 건가? 윽, 하지만 사랑하는 사람을
저렇게 곤죽이 되도록 패놓고 저렇게 상큼하게 미소를 짓다니.

"어머, 오래 기다렸어?"

말을 말자.

제6장 영살검주

영산검주

우리들은 동굴을 지나고 있었다.

자낙과 바보 커플은 완전히 상대에게 몰입—뭐, 바보는 아직까지 기절한 상태에서 헤어나지 못하였으나 알고 보면 자신의 팔짱을 낀 상대가 원인이므로 몰입이라고 해두자—한 상태여서 전혀 도움이 되지 못했기 때문에 악마와 똥개가 오랜만에 몸을 풀면서 전진해 나가고 있었다. 뭐, 그렇다고 적들이 바글대거나 하는 건 아니어서 별일도 없긴 했지만.

"후우, 잠시 좀 쉬죠."

에고고… 역시나 바보가 저 모양이니 죽어나는 건 나뿐이로군. 쩝. 명목상의 약혼자라도 약혼자는 약혼자인데 똥개한테 짐 좀 지게 하면 덧나나. 쳇.

"흠, 그러지."

후아, 좀 살겠군. 어깨며 목이며 발바닥까지 안 쑤시고 안 결리는 데가 없다. 인간은 뭐든지 금방 적응된다고? 에휴, 제발 그래 줬음 좋을 텐데 왜 꼭 힘든 일은 이렇게 적응이 안 되는 걸까. 이거야 원, 몸이 몸 같지가 않구만. 그나저나 어쩌지? 금방 또 바로 출발할 것 같은데? 어떻게든 시간을 좀 더 끌어서 몸이 한숨 돌리게 해야 될 텐데. 흑.

이 일행과 여행을 나서면서부터 사실 한 가지 심적인 부담이 쌓이는 것을 느꼈다. 도움이 되지 못한다는 것. 아, 이건 아닌가? 내가 식사며 잠자리 정돈에다 짐꾼 노릇까지 하니까. 그것보다는 아무래도 자신의 안전을 남에게 의지해야 한다는 것 자체가 부담이 아닐까. 적어도 난 영웅 지망생이잖아.

"자낙 양."

"음? 왜 그래?"

바보의 귀에 대고 무언가를 속삭이던—형언하기 어려운 감정이 마구 솟아오르는 광경이었다. 감정뿐만 아니라 피부 저 아래에서도 뭔가 치고 올라오는 듯한—자낙은 내가 자신을 부르자 의아한 시선을 던졌다.

"나한테 무술을 좀 가르쳐 줄래요?"

"무술을?"

자낙은 한동안 나를 물끄러미 바라보았다. 윽, 아무리 임자가 있대도 여자가 저렇게 뚫어지게 쳐다보니까 되게 쑥스럽네.

"왜 무술을?"

잠시 뚫어져라 날 쳐다보던 그녀의 물음에 나는 주저하며 대답했다.

"…부끄러운 얘기지만 지금으로썬 도움이 안 되잖아요."

자낙 양은 그의 말을 듣고 씩 웃었다.

"헤에… 그런가? 지금도 뭐 특별히 나쁘지는 않은 것 같은데……."

"그렇지 않아요. 지금으로써야 그냥 짐꾼이잖아요. 주술이니 뭐니 해도."

자낙 양은 이해가 간다는 표정으로 고개를 끄덕였다. 흐흐, 바로 그거다. 도움? 내가 미쳤다고 저 악마한테 도움을? 열심히 배워서 도망가는 데 써먹어야지, 암.

"근데… 그게… 내 무술은 배우려면 상당히 시간이 오래 걸리는데?"

자낙은 바보의 머리를 쓰다듬으며—완전히 혼이 나갔는지 언제부터인가 완전히 인형처럼 변해 있었다—말을 이었다.

"게다가 웬만한 신체 조건으로는 어림도 없거든."

자낙 양은 무척이나 난처해했다. 흠, 그 정도로 배우기 힘든 건가? 그때 악마가 우리 대화에 끼어들었다.

"쉿, 누군가 오고 있어."

우리는 모두 말을 멈추고 주의를 집중했다. 적인지 아군인지 알 수는 없었지만 경계해서 나쁠 리 없다. 게다가 이곳은 아무래도 적이 더 많은 곳이니까. 점차로 누군가의 발자국 소리가 조용히 울려 퍼지는 것을 나도 느낄 수 있었다. 그리고 얼마 지나지 않아 그 소리의 주인공은 이내 시야에 들어왔다. 검은 두건으로 몸을 가린 작은 몸집의 사람이었다. 아무리 봐도 아이 정도로밖에 안 보이는.

"어라, 쉬는 중이었나 보네? 이거 실례가 되었나 보네요."

"…당신은 누구죠?"

여전히 바보의 머리를 쓰다듬으며—미치겠다—자낙 양이 그를 경계하며 물었다.

"아, 저요? 그게 그러니까… 쩝, 난 이런 거 하기 싫다니까……. 에이, 할 수 없다."

뭐지? 두서없이 혼자 주절거리던 그 사람은 말을 멈추고 허리에 손을 가져다 대며 말했다.

"에, 또 그러니까… 저는 말이죠, 여러분의 목숨을 가져가려고 왔는데요. 음, 이런, 나도 모르게 버릇대로 존댓말을 해버렸네. 이런 건 위압감을 살려서 반말로 아주 무섭게 해야 된다고 그랬는데……. 쩝, 어쩐다. 응?"

…저거 혹시 바보 제자 또는 아들내미 아닐까? 흠흠, 이런 말 했다가는 자낙 양한테 내가 먼저 죽겠지. 분명히 내용은 살벌한데 아무래도 긴장감이 안 든다. 뭐 하자는 거냐. 끙…….

그 두건맨도 그걸 알아차렸는지 무척이나 당황하며 급하게 말했다.

"아무튼 여러분의 운명은 여기서 끝입니다! 오홋홋홋홋홋~ 꺄아~ 드디어 해냈다~ 나도 드디어 당당한 악당의 길로 들어선 거야~ 꺄아~ 꺄아~"

정신 수준이 의심스럽기는 하지만 일단 우리를 해치겠다니 앉아서 당할 수는 없겠지. 끙, 그나저나 누가 상대해야 하지? 악마는 고개를 설레설레 흔들며 시선을 돌려 버렸고, 자낙 양은 아예 무시하고 둘만의 세계로 몰입. 그, 그럼 나?

"얼른 저 입 봉해 버리고 가죠. 들을수록 피곤해지는데."

서둘러 둘러댄 내 말이 옳다고 느꼈는지 다른 사람들도 흩어지는 긴장감을 억지로 추스르며 전투 태세로 들어섰다. 정말이지, 우리가 모두 한꺼번에 달려들 기세로 쳐다보자 검은 두건은 당황한 듯 손을 내저으며 말했다.

"잠깐잠깐! 이러는 게 어딨어요~ 나는 혼자인데 여러분 모두 다 덤비겠다니! 정정당당하게 하자구요!"

"…우린 그런 거 몰라."

더 이상 볼 거 없다는 듯한 악마의 담담한 말에 검은 두건은 당황해서 어쩔 줄 모르다가 갑자기 손뼉을 짝 부딪치며 말했다. 후우, 아무리 봐도 역시 긴장감 제로다.

　"아, 그럼 되겠구나! 음, 여러분, 잠시만요."

　일행이 잠시 멀뚱히 지켜보는 사이에 검은 두건은 작은 막대기 하나를 꺼내어 앞으로 내밀며 외쳤다. 그나저나 기다리라고 그걸 또 기다리는 우리는 뭔지. 하아, 이미 전염돼 버린 건가.

　"내 사랑스러운 멋쟁이 1호 소환!"

　그와 동시에 갑자기 두건맨의 앞부분 땅바닥에 화려하기 이를 데 없는 마법진이 새겨지기 시작했다. 그리고 마법진 주위로 몰아치는 강렬한 소용돌이가 자욱한 먼지구름을 만들어내었다. 이, 이렇게 좁아터진 데서 그런 거 쓰면 어떻게 되냔 말이다! 나중에 폐병이라도 걸리면 책임질 테냐! 어, 어라? 그러고 보니 이런 식으로 우리를 없애겠다는 건 아닐까? 음, 진정하자.

　"자, 이제 좀 공평해진 거 같네요. 시작할까요?"

　휘몰아치던 먼지구름이 진정되고서야 두건맨이 무슨 수작을 부린 것인지 알 수 있었다. 컥! 저건?

　"깔깔깔~ 어때요? 저 '내 사랑스러운 멋쟁이 1호'는 나의 힘을 받은 특제 골렘이기 때문에 보통 골렘보다 몇 곱절은 강하다구요. 이제야 내 힘을 알겠나요? 까아~ 까아~ 난 정말 너무너무 강한 것 같애~ 까아~"

　하지만 우리가 경악한 건 그 때문이 아니다. 뭔가 단단히 오해를 하는 듯한데……. 골렘도 좋고 다 좋다. 다만 그 생김이 문제였던 것이다. 젠장… 갑자기 자낙 양한테 수인족 얘기 듣던 때가 떠오르는군.

그 골렘은… 그렇다. 바로 꽃무늬까지 찬란히 새겨져 있는 곰돌이 인형이었다. 그것도 목에 빨간 리본까지 단.

"머, 멋져!"

하아… 이봐요, 자낙 양. 도대체 그렇게 감탄해 버리면 어쩝니까. 저게 어디가 멋… 지긴 하지만 아무튼 정신 좀 차리라구요!

"흠, 흠, 꽤 귀엽긴 하네."

이젠 악마까지……. 으, 이렇게 되면 할 수 없다. 바보, 너밖에 믿을 사람이… 젠장… 저 줄줄 흐르는 침을 보니 말할 기운도 안 난다.

따지자면 사실상 일행이 맞는 가장 큰 위기가 아닐까? 두 명은 전의 상실, 한 명은 전투 불능, 난 원래 전투 같은 건 안 했으니까 비전투원이라고 친다면 우리 일행 중 싸울 수 있는 건… 그렇다! 똥개뿐이다! 젠장.

"까아, 그러고 보니 오빠 정말 멋지다~ 아니, 귀엽다~ 후후~ 딱 내 타입이네~ 잉~ 너무 노려보지 마요~ 나도 좋아서 이러는 건 아니니깐~"

들으면 들을수록 맥만 빠진다. 뭐, 내가 좀 귀엽기야… 험험.

"그럼 왜 우리들을 공격하는 거지?"

두건은 손가락 하나를 세워서 까딱거리며—당해본 사람만 안다. 이거 은근히 기분 나쁘다—대답했다.

"아, 그건 말이죠~ 우리 대장이… 아차차, 헤헤… 이거 말하면 안 되거든요~ 말하면 나 혼나요. 무지하게~ 그러니까 여러분은 그냥 잠 자코 죽어주세요~ 아셨죠?"

지금 장난하자는 건지 싸우자는 건지… 협박을 당해도 장난치는 것처럼 들리면 이미 말 다한 것 아닌가?

"자, 그럼 대화는 여기서 끝! 내 사랑스러운 멋쟁이 1호! 공격 개시!"

두건의 말이 떨어지자 여태껏 위용(?)을 뽐내고 있던 거대 곰 인형이 뒤뚱거리며 접근해 왔다. 음, 상당히…….

"꺅! 너무너무 귀여워!"

…귀엽군, 젠장. 자낙 양, 제발 부탁이니 그 맥 풀리는 비명 좀 지르지 말라고요, 제발.

"휴리엘, 휴리엘, @#@$% @#$@@ @%."

갑자기 자낙 양이 바보의 목에 매달려서 뭐라고 속삭인다. 으윽, 이 상황에 저런 모습을 연출해야 하는 건지.

"@#.. #$#$ #$%$$#$$#?"

그런데 이상한 건 바보의 풀어진 눈동자에 힘이 들어가더니 제정신이 돌아온 것이다. 설마 자낙 양도 마법사? 그건 아닌 것 같은데 어떻게 된 건지는 알 수 없지만 바보는 상당히 열의에 불타는 얼굴로 검을 뽑아 든 채 거대 곰 인형에게 다가가기 시작했다.

"휴리엘, @$@$@$2! #@@!"

자낙 양이 그런 바보의 등 뒤에 대고 또 뭐라고 외치자 바보는 탐탁지 않은 얼굴로 검을 다시 검집에 넣었다. 음… 전후 상황을 보건대 아마 둘의 대화 내용은 이것이 아닐는지.

'휴리엘, 휴리엘. 나 저 곰 인형 잡아줘!'

'그래, 잡아주지, 내 사랑.'

…음, 내가 생각해도 왕닭살 대화로군. 바보의 대답은 아마 저게 아닐 거라고 생각되지만 적어도 자낙 양이 바보에게 곰 인형의 처리를 맡긴 건 확실한 듯하군. 검을 집어넣게 한 걸 보면 곰 인형이 다치지 않게 생포(?)하라고 한 것 같고 말씀이야. 쩝, 바보 너의 앞길도 고생문이 환하구나.

"아잉~ 두 분 너무 불타는 거 아니에요? 저나 저기 오빠 같은 솔로는 정말 봐주기 힘들다고요~"

미치겠군. 이 중에서 유일하게 동료 의식이 느껴지는 게 적이라니……. 하지만 바보는 그 같은 두건의 말이 귀에 들어오지 않는 듯이―하긴 알아듣지 못하지―뚜벅뚜벅 걸어가서 곰 인형과 마주 보고 섰다.

후, 굉장히 커 보이던 곰 인형도 막상 바보와 마주 보고 서니까 그다지 크다는 느낌을 못 받겠군. 아무리 그래도 바보보다 다리 길이 하나 정도는 더 길긴 했지만 왠지 존재감이랄까, 그런 게 다른 느낌이다. 곰 인형도 그런 사실에 왠지 자존심이 상했는지 괴성을 질렀다.

꺄앙~

…순간 다리 힘이 풀리며 쓰러질 뻔했다. 명색이 그래도 골렘인데 기껏 지른다는 괴성이 '꺄앙~' 이냐? 음? 그런데 골렘이 소리를 낼 수 있었던가? 에잉, 모르는 건 넘어가자.

"우오오오오!"

거기에 지지 않고 고함을 지르는 바보. 그래, 너 바보다, 젠장. 뒤에서 보고 있는 내가 탄식을 뱉든 어쨌든 간에 서로 왠지 모를 적의를 불태우던 두 괴물(…)은 누가 먼저랄 것도 없이 서로 엉겨붙어 힘 겨룸을 시작했다.

먼저 공격을 가한 것은 바보였다.

부다다다다!

눈에 보이지도 않을 정도의 빠른 주먹 연타! 그러나 바보의 그와 같은 공격은 자욱한 먼지만 냈을 뿐 곰 인형에게는 아무런 타격도 미치지 못했다. 바보가 그 사실을 알아차리고 곰 인형에게서 떨어지려는 찰나 가만히 지켜보던 두건이 갑자기 고함을 질렀다.

"'내 사랑스러운 멋쟁이 1호' 스페셜 어택! 누르기!"

그리고 그 말과 동시에 물러나려는 바보를 향해 곰 인형은 말 그대로 몸을 날렸다.

투웅!

바보는 그와 같은 변칙적인 공격을 미처 피하지 못하고 그대로 그 밑에 깔려 버렸다. 엄청난 면적을 자랑하는 곰 인형답게 그 밑에 깔린 바보의 손가락 하나 찾을 수 없을 정도로 완벽하게 깔아뭉갠 것이다.

"꺄하하하하~ 봤죠? 봤죠? 이제까지 '내 사랑스러운 멋쟁이 1호'의 누르기를 벗어난 사람은 없다죠? 꺄핫~ 이겼다~ 만세~ 꺄아~ 성공이다~ 난 역시 천하무적이얌~ 에헴~ 꺄아~ 꺄아~"

하지만 두건은 자낙 양의 얼굴에 분노가 서리는 것을 미처 깨닫지 못하고 있었다. 자낙 양의 얼굴이 급격하게 굳어졌다. 그 주위의 공기까지 싸늘하게 식어가는 느낌이었다. 어찌나 무시무시하던지 똥개나나는 물론 악마조차 저도 모르게 뒷걸음질칠 정도였다.

이런 상황에서도 혼자 꺄꺄거리며 좋아하던 검은 두건은 왠지 이상한 분위기에 정신을 차렸다. 그리고 썰렁해진 상황을 인식하고는 말했다.

"아, 저기… 그러니까… 그게……."

검은 두건도 당황한 듯 여태껏 그칠 줄 모르던 수다를 꺼내지도 못했다.

"으… 으……."

마치 불을 뿜는 듯한 자낙 양의 눈빛에 검은 두건은 질식할 것만 같았다. 그리고 자낙 양의 몸이 움직여지는 순간 저도 모르게 비명을 질렀다.

"엄마야!"

"휴리엘, 먼지 묻히지 말라니깐 그것도 제대로 못하고! 내가 못살아 정말! 이렇게 먼지 묻으면 빨기 귀찮단 말야!"

"에?"

다른 건 싸악 무시한 채 곰 인형에게 달려가 먼지를 털어내는 자낙 양……. 하아, 뭐라고 표현할 말이 없다.

"…크흠! 에, 또… 아무튼 나는 무적이다! 아하하하!"

두건도 그제야 상황 파악이 되었는지 얼버무려 보았으나 이미 배는 떠난 후였다.

"너, 이런 멋진 곰 인형을 이렇게 마구 다루다니! 나 또한 곰 인형 마니아로서 도저히 용서 못해!"

자낙 양, …아니다. 말하기도 귀찮다.

"에…또… 에라, 모르겠다! 아무튼! 드디어 자낙님과 싸울 수 있게 되었네요. 잘 부탁드립니다."

그 말과 함께 넙죽 인사하는 두건.

"무슨 별말씀을. 이렇게 와주셔서 저야… 아니지. 으음, 넌 역시 보통 수준이 아니군! 덤벼라! 내가 상대해 주겠다!"

얼결에 두건의 인사에 답례를 하려다가 화들짝 정신을 챙긴 자낙 양. 가히 우열을 가리기 힘들 정도다. 젠장.

"…좋아요! 소문 자자한 자낙님의 실력을 볼 수 있게 되었네요."

"흥! 그래도 귀는 뚫려 있는 모양이군!"

음, 역시 여자는 아첨에 약하다던가? 금방이라도 덤벼들 듯 보이던 자낙 양의 움직임이 멈칫한다.

"그럼요! 하지만 저에게는 안 될걸요~"

하지만 돌아온 두건의 자신만만한 대답에 그런 감정은 훨훨 날아가 버리고 말았다. 자낙 양은 성이 나서 소리쳤다.

"뭐라고! 어째서 그렇게 장담하는 거지?"

자낙 양의 그와 같은 물음에 검은 두건은 한 손은 턱에, 다른 한 손은 허리에 갖다 대고 말했다. 매우 득의양양한 목소리로.

"캬하핫핫~ 당연히 제가 더 아름답기 때문이죠!"

물론 이런 소리 듣고 가만히 있을 자낙 양이 아니다.

"뭐얏! 세상에서 제일 멋진 우리 휴리엘이 예쁘다고 말해 준 건 바로 나뿐이야! 어디서 그런 말도 안 되는!"

두건은 그와 같은 자낙 양의 말에 가소롭다는 듯이 대꾸했다.

"홋! 고작 한 사람에게 그런 얘기 들은 정도로는 나를 이길 수 없어요!"

음, 말이 맞는 말이지만 자낙 양이 저 말 듣고 참을 수 있을까?

이후의 대화는 너무 빨라서 그 내용을 옮기는 것도 벅찬 일이었음을 밝힌다. 정말 여자들의 말싸움이란······.

"뭐? 좋아! 여기 사람들도 있으니 그 두건 까봐! 정확하고 공정하게 여러 사람들의 판단에 맡기자!"

"무슨! 저 사람들은 당신 동료들이잖아요? 이건 공정한 게 아니라구요!"

"흥! 자신없다 이거로군!"

"그게 아니라 공정을 기하자는 거예요!"

"그래? 그래서 그 시커먼 이불보나 뒤집어쓰고 다니는 건가? 얼마나 외모에 자신이 없으면 가리고 다니겠어?"

"흥~ 그건 자신이 없어서가 아니라 내 외모 때문에 엉뚱한 사람들이 가정 파탄 날까 봐 숨기는 거라구요! 알지도 못하면서!"

"말이야 누가 못할까!"

"그쪽이야말로!"

도대체 두 사람은 언제 싸우려는 걸까. 다리가 아파왔다. 대충 좀 하지.

"그만."

두건과 자낙 양의 말싸움에 지칠 대로 지쳐서 앉을까 말까 고심하던 내 귓가에 낮지만 무언가 힘이 서린 그 목소리가 들려왔다. 저 둘이 난리 치는 앞뒤 꽉 막힌 동굴 안에서도 또렷하게 귀에 들려올 정도였다.

당연한 반응이겠지만 그 자리에 있던 모두가 그 목소리의 주인공에게 시선이 돌아갔다. 아, 물론 곰 인형에 깔린 바보는 빼고.

"대장!"

자낙 양과 한참 말싸움에 열중하던 두건이 기쁨의 소리를 지른다. 대장이라고? 그럼 저 두건맨과 한패란 소린데…….

"키치, 누가 너보고 이런 일을 하라고 했지?"

그제야 어슴푸레 보이는 그 목소리의 주인공. 대장이라 불린 이는 짧은 은발이 인상적인 청년이었다. 꽤 무거워 보이는 플레이트를 입고 있었음에도 불구하고 별로 무거워하는 기색도 보이지 않을 뿐더러 다가올 때 쩔그럭거리는 소리조차 나지 않았다. 그가 입을 열어 말하지 않고 다가왔다면 눈치 채지 못했을 것이다. 조금은 웅장하게까지 보이는 갑옷에 비해 그가 지닌 검은 어쩐지 조금은 왜소하게까지 보였다. 허리에 찬 검은 은빛 검집으로 감추어진 세이버처럼 보이는 세검이었다. 아, 자세히 보니 등에 검을 하나 더 지고 있다. 허, 무게가 장난이 아닐 텐데. 어두운 동굴 안이라 잘 보이지는 않았지만 어쩐지 눈빛이 날카롭게 느껴지는군. 게다가 잘생겼다. 쩝.

"히잉, 저는요, 그냥 도움이 되고 싶어서… 히잉."

윽, 저 코맹맹이 소리라니. 덕분에 추가된 사실 하나. 아마도 저 두건은 대장이라는 저 인물을 좋아하는 모양이군. 음, 너무 앞질렀나? 어라?

"히잉, 대장! 멋대로 나서서 미안해요. 용서해 주실 거죠?"

이런, 저건 그 말로만 듣던 전설의 '부비부비'? 큭, 열받아. 왜 요새 내 눈에 띄는 게 전부 다 저 모양이냐. 으휴, 나도 빨리 애인을 구하든지 해야지… 세상의 솔로들이여, 아름다운 독신? 웃기지 마라. 저 꼴 보고 담담할 수 있는 초탈한 경지가 아니라면 당장 그거 때려치워라. 안 그러면 혈압 때문에 제명에 못살 거다. 젠장.

"…대신 앞으로 내 명령없이 이런 일 벌이면 안 돼."

자식, 자기도 부끄러운 건 아나 보구만. 어쩐지 좀 얼굴이 붉어진 듯한 느낌일세. 하긴 어지간한 철면피 아니고서야 저런 행동을 담담하게 받아들일 수는 없겠지. 음, 결국 문제는 저 두건이로구만.

"네엣, 당연하죠! 저는 당신의 키치인걸요? 꺄하핫!"

참자, 참아야 하느니라. 참는 자에게 복은 없을 수도 있겠지만 그래도 참아야 하느니라.

"그 검은……? 역시 당신은 영살검주?"

여태껏 강 건너 슬라임 보듯이 한발 물러나 있던 악마가 갑자기 끼어든다. 영살검주? 그건 또 뭐지?

"이렇게 만나게 되어 유감입니다, 투웅족의 주법사시여."

직접적으로 긍정한 건 아니지만 저건 긍정의 뜻이 맞다. 영살검주는 또 뭐야? 젠장, 생각하면 할수록 난 아직 이들에 대해 아는 게 너무 적다. 하긴 밥돌이 주제에 모든 걸 알려고 하는 것도 무리… 가 아니라,

우씨, 이거 왠지 따돌림당하는 기분이라 굉장히 속 쓰린걸.

"역시 그랬군요. 당신도 '그걸' 찾으러 나선 건가요? 욕심이 과한 것 아닐까요?"

왠지 악마의 어조에 감정이 실린 듯한 건 나만의 착각일까? 그리고 '그걸' 찾다니? 제발 나도 아는 얘기 좀 해달라고!

"뭐라 해도 전 이미 영살검주라는 이름을 가지고 있으니 어쩔 수 없습니다."

남자는 담담하게 대꾸해 버린다. 자낙 양이 끼어든 것은 그때였다.

"당신이 바로 그 영살검주였나요? 이런 말 해도 될지 모르지만 몇 가지 묻고 싶은 게 있는데 대답해 주시겠어요?"

자낙 양의 그 같은 물음에 남자는 고개를 돌려 그녀를 바라보며 대답했다. 음, 역시 나만 모르는 거였어.

"뭐든지."

남자의 대답이 떨어지자마자 갑자기 자낙 양이 움직였다. 갑자기 그녀의 몸이 흐릿해지는가 싶더니 그 모습을 찾았을 때는 이미 영살검주인가 하는 그 남자에게 주먹을 휘두르고 있었다.

턱!

그러나 그 남자는 나로서는 보기도 힘든 그녀의 주먹을 너무나도 쉽게 붙잡아 버렸다. 젠장, 이놈저놈 할 것 없이 전부 괴물이군. 나만 이 모양인 건가. 으휴.

"…대답이 되었는지?"

주먹을 잡힌 자낙 양은 무언가 울컥한 표정이었지만 순순히 물러나며 대답했다.

"충분히."

남자는 그녀의 대답을 듣고는 잡고 있던 주먹을 놔주었다. 그리고는 몸을 돌려 악마에게 말했다.

"오늘 일은 예정에 없던 일이니 없었던 걸로 해주시길 바랍니다. 사과드리겠습니다."

악마는 무언가 할 말이 많은 표정이었지만 순순히 남자의 말에 응했다.

"그렇게까지 말하신다면야 저희로선 도리가 없겠죠."

악마의 대답을 들은 남자는 가볍게 고개를 까딱여 인사를 하고는 그 두건을 안은 채 나타났던 것처럼 소리없이 사라졌다.

"언니, 오빠들, 다음에 봐요. 꺄하하핫! 소환 해제!"

두건의 말에 여태껏 바보를 덮어 누르고 있던 곰 인형의 몸체에서 짤막한 빛이 터져 나오더니 이내 사라져 버렸다. 그리고 그 빛이 사라졌을 때는 두건도, 남자도 모두 그 기척을 찾을 수 없었다. 그제야 곰 인형에게서 해방된 바보는 뭔가 허탈한 듯이 자리에 철퍽 주저앉았다.

"제길……."

물어보고 싶은 게 산더미 같았지만 악마의 입에서 두 번째로 나온 욕을 듣고는 다음 기회로 미룰 수밖에 없었다. 젠장, 정말 궁금해 미치겠네.

"으, 춥다."

빌어먹을. 욕이 안 나올래야 안 나올 수가 없다.

아직 겨울이라고 하기엔 이른 시기건만 밤공기는 무척 쌀쌀했다. 모닥불을 피웠다고는 해도 불빛이 비치는 앞 부분만 따뜻할 뿐 춥기는 매한가지였다. 처음에는 그래도 견딜 만했지만 한 시간이 지나고 두 시간이 지나자 한곳에 가만히 웅크리고 있는 것이 얼마나 괴로운 것인지 뼈저리게, 아니, 더 정확히 말하자면 뼈 시리게 깨달을 수 있었다.

"으으, 내가 왜 이딴 짓을 해야 하는 거지?"

그렇다. 사실 따지고 보면 난 여기서 이런 추위에 몸을 떨고 있을 이유가 하나도 없는 것이다. 정말이지, 재수가 없다 보니 저 악마라는 존재를 만난 것이 죄라면 죄랄까.

아니지. 내 여행이 어디서부터 꼬였는가를 곰곰이 생각해 보면… 그때 그 소매치기만 아니었어도, 아니, 더 정확히 말하면 그 얼간이 전사만 아니었어도 이런 꼴이 되지는 않았을 것이다. 그놈만 아니었다면 돈을 그렇게 두 눈 뜨고 멀뚱하니 털리는 일도 없었을 것이고, 기아에 허덕이다가 천사의—으윽, 갑자기 오한이—집에 들어갈 일도 없었을 것이다.

천사를 만나지 않았다면 그 동생인 악마 또한 만날 일이 없었을 것은 당연한 일. 으, 생각하면 할수록 원한이 맺히는군. 언제고 보기만 해봐라. 가만 놔두나.

그 영살검주인가 뭔가 하는 녀석을 만난 후로 일행들은 갑자기 말이 없어져 버렸다. 말없이 걷기만 하는 여행이 얼마나 짜증나는 줄 아는가? 답답한 건 둘째 치고 힘이 거의 배로 드는 느낌이다. 이 고통, 겪어보지 않으면 모른다.

게다가 더 참을 수 없는 건 무슨 일인지도 모르고 끌려가는 이 심정이다. 물어보고 싶어도 도저히 분위기 때문에 묻지도 못하고 그러려니 하고 참자니 워낙에 호기심 많은 내가 그걸 버틸 도리가 있겠는가. 아주 안팎으로 골고루 고문을 가하는 것이라고 생각할 수밖에 없었다.

그나마 저녁이 되어서 이제 좀 쉬나 했더니만 이게 웬일. 너는 아무것도 한 게 없으니 불침번이나 서란다. 젠장, 이러니 내가 욕을 안 할래야 안 할 수가 있겠는가. 정말이지 이 빌어먹을 신아, 헌금 제대로 낸다고 그랬잖아!

"뭘 혼자 궁시렁대니?"

헛! 어, 언제 깬 거지? 뒤를 돌아보자 그곳엔 악마가 담요를 둘둘 만 채 다가와 있었다.

"춥네."

추운 거 알면 이 발발 떠는 불침번한테 담요라도 하나 더 덮어줄 생각은 못하는 거냐.

정말 생각 같아서는 욕을 한 사발 퍼주고 싶다만… 으휴, 참자, 참아. 하긴 참지 않는다고 해도 눈 하나 깜박할 상대도 아니지만.

"오늘 동굴에서 봤던 그 남자 누군지 궁금하지 않아?"

어라? 왜… 왜 또 이렇게 살갑게 구는 거냐. 다른 사람 같아서야 어절씨구나 했겠지만 난 아니라구. 그만큼 당한 걸로도 충분해. 제발 부탁이니까 거리를 좀 두는 게 어떨까?

"궁… 금하지 않다면 거짓말 아닐까요?"

사실 궁금하긴 하지. 하지만 오늘 내내 분위기 잡으면서 말도 못 붙이게 하더니 무슨 바람이 분 거냐 이 말이다.

"그 남자 이름은 커트라이트 제노디렌. 하지만 그보다는 영살검주라는 이름으로 더 유명하지."

쩝… 생긴 거 만큼이나 이름도 멋있… 젠장. 그래, 솔직히 샘난다. 누군 토마스라는 흔하디흔한 이름인데… 정말이지, 다시 한 번 아버지가 미워진다.

"영살검주라는 이름은 그가 가지고 있는 마검 때문이지. 들어본 적은 있을 거야. 소울 브레이커라고. 무왕 칼스의 비보라고 불리는 물건 중 하나지."

헉? 소울 브레이커? 그 영혼마저 베어버린다는 무왕의 검?

"저, 정말요? 그게 사실이에요?"

하지만 악마는 내가 들뜨거나 말거나 자기 할 말만 했다. 뭐, 지극히 악마답다고 해야겠지만 솔직히 기분 나쁘다. 하긴 뭐, 어제오늘 일은 아니지만서도.

"그래, 좀 부풀려진 게 있긴 해도 사실이야."

허어… 대제의 검이라……. 정말이지, 현실과 괴리감을 느낄 뿐이군.

"부, 부럽다."

그러나 악마는 나의 그 같은 말에 코웃음을 쳤다.

"부럽다고? 흥. 모르니까 그런 소릴 하는 거지."

잉? 무슨 소리람? 사실 그 정도 유명한 물건을 가지고 있다면 부러움을 사는 게 당연한 거 아닌가?

"모르는 소리라뇨?"

악마는 여전히 모닥불에 시선을 둔 채로 나지막이 말했다.

"비보니 재보니 하는 것들, 그 이름 하나 때문에 얼마나 많은 피를 흘리는지 생각해 본 적 있어?"

에? 그런가?

"그저 유명하고 좋은 물건이라면 눈에 불을 켜는 인간들이 얼마나 되는지나 알아? 그리고 쓰지도 못하는 주제에 그 이름 하나 때문에 얼마나 더러운 수단과 방법을 다해 그걸 구하려고 발버둥치는지 알아? 모를걸. 안다면 그걸 가진 사람을 부러워하지 못해."

맞는 말이긴 하지만… 내 생각은 좀 다르다.

"그렇지만 부러워하는 게 문제가 되는 건 아니잖아요. 그리고 그런 물건을 가졌다면 그만한 자격이 있기 때문 아닐까요? 그게 무력이든 권력이든 간에."

악마는 내 대답이 의외였는지 시선을 돌려 눈을 동그랗게 뜬 채 잠시 나를 바라보다가 고개를 떨구고는 말했다.

"그래, 네 말도 일리가 있어. 자격이라…… 맞는 말이지. 그래."

어라? 너무 순순히 긍정하니까 내가 오히려 기분이 이상하네. 그러나 악마는 무릎에 얼굴을 묻고는 계속 작게 되뇌였다.

"그래, 자격이겠지. 자격… 자격……."

뭔가 다른 의미가 있는 건가, 그 자격이라는 말에? 하지만 악마는 내가 듣거나 말거나 계속 혼자 중얼거렸다.

"역시… 그냥 지나가다 그걸 주웠다고 주인이라고 불리지는 않겠지. 하아, 어쩌지."

젠장, 옆에 있는 사람은 허수아비요? 나도 알아듣게 말 좀 하라구.

하지만 악마는 그런 간절한 바램을 무시한 채─하긴 뭐, 나도 물어보지 않은 책임은 있지만─혼자 중얼거리면서 밤을 새버렸다. 난 어떻게 했냐고? 쩝, 옆에서 눈 동그랗게 뜨고 있는데 어쩌겠어. 나도 같이 밤 샜지 뭐. 이게 무슨 꼴이람.

"!#$@ @$·$%&$#$ @$."

"!@! @$@$."

쩝… 아침부터 또 자기들끼리 쑥덕쑥덕거리는군. 에휴… 빨리 수인족 말을 배우든가 해야지 정말 못해먹겠네.

출발 준비는 다 끝난 지 오래인데 막상 저 세 사람이 꼼짝 안 하고 모여서 뭐라 쑥덕거리기만 하니 밥돌이 신세인 내가 별수있나, 그저 기다릴밖에. 언제쯤 돼야 이 일행에서 해방될 날이 올까나.

음? 뭐야? 왜 말하다 말고 내 얼굴을 빤히 쳐다보는데? 기분 나쁘게시리.

"뭐 할 말이라도 있어요?"

참다못해서 물어봤다. 우씨, 이것들이 정말. 물어보면 대답을 해야 할 것 아냐? 마치 물어보길 기다렸다는 듯이 싸악 고개를 돌려 버리면 어쩌자는 거야? 젠장, 정말 기분 나쁘네. 참는 데도 한계가 있다고!

"하나만 물어볼께요."

하지만 그런 말에 고개를 돌린다면 내가 아는 사람들이 아니겠지. 하지만 그런 사실을 안다고 기분이 좋아질 리 없잖아?

"하나만 물어보자고요!"

결국… 난 감당 못할 일을 저지르고 말았다. 자기들끼리 얘기하는 데다 대고 소리를 버럭 지르는, 그야말로 겁없는 행동을 해버린 거다.

내 외침을 듣자 세 사람의 시선이 일시에 나에게 돌려진다. 크흠흠. 그렇다고 또 그렇게 빤히 쳐다보니 내가 무안해지네.

"뭔데?"

귀찮다는 투로 돌아오는 악마의 대답. 막상 그렇게 물어보니 할 말이 없다. 으음. 아! 그렇지. 전부터 물어봐야겠다고 생각하면서도 물어보지 못한 것이 있었지.

"그러니까… 지금 어디를 가는지, 무엇 때문에 가는지 정도는 저한테도 알려주셔야 하는 거 아닌가요?"

악마의 기세에 쫄기는 했지만 그래도 할 말은 한다 이거야. 내 말을 들은 자낙 양은 악마에게 물었다.

"언니, 얘기 안 했어?"

악마는 말을 듣고는 나를 잠시 쏘아보더니 대답했다.

"후, 좋아. 궁금하다면 알려주지. 어차피 너도 이미 같은 배를 탄 상태니까."

뭐, 뭔가 불길한데… 괜히 물은 거 아닐까?

"이번 여행의 목적은 제시카의 반지를 찾는 거야."

음, 내가 저 대답에서 추론할 수 있는 모든 정보를 종합해 보도록 하겠다. 제시카의 반지. 제시카라는 것은 사람의 이름. 그중에서도 여자의 이름을 말하는 것이겠군. 그리고 반지라는 것은 손가락에 끼는 고리 모양의 장신구겠지. 다시 말해서 제시카의 반지라는 것은 제시카라는 여자가 끼거나 사용했던, 아니, 최소한 이름이 붙을 정도로 밀접한 관계가 있는 고리 모양의 손가락에 끼는 장신구라는 얘기지. 결론. 저것만 가지고는 아무것도 모르겠어!

"그게 뭐 하는 데 쓰는 거죠?"

당연한 질문이라고! 그러니까 그렇게 귀찮은 표정 좀 하지 말란 말이야. 궁금증을 해결하지 못한다는 게 얼마나 고통스러운 건지 알잖아?

"언니, 내가 설명할게. 휴리엘하고 둘이 나머지 얘기 하고 있어."

"알지?"

자낙 양, 역시 당신밖에 없구랴. 음, 근데 악마의 저 다짐받는 듯한 태도는 영 마음에 안 들어.

"그래, 알아."

뭘 안다는 거지? 역시나 또 자기들끼리의 대화. 옆에서 보는 사람으로 하여금 소외감 100%라는 정신 공격을 가하는 행동이라고.

"음, 그럼 설명해 줄게."

자낙 양은 악마와 바보와 조금 떨어진 곳에 자리를 잡고는 설명하기 시작했다.

"제시카의 반지는… 아, 그보다는 우선 제시카가 누구인지 말해야겠네. 모르지?"

알면 묻겠냐?

"누군데?"

"제시카는 무왕 칼스의 알려지지 않은 약혼녀의 이름이야. 제시카의 반지는 칼스가 그녀에게 주었던 약혼 반지고."

어랏? 또다시 무왕 칼스? 거기다 이번엔 약혼녀의 반지라고? 어허, 이거 참. 어째 갈수록 칼스에 대한 얘기를 많이 접한다 했더니 이런 이유 때문이었나?

"원래는 그 반지는 그냥 보통 약혼 반지와 다를 바 없는 물건이었지만 중간에 불의의 사건으로 제시카라는 여자가 죽으면서 상황이 바뀌었지. 제시카라는 여자, 모르긴 해도 칼스라는 인물을 무척이나 사랑했나 봐. 죽으면서 그의 모든 업을 감당하기로 마음먹고 자신의 영혼을 반지에 봉인시켰으니까. 그리고 그 이후로 그 반지를 소유한 사람은 모든 저주로부터 안전해진다고 전해지지."

음, 모르던 얘기지만 확실히 로맨스 마니아인 자낙 양이 달달 외울 만한 얘기였군. 일단 핵심만 추려보자면, 그 제시카라는 여자가 자신의 영혼을 담보로 반지의 소유자를 모든 저주로부터 해방시킨다 이건가? 음, 대단해 보이긴 하는데 좀 모자란 감이 있군. 그 정도 물건이라면 솔직히 우리 집에도 몇 개 있거든. 신성력이 담긴 호부 같은 거 말야.

"하지만 그 정도 호부는 많지 않나요? 굳이 이렇게 찾아다닐 이유는 없다고 보는데."

예리한 질문이었는지 자낙 양은 꿈꾸는 듯한 망상 포즈를 화들짝 풀고는 대답했다.

"음, 사실 그렇긴 하지. 하지만 내 말을 잘 새겨들어 봐. 난 '모든' 저주라고 했어."

'모든' 저주? 그게 중요한 얘긴가?

"저주란 건 사실 따지고 보면 신성력 다음으로 강력한 언령이지. 아니, 신이 내린 저주는 신성력으로도 해소되지 않으니 더 강력하다고 할 수도 있지. 그런데 이 반지는 모든 저주를 막아낼 수 있거든. 어떻게 한 건지는 모르지만 말야."

그럼 대단한 거잖아?

"그럼 신의 저주도 막아낼 수 있다는 건가요?"

열띤 목소리로 말하던 자낙 양은 움찔하면서 잠시 머리를 긁적였다.

"에, 그건 모르겠어. 뭐, 시험해 본 적이 없으니 장담은 못하겠네. 하하."

흐음, 정확하지도 않다는 얘기구만. 그런데 그게 우리랑 무슨 상관이람?

"흠, 그럼 우린 왜 그걸 찾아야 하는 거죠?"

자낙 양은 당황해하다가 이어진 물음에 얼씨구나 하고 대답했다.

"아, 그건 그 반지가 금언 주법의 부작용에도 효과가 있다는 얘기가 있거든."

오홋? 그건 귀에 솔깃한 얘기인걸? 확실히 금언 주법이라는 게 어떤 건지 아직 확실히 감은 안 오지만 부작용이 없다는 건 큰 이점이겠지. 음, 게다가 자낙 양이나 바보, 악마같이 부작용에 시달리는 사람들이라면 눈이 벌게질 건 당연한 얘기겠군.

어라, 잠깐. 그 반지는 모든 저주를 막아내는 효과가 있고 주술의 부작용에도 효과가 있다. 다시 말하면 그 부작용은 저주의 일종이다? 내가 이런 결론에 다달았을 때 자낙 양이 때마침 얘기했다.

"사실 금언 주법이란 게 알고 보면 저주를 일반 마법처럼 사용할 수 있도록 체계를 바꾼 것이거든. 그래서 그만큼 강력한 것이지만 반대로 저주가 영향을 끼치지 못하는 무생물에게는 효과가 없는 거지. 그리고 그 부작용도 저주의 일종이 되는 거고. 대충 이해가 가?"

음, 그 주술이란 게 그런 속 내용이 있었군. 흐음…….

"그럼 그 영살검주인가 하는 자들도 그 저주 방지 효과 때문에 그 반지를 찾는 건가요?"

다시금 움찔하는 자낙 양. 오늘 뭐 잘못 먹었나? 왜 그리 움찔거리는 거지?

"음, 그건… 글쎄… 그건 나도 잘…… 헤헤헤."

뭔가 숨기고 있다는 냄새가 팍팍 나는 저 웃음. 지금 말한 내용에 거짓은 없는 것 같지만 다 말하지 않은 뭔가가 있다는 거로군. 내가 막 자낙 양을 붙잡고 따지고 들려고 맘먹으려는 찰나 악마의 목소리가 들려왔다.

"출발한다!"

젠장, 내가 뭐 하는 꼴을 못 봐.

제7장 첫 경험?

첫경험

흐억, 헉. 이, 이것들이 정녕코 인간이란 말인가. 으걱. 윽. 숨이 차다 못해 속이 울렁거리면서 신물이 넘어온다. 헉헉.

그 영살검주인가 머시긴가 하는 인간들 때문인 듯하지만 아마도 악마는 최대한 빨리 목표를 향해 나아가기로 작정했는가 보다. 으아, 그렇다고는 해도 이 미친 듯한 속도는 뭐냐 말이다!

바보 그 인간 같지도 않은 녀석이야 원래 체력밖에 내세울 게 없는 놈이고, 악마야 저 똥개에 탄 상태고, 자낙 양은 바보 어깨 위에서 즐겁게 조잘대고 있고, 나만 등에 물건 잔뜩 메고 뜀박질하는 이 상황을 어떻게 표현해야 좋을까. 으아아아아!

으, 현기증 난다. 어걱. 큭!

결국 난 다리가 꼬여서 자빠져 버리고 말았다. 당연한 거 아니겠는가. 저 무식한 짐을 지고 한 시간 가까이 달린 것만으로도 대단한 거라고. 안 그래?

그러나 악마는 그렇게 생각하지 않는 모양이었다.

"흠, 이거야 원. 정말 도움이 안 되는군."

그럼 네가 지고 가보라고. 우씨.

"도움이 안 된다면 도움이 되게 만들어야겠지."

그러고는 한 손을 내밀어 나에게 향한다. 서, 설마?

"자연의 의지를 뒤집어 새기는 깨어진 세계의 거울을 비추는 왜곡."

헉? 저, 저 주문은 어디선가 많이 들어본? 어라? 윽, 이 어지러움은?

한동안 머리 속을 휘젓고 무언가가 도망가자 나는 이런 경험을 전에
도 겪은 적이 있음을 깨달았다. 바로 그 천사의 집에서! 어찌 그걸 잊
겠는가.

슬쩍 손을 보았다. 음, 적어도 오동통한 앞발은 아니군. 발굽이 달린
게 꼭 당나귀 발처럼 생겼네. 머시라?!

이 극악무도한 악마! 이젠 아예 당나귀로 만들다니!

"어머, 어째 더 멍청해 보인다. 그치, 휴리엘?"

자낙 양… 그 말 기억해 두겠소이다라고 말하고 싶지만 당나귀가 말
하는 거 봤어? 흑흑.

"자, 해가 얼마 남지 않았다. 가자! 이럇!"

으악! 채찍질까지! 난 모습은 이래도 인간이라고!

아무튼 난 그날 중요한 교훈을 하나 얻었다. 악마 앞에서는 약한 모
습 보이면 안 된다는 것이다. 여러분도 기억해 두시길. 흑흑.

과일에 칼집을 넣었으면 한 번에 깎는 것이 좋다. 도중에 멈추는 횟
수가 많으면 많을수록 깨끗하게 마무리되지 않는다. 또 단맛의 위치를

염두에 두고 고르게 잘라두는 것이 좋으며 같은 모양으로 자른 것은 큰 조각에서 작은 조각의 순서대로 놓는 것이 예쁘다. 과일 깎는 것에도 나름대로의 법도가 있다고나 할까.

과일을 깎는 칼도 마찬가지다. 과일을 깎을 때는 과도를 이용하는 것이 보통이지만 과도가 눈에 띄지 않고 급히 과일을 깎아야 할 때, 그러니까 지금처럼 야외에서라든가 하는 경우에는 보이는 칼을 아무거나 쓰게 되지만 여기에도 준비 사항은 있다.

일반적인 부엌칼이나 지금 나처럼 요리와는 전혀 다른 용도로 사용하는 칼로 과일을 깎는 경우에는 그대로 사용하면 칼날에 섞여 있는 양념 냄새라든가 사냥용 칼의 비린내 등으로 인해 과일 맛이 없어질 뿐만 아니라 혹시라도 손님을 대접하는 경우라면 더욱더 곤란할 것이 당연하다. 과일을 주어야 하는 대상이 손님보다 더 어려운 존재라면 말할 것도 없다.

이럴 경우에는 간단한 처치만으로도 충분히 커버가 가능하다. 식초 몇 방울을 칼날에 떨어뜨려 닦은 후에 사용하면 된다. 간단한 차이가 명품을 만든다던가?

냄새는 맛의 한 종류라고 생각하면 이해가 쉬울지도. 그렇기 때문에 더욱 냄새에 대해서는 철저한 대비가 필요한 것이다.

음, 다 깎이자마자 순식간에 사라지는 과일. 그러나 난 과일 먹을 틈 같은 건 없다. 내일 아침을 위해 요리 도구를 손질해 둬야 한다.

도마를 꺼내 들었다. 도마 역시 냄새가 배기 쉬운 물건이다. 나는 찬물로 한 번 씻은 도마를 아까 마시고 남은 찻잎 찌꺼기로 정성스레 닦았다. 이렇게 해두면 도마에 냄새가 남을 걱정은 없어진다.

어디 보자, 그 다음은… 씻어둔 그릇들이 눈에 들어온다. 저것도 씻는 것만으로 끝나지 않는다. 겉보기엔 깨끗해도 냄새는 아직 남아 있는 것이다. 이럴 때는 깨끗이 씻은 풀을 한 줌 넣어두고 자면 아침에 냄새 따위는 남지 않는다.

이제 모두 끝난 건가? 반짝거릴 정도로 윤이 나는 접시와 그릇들을 보면서 나는 오늘도 내게 부과된 하루 일을 무사히 끝마쳤음에 안도의 한숨을 내쉬… 려다 퍼뜩 정신이 들었다.

이럴 수가! 이제 몸도 마음도 완전한 밥돌이의 경지에 도달한 것인가? 안 돼! 이럴 순 없어!

새벽 이슬을 마다 않고 청운의 꿈을 품고 모험의 세계에 몸을 던졌을 때는 적어도 이런 꼴이 되리라고 생각한 적은 한 번도 없었다. 괜찮은 검사를 따라다니며 무예도 닦고 경험도 쌓아서 언젠가 이름을 날리게 될 날을 기대했었는데… 지금 이 꼴이 뭐란 말인가! 고작 반짝거리는 식기를 보며 하루 일과를 무사히 마쳤음을 안도해야 하다니.

정말 아무리 생각해도 한심하기 그지없다. 그래도 운 좋게 옛 전설을 더듬는 여행에 끼어들었지 않느냐고? 이게 내가 원한 일인가? 그리고 지금의 내가 모험자로 보인단 말인가? 쉴 때는 밥 짓고 빨래하고, 어디라도 갈라치면 저 모든 짐을 혼자 메고 끙끙거려야 하고, 지쳐서 쓰러지기라도 하면 부축은커녕 당나귀로 만들어서 채찍질을 일삼는 저 따위 패거리가 어떻게 일행이란 말인가!

이대로는 문제가 있다. 아니, 문제를 넘어서 절대 불가하다. 내가 아무리 성격이 좋고 일도 잘한다고는 하지만(?) 절대 이대로는 안 된다. 상황을 타개할 만한 무언가가 필요하다. 그래, 무언가… 무언가가 필요하다.

과연 무엇이 필요한 걸까? 지혜? 이래 봬도 어릴 적부터 잔머리 굴리는 데는 일가견이… 아무튼 신동은 못 돼도 어디서 머리 나쁘다는 소리는 들어본 적이 없는 나다. 머리는 아니다. 그렇다면?

그렇다. 힘이다. 바로 힘이 없기 때문에 이런 처지에 떨어진 거다.

그렇다면 어떻게 힘을 얻어야 하는가. 이것이 문제다. 전에 악마도 그런 말을 한 적이 있지만 힘이란 것은 절대 쉽게 얻을 수 있는 것이 아니다. 그것이 꾸준한 노력이든 또는 휴리엘이나 자낙 양처럼 부작용이든 간에 힘은 항상 무언가 대가를 필요로 한다.

하지만 난 힘이 필요하다. 그것을 위해서라면 어떤 거라도 대가를 치를 준비가 되어 있을 정도로 절실히. 하지만 어떻게 얻어야 할 것인가. 결국 제자리로군.

"토미, 잡생각 집어치우고 과일이나 더 깎아봐."

제길, 잡생각이라니! 내가 지금 잡생각하는 것처럼 보이나? 젠장, 이런 생각을 하면서도 말없이 악마가 내민 접시를 받아 들어야 하는 내 자신이 싫다. 흑…….

"화났나? 표정이 영 아니네?"

그래요, 자낙 양. 나 화났어요. 오늘 일만 해도 그래. 지쳐 쓰러진 사람을 당나귀로 만들어서 채찍질하는데 화 안 나면 그게 사람일까? 정말 나 정도나 되니까 이러지 다른 사람 같았으면 음식에 독이라도 탔을 겁니다. 안 그래요?

"화나긴, 토미가 그렇게 쫀쫀한 줄 알아? 얼마나 속이 깊은 앤데. 그렇지?"

놀고 있다. 아예 혼자 다 해먹어라.

"…네."

젠장, 내가 힘만 있었어도 이런 꼴은 안 당할 텐데. 이 빌어먹을 신아! 나중에 헌금 달라는 대로 줄 테니까 이 꼴만 좀 어떻게 해주면 안 되냐? 제발 부탁이다. 빌어먹을.

이런 식으로 푸념해 봐야 바뀌는 건 아무것도 없다는 것 물론 잘 알지만 달리 무슨 방법이 있겠는가. 이제는 부엌칼이 되어버린 내 애도를 보니 한숨만 나올 뿐이다.

"토미?"

젠장, 눈앞이 뿌연 게 눈물이 나오려나 보다. 이런 꼴을 다른 사람에게 보이긴 싫다. 적어도 저 악마한테만큼은 절대로 보이고 싶지 않다. 빌어먹을, 빌어먹을.

"잠깐 나랑 얘기 좀 할래?"

싫다고 하면 저리 갈 건가? 결국 자기 맘대로 할 거면서 그 따위는 왜 물어보시나?

"잠깐 보자니까."

젠장, 뭘 보자는 거야? 저리 가라고! 앗! 이, 이……

"우는 거야?"

이… 누가 멋대로 남의 얼굴을 이리저리 돌리게 하라고 했어? 이 손 놔!

"아니에요."

젠장… 곧 죽어도 나오는 이 존댓말. 내 자신이 역겨워진다. 억지로 고개를 돌리려고 했지만 악마는 놓아주지 않았다.

"날 봐."

싫어! 싫다구! 너 따위 보느니 차라리 영원히 당나귀가 되겠어!

"날 보라니까!"

젠장, 이거 놓으란 말이다!

"무슨 얘기를 하고 싶은 건데요?"

결국 난 악마와 얼굴을 마주하고 말았다. 그 눈동자를 바라보았다. 젠장, 아름답기는 하다. 욕을 하고 싶어도 저 눈만큼은 확실히 아름답다.

"아까 낮의 일이라면 사과할게."

그래서? 사과한다고? 그러시겠지. 말 한마디로 끝날 일 같으면 내가 이러겠나?

"됐어요."

더 들어봐야 열만 받을 게 뻔하다. 지금은 그냥 날 내버려… 흡!

잠시 난 멍하니 있을 수밖에 없었다. 결국 입술에 와 닿은 이질감이 해소되고 나서야 정신을 차렸다. 이, 이게 무슨 짓이야!

"다시 한 번 말할게. 미안해."

이… 이…….

"그래, 그렇게 보는 거야. 사람과 대화할 때는 말이야."

그 말을 듣자 반사적으로 다시 고개를 돌리려고 했다. 하지만 악마는 내가 그렇게 하도록 내버려 두지 않았다. 오히려 내 머리를 끌어당겨 가슴에 안아버렸다. 따, 따뜻하군. 아, 아니지!

"이거 놔요!"

엉겁결에 확 밀쳐 버리고 말았다. 하지만 악마는 오히려 말없이 나를 더욱 강하게 끌어안았다.

"잠시 이대로 있어봐."

제, 젠장, 이런다고 내 기분이 풀릴 것 같아? 비, 빌어먹을.

떨쳐 내야 하는데, 떨쳐 내야 하는데 무엇 때문인지 몸이 말을 듣지 않는다. 그런 나에게 악마의 고동 소리가 전해져 온다.

젠장, 떨쳐 내야 하는데…….

"또 로즈랑 싸웠구나?"
"자, 어서 말하렴. 잘못했습니다."
"토미, 사내아이는 쉽게 눈물을 보이는 게 아니란다."
"엄마가 없다고 울면 안 돼. 알지? 항상 웃는 거야. 약속."
"미안하구나, 정말정말…….'

눈을 떴다. 구름이라도 끼었는지 어두컴컴한, 별 하나 보이지 않는
하늘이 눈에 들어와 박힌다. 잠시 멍하니 하늘을 바라본다. 머리 속은
온통 뒤죽박죽이었다. 방금의 그 목소리와 모습이 꿈이란 건 깊이 생
각하지 않아도 알고 있었지만 감정이란 건 대부분 자기 의지대로 컨트
롤하기 힘든 법이다. 요새는 잊고 있던, 하지만 무척이나 많이 꾸었던
꿈. 어머니의 모습.
    문득 잡생각이 난다. 그 말괄량이 로즈는 뭐 하고 지내는지. 자칭 루
노 제1의 상인이신 아버지는 요즘도 밤마다 회계 장부 때문에 골머리
를 썩이시는지. 개라고 부르기도 민망한 몸집이지만 언제나 충실했던
돌프도 여전한지. 매일 아버지 등살에 나날이 말라만 가던 회계사 피
터 형은 살이 좀 쪘는지. 매일 들를 때마다 먹지도 않는 사탕을 한 봉
지씩 안겨주던 잭슨 아저씨도 잘 계신지……. 다들 뭐 하고 있을까. 한
달 동안이나 소식없이 나와 있으니 무척이나 걱정들 할 텐데.
    집을 나온 건 과연 잘한 일일까. 곰곰이 돌이켜 보면 모험이니 영웅
이니 하는 명분보다도 아버지에 대한 반발 때문에 집을 나온 것인지도
모른다. 물론 나도 아버지를 이해하기는 한다. 따지고 보면 불쌍한 분

이니까. 아버지가 지금처럼 악착같이 돈을 모으는 이유, 모르는 것도 아니다. 그렇게 함으로써 상처를 조금이라도 잊고자, 같은 후회를 두 번 다시 하지 않고자 그러신다는 걸 난 잘 알고 있다. 어쩌면 그 짧은 시간 안에 원하는 바를 어느 정도 이룬 아버지가 대단하다고까지 느껴질 정도니까.

어머니의 죽음. 그것은 우리 가족에게는 공허함, 아니, 상실감, 아니, 그것보다도 더 깊은 어떤 감정의 수렁으로 다가왔었다. 너무나 큰 존재였기에 그런지도 몰랐다. 그래서 더욱 그 깊이를 알 수 없는 늪과도 같이 우리 가족을 옭아매고 있는 것일지도 몰랐다. 분명 어머니는 그걸 원하지 않으실 테지만.

그 수렁에서 벗어나고자 아버지가 택한 길을 나무랄 생각은 없다. 다만 내가 아버지의 길을 인정했듯이 나에게도 인정받고 싶은 다른 길이 있을 뿐이다. 아버지가 황금이라는 힘을 택했다면 나는 또 다른 눈에 보이는 그런 힘을 원한다는 차이일까.

물론 힘이 있다고 모든 고민을 해결할 수 없다는 것 잘 안다. 하지만 적어도 힘이 없어서 아무것도 할 수 없는 자신을 바라보는 것보다는 백배 나은 것이 현실이다. 힘이 있었다면 풀 수 있는 문제인데 힘이 없어서 풀지 못했다면 결국 남는 것은 자기 혐오일 뿐이니까. 적어도 아버지나 나에게는 그랬다.

나도 모르게 쓴웃음이 배어 나온다. 이러니저러니 해도 난 역시 아직 약하다. 겉으로 보이는 부분은 물론이고 속에 감추어둔 부분까지도 틀림없이 약한 게 사실이고 현실이다. 고작 어제 같은 일로 눈물을 보이고, 화를 내고, 웃음을 잃다니. 어머니, 미안해요. 잠시라도 당신의 말씀을 어긴 것, 정말 미안해요.

내일은 내일의 해가 뜬다고 했던가? 다가올 미래는 모르지만 그것 또한 언젠가 다가올 현재이겠지. 결국 현재에 충실하는 것이 내가 할 수 있는 전부인 셈인가.

잠을 자두는 것이 좋겠다. 내일도 편하지만은 않은 하루가 될 테니까. 조금은 힘들더라도……. 사실 영웅의 길이란 고난의 길이라는 말도 있지 않던가. 그래, 어머니 말씀대로 웃음을 잃지 않는 것, 그것이 가장 중요할지도.

"싫어요."

그 말을 들은 건 내가 막 잠이 들까 말까 하는 기로에서 서성이던 때였다. 잘 알고 있겠지만 막 잠이 들려고 할 때는 의외로 신경이 날카롭기 마련이다. 악마가 무슨 소릴 하든 잠꼬대로 치부해 버리고 잠들기 위해서 무진 애를 써봤지만 애석하게도 정신은 점점 또렷해지기만 했다.

"어째서지?"

이어져 들려오는 여자 목소리. 어라? 처음 듣는 목소리인데? 이 밤중에 누가 찾아오기라도……. 잠깐, 여긴 집 안이나 여관이 아니다. 엄연히 노숙 중인데 누가 찾아올 수 있는 거지?

"이유를 댈 것도 없어요. 무조건 싫으니까."

결국 잠은 완전히 달아나 버렸다. 누가 나의 잠을 깨운 것인지 확인이라도 해볼까 했지만 어두워서 그건 좀 힘들었다. 그냥 잠자코 듣는 수밖에. 적어도 내가 끼어들 분위기는 아닌 것 같으니까.

"너만 싫은 건 아니야. 나도 마음에 들지 않는 건 마찬가지니까."

대화라는 것이 그저 듣는다고 해서 이해할 수 있는 것은 아닐 것이다. 대화를 이해하기 위해서는 거기에 대한 배경 지식이 필요한 법이다. 하지만 지금의 나에겐 저 대화를 이해할 만한 아무런 배경 지식도 없었다. 무엇이 싫고 마음에 들지 않는지 모르니 답답할 뿐이다.

"그럼 된 것 아닌가요? 나를 귀찮게 할 이유가 없잖아요."

맞는 말이다. 둘 다 싫고 마음에 들지 않는다면 굳이 시끄럽게 남의 잠을 깨울 필요가 없지. 뭔진 몰라도.

"하지만 크라이스는 널 원해."

크라이스? 어디서 많이 들어본 이름인데… 누구더라?

"흥, 그 잘난 당신 아들이라면 당신 말에 껌뻑 죽지 않던가요? 그냥 포기하라고 하면 될 텐데요?"

어라? 목소리와는 다르게 애 딸린 아줌마였군. 아! 생각났다. 크라이스 바탈리언! 그 수인족 마을에서 날 덮친 마마보이 마법사!

"물론 그렇기야 하지. 하지만 난 여태껏 라이가 원하는 선물은 모두 구해주었지. 이번도 예외는 아니야."

이제야 저 대화가 조금은 이해가 가기 시작한다. 음, 그러니까 저 목소리만 젊은 아줌마가 악마를 꼬시러 왔다. 뭐, 이런 얘기가 되는 셈이군. 그나저나 사람을 물건 취급하다니, 악마가 저런 소리 듣고 가만있을까?

"흥, 선물? 이러니까 당신들을 싫어할 수밖에 없는 거예요. 난 당신들에게 선물이라고 불려야 할 이유 따위는 없으니까."

"잘난 척하지 마. 너에게 금언 주법이라는 힘이 있다고는 해도 내 보기엔 어린아이 장난일 뿐이니까."

악마가 평소에 잘난 척을 좀 하기는 하지만 지금은 아닌 것 같은데…….

"아, 그래요? 그 어린애 장난 때문에 자기 아버지를 죽인 건 누구였죠?"

어라? 이건 또 무슨 소리지?

"닥쳐!"

뭔가 분위기가 심상치 않은데… 혹시 모르니 대비를……

"아하, 듣기 싫으신가요? 하긴 진실이란 언제나 껄끄럽기 마련이죠."

그 목소리만 젊은 아줌마는 잠시 말이 없다가 맹수가 으르렁거리듯 말했다.

"너 따위가… 너 따위가 뭘 안다고……"

아무래도 다른 두 사람도 깨워야 되겠는데……

하지만 내가 눈을 돌려 바보와 자낙 양이 잠든 곳을 보았을 때에는 이미 그 둘의 모습은 찾을 수가 없었다. 어디 갔지? 방금도 있었는데?

"네 그 잘난 입이 얼마나 더 지껄일 수 있는지 지켜봐 주마."

다급히 고개를 돌린 내 눈에 보인 것은 그렇게 말하며 한 손을 들어 올리는 한 여인의 모습이었다. 그리고 그런 그녀의 행동에 대답이라도 하듯이 그녀의 등 뒤로 펼쳐진 숲 속에서 분명히 싸우는 것을 의미하는 갖가지 소음이 들려왔다. 하지만 그 같은 반응에 당황한 것은 악마가 아닌 방금 손을 치켜든 바로 그 여인이었다.

"쿡쿡쿡."

갑자기 악마가 숨죽여 웃기 시작했다. 하지만 여인은 그런 악마의 모습에 화를 내기보다는 뒤로 한 발짝 물러나기까지 하며 주위를 두리번거렸다. 무척 당황한 표정을 풀지 못한 채.

"하하하하하하하하!"

그런 모습이 참을 수 없었던지 숨죽여 웃던 악마가 결국에는 큰 소리로 웃기 시작했다. 뭐가 어떻게 돌아가는지 모르는 나로서는 그 여인과 마찬가지로 당황스러울 뿐이었다.

"이, 이럴 수가!"

갑자기 숲 속에서 들리던 소음이 뚝 그쳤다. 그리고 그와 함께 악마도 웃음을 뚝 그쳤다. 기괴한 적막감이 잠시 공간을 메웠다. 그러나 그것도 잠시, 여인의 등 뒤로 내려서는 두 개의 그림자가 있었다. 바로 바보와 자낙 양이었다. 언제 저리로?

"정말 재밌는 일이지 않은가요. 마법만이 최고라고 역설하던 천하의 지오르지오네님께서 고작해야 저런 덜떨어진 레인저들의 화살에 의지하는 모습을 볼 수 있다니, 전 정말 운이 좋은 것 같지 않나요?"

악마는 어쩐지 사악하게 보일 정도로 비릿한 웃음을 지어 보였지만 여인은 오만가지 인상을 지어 보인 채 짧게 신음할 따름이었다.

"며칠 전부터, 아니, 정확하게는 내가 라카이람을 떠난 뒤부터 쥐새끼 몇 마리가 따라붙고 있는 것쯤은 뻔히 알고 있었죠. 누가 시킨 건지 알아볼 겸 잠자코 있었는데 그게 바로 당신이었군요. 역시 아무리 마법사라도 내 위치를 이렇게 쉽게 찾는다는 건 어려운 일이겠죠."

"제길… 이 악마 같은 계집."

"아하? 그 말은 전에 누군가가 당신을 지칭하던 말인 것 같은데 당신 입으로 그 말을 되돌려 받을 줄은 정말 몰랐네요. 뭐, 좋아요. 나름대로 머리 쓰신 것 아주 좋았어요. 사실 당신이 아무리 7서클 유저라고는 해도 어차피 나에겐 그 큰소리치는 마법이 듣지 않으니 이게 최선이었겠죠. 다만 문제는 내 옆에 수인족 최강의 커플이 함께 있다는 정도?"

여인의 표정은 이제 일그러질 대로 일그러져 있었다. 악마는 그런 여인의 표정을 음미하듯이 바라보다가 여유있게 제자리에서 왔다 갔다 하면서 독백하듯이 말하기 시작했다.

"사실 진작에 이런 자리를 한번 마련해 보고 싶었지만, 글쎄요… 당신이나 나나 워낙 피차 쌓인 게 많다 보니 쉽지 않았죠. 뭐, 일단은 이런 기회라도 주어졌으니 상호 간의 갈등을 풀어보는 것도 좋겠죠. 결과가 어찌 되든 간에."

여인이 대답하든 말든 악마는 잠시 멈춰 서서 무언가를 생각하더니 고개를 들어 하늘을 보았다. 마치 연극의 주인공처럼 도취되고 있는 듯 보였다. 나로서야 이유는 알 수 없었지만 말이다. 잠시 그대로 말이 없다가 여전히 시선을 하늘 한쪽에 둔 채 말을 이었다.

"역시 가장 중요한 건 나에게 이런 빌어먹을 운명을 떠맡긴 그 영감탱이겠군요. 아, 당신 아버지를 이렇게 호칭한다고 뭐라고 하지는 말아요. 뭐, 그 영감, 생전에도 난 이렇게 불렀으니까. 어차피 당신이나 나나 그 영감탱이에게는 쌓인 게 많잖아요?"

악마는 그렇게 여인에게 질문을 던졌지만 여인은 아무 말도 하지 않았다. 내가 듣기에도 그건 대답을 듣기 위한 질문 같지 않았다. 다만 그녀는 이를 악문 채 악마를 죽일 듯이 노려보고만 있었다. 악마도 대답 같은 걸 기대한 것이 아니었는지 계속 혼자 지껄여 대기 시작했다.

"당신이 나를 그토록 증오하는 이유도 결국 따지고 보면 그 영감탱이 때문이 아니었던가요? 정식 후계자로 지목받던 당신을 제치고 나에게 이 저주받을, 아니, 그 자체가 저주인 이 주법을 물려주었다고 이를 가는 거겠죠. 정말이지, 웃기는 투정이죠. 쿡쿡쿡……."

나는 여인의 반응을 다시 살펴보았다. 아무래도 너무 조용히 악마의 말을 듣고만 있는 것이 이상해서였다. 여자들의 심리에 대해서 잘은 모르지만 전에 두건맨과 자낙 양의 설전에서도 보았듯이 이렇게 일방적으로 듣고만 있는 경우는 없을 것 같았기 때문이다.

"큭큭큭… 내가 이 빌어먹을 주법 때문에 어떤 고통을 겪었는지, 어떤 꼴을 당해야 했는지 조금이라도 알는지 모르겠군요. 아, 그리고 보니 유명해지기는 했군요. 후, 하긴 자기 것이라고 생각했던 걸 남이 채 갔으니 서운하기는 했겠네요."

그제야 여인은 떨리는 목소리로 대답했다. 그런데 손에 무언가를 들고 있는 걸로 보였는데? 착각인가? 참고로 자낙 양과 바보는 그 여인의 등 뒤에 있기 때문에, 그리고 악마는 자기 말에 심취해 있었기 때문에 여인의 행동을 미처 보고 있지 못하는 것 같았다. 나는 그 여인이 손에 든 물건이 아무래도 마음에 걸려서 눈을 부릅뜨고 지켜보았다.

"네가 뭘 안다고… 뭘 안다고……."

"하아, 그건 서로에 대해 마찬가지라는 거예요. 당신은 내 고통을 모르고 나는 당신의 고통을 이해할 수 없다 이거죠. 아니지. 사실 이해하지 못한다기보다는 어쩐지 내 눈엔 기껏해야 투정으로밖에 보이지 않는다는 게 정답이겠네요. 그렇다고는 해도……."

그때 여인이 한 손을 번쩍 들어 악마에게 향했다. 저건 석궁? 안 돼!

"닥쳐!"

"위험해!"

눈에 들어오는 모든 모습들이 일순간 느려지는 느낌. 시끄럽다. 귓가가 웅웅거린다. 마치 붕 뜬 듯이 모든 감각이 희미해져 간다.

악마가 뭐라고 소리치며 내게 다가온다. 자낙 양도 바보도 달려온다. 하지만 그들의 말을 알아들을 수가 없다. 그저 벌 떼가 웅웅거리는 듯한 소리만이 몸 전체를 휘감을 뿐이다.

어지럽다. 왜인지 모르겠다. 주위가 기우뚱거리며 기울어진다. 누군가의 손길이 나를 붙잡는 것 같다. 하지만 기울어지는 영상은 멈추질 않는다. 고개가 왠지 자꾸 떨궈진다. 그리고 결국 보고 말았다, 나의 가슴 한 편에 비죽이 튀어나와 있는 그것을……

"끄아아아아아아아!"

그리고 시야가 붉어졌다. 뒤 이어 오는 전신을 조각내는 듯한 격통에 나는 그만 정신을 놓았다.

제8장 첫사랑

첫사랑

따지고 보면 이런 이야기는 참 많을지도 모른다. 사랑하는 누군가를 구하고자 그 사람의 방패가 되어 자신을 희생하는 이야기 말이다. 사실 이기적인 삶의 틈바구니 속에서 이런 이야기들은 인간들의 자기 합리화에 해당하는 이야기일지도 모른다. 나는 이렇게 이기적인 삶을 살아도 인간 자체가 이기적인 것은 아니라는 일종의 변명이랄까.

내가 악마를 감싸고 화살을 막은 이유, 그렇게까지 해야 한 진짜 이유를 몰랐던 이때의 나의 심경은 당연히 혼란스러울 수밖에 없었다. 무얼 생각하고말고 할 틈도 없이 악마가 위험하다는 것을 느끼자 나도 모르게 앞으로 뛰어나가 방패가 되었으니 말이다.

언뜻 보아도 행동의 당위성이 명백히 결여되어 있지 않은가. 내가 그녀에게서 어떤 감정을 느끼… 지 않았다고는 말 못해도 내 자신을 납득시킬 정도는 아니었는데 어째서 그런 행동이 나왔던 것인지. 만약 내가 깨어났을 때 나를 보살피던 사람을 만나지 못했더라면, 아니, 그녀를 만남으로써 내 헝클어진 여정이 바로잡혔다는 착각에 빠지지 않았더라면 난 아마 일어나자마자 내 속의 의문을 풀기 위해 악마를 찾아 나섰을지도 모른다. 결국 어느 쪽이든 결론은 마찬가지였겠지만.

에롤로미네. 내가 눈을 떴을 때 내 옆을 지키고 있던 사람의 이름이다. 처음 보았을 땐 악마인 줄 알고 화들짝 놀랐다가 어쩐지 다른 분위기와 좀 더 어려 보이는 그 생김을 보고 어리둥절했던 걸로 기억한다.

"깨어나셨나요? 기분이 어떠세요?"

어리둥절한 와중에 들려온 그 음성은 완벽한 카운터 펀치였다. 완전히 혼란의 와중에 빠진 것이다. 악마와 같은 얼굴에서 나오는 전혀 다른 투의 말이라니. 그것도 존댓말이라니. 그저 입만 벙긋거린 채 말문이 막혀서—하긴 말할 기력도 없었지만—멀뚱하니 쳐다보는 게 내가 보인 반응의 전부인 건 오히려 당연한 게 아닐까?

"가만히 계세요, 아직 움직이지 않는 게 좋으니까."

바보 같은 내 반응에 그녀는 이렇게 말하고는 방긋 웃어주었다. 세상에, 저 얼굴에서 저런 미소가 나올 수도 있다니. 일종의 충격마저 먹었다면 이해가 갈는지. 이제껏 비웃는 표정이나 깔보는 듯한 웃음만 짓던 악마를 보다가 그런 웃음과는 완전히 격이 다른 이 미소를 보자 정신이 퍼뜩 드는 느낌이었다. 그것이 그녀의 첫인상이었다.

내가 어느 정도 운신을 할 수 있게 되고 힘들게나마 말을 할 수 있게 된 건 그로부터 3일이 더 지나고 나서였다. 그리고 그녀가 악마의 하나뿐인 동생이라는 사실을 알게 된 것도 그 즈음이었다. 에롤로미네 베르칸트, 그것이 그녀의 이름이었다. 정말이지, 그 오우거 촌장은 작명에는 대단한 소질이 있었나 보다. 직접 지었는지는 모르겠지만 너무나 품격있는 이름이 아닌가.

여기서 잠깐 난데없는 이야기이긴 하지만 환자의 뒷수발이란 걸 해 본 일이 있는지. 절대로 쉬운 일이 아니다. 게다가 환자와 그 간호인이 같은 나이 또래의, 그것도 생면부지의 남녀라면 문제는 더 심각하다. 그리고 그 나이라는 것이 한참 이성에 눈뜰 나이라면 더 이상 말할 것 도 없을 것이다.

그야말로 손가락 하나 까딱할 수 없는 상황, 뭐, 화살 하나 가지고 무슨 생난리냐 할지도 모르지만 그건 그렇지가 않다. 화살이란 것은 엄연히 무언가를 죽이기 위한 물건이고 그런 무기를 가슴께에 직격당 한 상태로써는 오히려 나은 편이라고 할 수 있다. 나중에 들은 말이지 만 만약 화살이 조금만 더 옆으로 비껴 나가서 갈비뼈를 부수지 않았 더라면 난 살아남지 못했을 것이다.

아니, 그것보다도 그 이름조차 잘 기억나지 않는 여인이 사용한 것 이 작은 호신용 석궁이 아닌, 조금만 더 강력한 석궁이었더라도 화살은 갈비뼈 따위는 쉽게 부수고 나의 심장이나 허파를 꿰뚫었을 것이고, 그 랬다면 난 지금 에롤로미네가 아닌 진짜 하늘의 천사와 바라보고 있어 야 했을지도 모른다.

얘기가 좀 옆으로 샜지만 아무튼 그런 중환자인 나를 내 나이 또래 의 여자애가 돌본다는 것, 절대로 쉽지 않은 일이다. 차라리 내가 정신 을 잃고 있는 상황에서야 어쩔 수 없다 치더라도 정신이 돌아온 후로 는 참으로 난감하기 이를 데 없었다. 용변부터 시작해서 옷을 갈아입 는 일 등등, 혼자 힘으로는 아무것도 못하는 상태이더라도 정말이지, 그 시간이 돌아올 때마다 죽고 싶을 정도로 창피하고 민망할 뿐이었다.

그리고 당연한 얘기지만 그런 궂은 일을 마다하지 않고 나를 돌봐주는 그녀에 대한 고마움, 말로 설명할 수 없었다.

"왜?"

나이가 동갑인 것을 알게 되고 나서 처음 나에게 어떤 감동마저 주었던 그 존댓말을 들을 수 없게 된 것은 참으로 애석했지만 지금은 지금대로 좋다. 에롤—에롤로미네의 애칭이다—오트밀을 떠 먹여주다가 말고 내 시선을 느꼈는지 약간의 홍조를 띠며 물었다. 아아, 정말 살아 있기를 잘했다.

"아니, 그냥."

"풋, 싱겁기는. 자, 마저 먹어."

이것이 남자의 행복인가. 그녀가 떠주는 오트밀을 받아 먹으며 나는 그런 감상에 사로잡혔다. 아아, 몇 번이고 말하지만 정말 살아 있기를 잘했다.

다시 일주일이 순식간에 지나갔다. 화살같이 지나가는 세월이라고 말들 하지만 그걸 몸소 체험해 보기는 또 처음이 아닐까 싶다. 정말이지 언제 날이 바뀐 것인지조차 알지 못할 정도였다면 말 다한 것 아닐까.

이유? 쑥스럽구만. 하하하. 뭐, 다 눈치 채고 있으면서 물어보는 이유는 뭔지. 그렇다. 바로 에롤 때문이다. 그녀와 함께 있는 동안은 그야말로 어떻게 시간이 지나간 건지 알 수가 없을 정도였다. 단순한 한마디 말도, 지나치듯 비치는 소리없는 작은 미소조차도 그녀에게서 나온 것이라면 나에겐 더없는 보배요, 축복이었다. 마약처럼 나의 사고를 마비시켜 시간의 흐름조차 잊게 만드는 그런 존재… 그녀는 어느새 나에게 그런 의미가 되어 있었다.

햇살에 비쳐 갈색 빛이 은은히 감도는 그 검은 머릿결, 신이 빚었다고 해도 믿을 만큼 앙증맞고 귀여운 콧날, 언제나 반짝이는 별빛을 보는 듯한 따스한 그 눈동자, 볼 때마다 가슴을 두근거리게 만드는 도톰한 그 입술, 그리고 그 모두가 모여 조화롭게 세상을 밝히는 그 따스한 미소.

한 사람을 묘사한 것치고는 상당한 과장이 있다고들 생각할지도 모른다. 하지만 그것은 적어도 나에게만큼은 진실이었고 진리였다. 사실 그 말조차도 나로서는 부족함을 느낄 수밖에 없다. 그게 솔직한 내 심정이었다.

어미 잃은 아기의 심정이 이럴까. 그녀가 잠시라도 보이지 않으면 무언가 불안한 안절부절못하는 이 마음을 과연 이해할 수 있을까. 그리고 다시 그녀가 내 곁으로 돌아오면 그 모든 불안이 마치 여름철 소나기가 개이듯 깨끗이 씻겨져 나가는 이 쾌감을 이해할 수 있을까. 그녀의 따스한 말 한마디에 나도 모르게 기쁨의 눈물을 글썽이는 이 마음을 이해할 수 있을까.

고통을 잊기 위해 마약에 손대는 그 기분을 어쩐지 이해할 것만 같다. 에롤은 어느새인가 나에게 그런 존재가 되어 있었다.

"조심해. 천천히."

한쪽 어깨를 부축한 그녀의 목소리에 감격하면서, 그녀의 머릿결에서 풍기는 내음에 도취되면서, 그리고 품 안에 느껴지는 그녀의 체온에 몽롱함을 느끼면서 억지로 남은 이성을 짜내 한 걸음 발을 내디뎠다. 아직 기운이 완전히 돌아오지 않아서인지 조금 휘청거리긴 했지만 이 정도면 합격점이라고 할 수 있겠지.

"그럼 가볼까."

붉어진 얼굴을 들키고 싶지 않아서 고개를 치켜 세운 채 말했다.

"정말 날씨도 점점 추워지는데… 그렇게 밖에 나가보고 싶어?"

음, 사실을 말하자면 지금 이 포즈가 워낙 마음에 들어서……. 꼭 해보고 싶어서라고 할 수는 없지. 그래, 나 사실 무지 엉큼하다. 하지만 이런 식으로라도 그녀를 더 가까이 느껴보고 싶다. 그게 잘못인가? 그녀를 속이는 것 같아서 좀 가슴이 답답하긴 하지만… 그래도 좋은 걸 어떡해.

"응, 꼭 에롤이랑 같이 나가보고 싶었어."

가벼운 대답이지만 이거 나름대로 마음먹고 한 말이다. 솔직히 그녀 앞에서는 말 한마디 제대로 하기가 겁난다. 내가 뭔가 실수라도 해서 그녀가 싫어하지는 않을까 하는 두려움 때문이었다.

"푸훗, 왜 갑자기 그렇게 심각한 얼굴로 대답하니? 안 그러던 애가 그러니까 너무 웃긴다, 얘."

아차차차… 나도 모르게 긴장해서 표정이 굳었나 보다. 왜 이렇게 난 바보 같기만 한 것인지. 그래도 다행히 에롤이 재미있어하니 기분은 좋다. 내가 좀 바보가 되면 어떤가. 에롤만 즐거우면 나도 즐거워지는데 무슨 상관일까.

"하하, 재미있었어? 재미없으면 어쩌나 하고 고민했는데 다행이다."

에롤은 팔을 잡고 있던 손을 빼내어 내 머리를 가볍게 쥐어박으며 대답했다.

"재미는 있었지만 난 평소의 토미가 더 마음에 들어. 그러니까 그렇게 지어낸 표정은 하지 말아. 알았지?"

…….

다른 소리는 아무것도 안 들린다. …마음에 들어… 이 소리만 귓가에서 왱왱거리며 메아리치고 있었다. 아, 행복하다. 바보라고 손가락질해도 좋다. 하지만 정말 행복한걸.

"토미?"

다시금 날 부르는 에롤의 목소리에 정신을 퍼뜩 챙겼다.

"어, 응? 그, 그래, 알았어. 안 그럴게."

에롤은 그런 내 반응에 다시금 살포시 웃으면서 말했다.

"밖이 무척 궁금했나 봐. 정말 평소 같지 않네. 자주 산책시켜 줘야겠는데?"

자주… 흑, 감격의 눈물이 흐르려는 걸 억지로 참았다. 그래, 이건 그간 무수한 협박을 신에게 날린 것이 드디어 효과를 보는 것일지도. 걱정 마라, 신이여. 난 한번 한 말은 분명히 지킨다.

"그럼 가볼까?"

문을 열자 차가운 바람이 왈칵 집 안으로 밀려든다. 에롤도 나도 움찔하며 몸을 움츠렸다. 하지만 곧 얼굴이 후끈후끈 달아올라 버린다. 에롤이 몸을 움츠리며 나에게 몸을 밀착해 왔기 때문이었다. 으으, 얼어 죽어도 좋다. 지금 이대로라면.

"날이 많이 추워졌네."

에롤은 물론 이런 상태를 알 리가 없다. 걱정스레 날 바라보다가 손을 들어 나의 이마를 만져 본다. 우웃, 이런 스킨십은 너무나 자극적이다.

"열 있는 거 아니야?"

윽, 에롤의 손길 때문에 얼굴이 달아오른 것이라고는 죽어도 말 못한다.

"갑자기 차가운 바람을 쐬어 그런 거야. 괜찮아."

괜찮다고 말했지만 그녀는 더욱 걱정스레 쳐다본다.

"그렇지만 몸도 다 낫지 않았는데……."

안 돼. 이대로 집으로 들어가면… 늑대 심보라고 말해도 할 수 없다.

"아냐, 집 안에만 있어서 몸이 근질근질하던 참이었거든. 가자."

"그래."

그래도 걱정스러운 건 매한가지인지 내 목에 두른 목도리를 한 번 더 매만진 다음 나를 이끌고 집 밖으로 나를 이끌었다. 흑흑, 정말 감격적이지 않은가.

연인과 함께 낙엽이 떨어진 작은 오솔길 사이를 걸어본 적이 있는가. 사실 관련없는 사람이 본다면 참 동화적인 풍경이다, 서정적인 풍경이다 할는지는 모르지만 당사자의 입장에서는 사실 그런 건 눈에 들어오지도 않는다. 물론 이건 상대에 대한 애정도의 차이일는지는 모르지만 적어도 나처럼 눈에 뵈는 게 없을 정도로 몰두해 있는 상황이라면 이게 정확할 것이다.

사실 바깥 바람이 쐬고 싶다고 나온 거긴 하지만 그런 건 아무래도 좋았다. 그녀가 내 옆에 있고 내가 그녀 옆에 있다. 그리고 함께 같은 길을 걷는다. 그것 외에 무엇이 더 필요하겠는가. 적어도 나에게는 아무것도 필요없었다. 아니, 정확히 말하자면 이 길이 끝없이 이어져 언제까지고 이 상태 그대로 그녀와 함께 있고 싶다는 정도? 좀 말은 안 되지만 그게 내 솔직한 심경이라면 이해할는지.

내가 생각해도 좀 정도가 심한 것 같기는 하지만… 그래도 좋은 걸 어떻게 하나.

하지만 내가 아무리 지금 이렇게 말없이 걷는 것만으로 만족한다고 해도 그녀 역시 그렇다는 보장은 없다. 혹시라도 내가 재미없는 녀석이라고 생각하는 건 좀 곤란하다. 그렇지만 무슨 말을 하지? 막상 얘기를 붙여보려고 생각하니 말이 떠오르지를 않는다. 정말 곤란한데……

그때 마침 나의 눈에 이상한 나무 한 그루가 들어왔다. 그 나무는 다른 나무들보다 월등히 키가 큼에도 불구하고 정작 잎사귀는 꼭대기에 약간밖에 나 있지 않았다. 게다가 그 잎사귀라는 것도 보통의 잎사귀보다 수십 배는 컸다.

"이건 무슨 나무지?"

에롤은 무언가 생각하던 중이었는지 이런 나의 물음에 조금 놀란 듯한 어조로 대답했다.

"응? 뭐가? 아, 이 나무?"

"응, 처음 보는 나무 같은데."

에롤은 잠시 나무를 올려다보더니 선선히 설명하기 시작했다.

"이건 원래 이 지방에는 없는 나무래. 원래 바닷가 근처에서만 볼 수 있는 나무라고 들은 것 같아."

"바닷가?"

대상 행렬을 따라다니면서 가끔 항구 도시를 들를 기회가 있긴 했지만 워낙 어릴 적 일이고 해서 이런 나무가 있었는지 잘 기억 나지 않는다.

"그래, 바닷가. 왜 바닷가 근처에만 자라는지 궁금하지 않아?"

특별히 궁금하지는 않았지만 그녀는 내가 궁금해하기를 원하는 것 같았다. 뭔가 할 말이 있다는 뜻이겠지.

"글쎄, 왜 바닷가 근처에만 자라지?"

나의 그 대답을 기다렸는지 에롤은 잠시 나무를 올려다보고는 천천히 설명하기 시작했다.

"이 나무가 이렇게 키가 큰 이유는 해안에서 바닷물 위로 가지를 드리우기 위해서래. 그 이유는 열매를 바다로 떨어뜨리기 위해서라고 들은 것 같아."

"바다 위로?"

"그래, 바다 위로. 그렇게 바다 위로 떨어진 열매는 파도를 타고 먼 바다로 흘러가서 다른 곳의 육지에 떠올라 그 싹을 터뜨린대. 말하자면 이 나무는 바다의 방랑자인 셈이지."

바다의 방랑자라. 나무 주제에 꽤나 멋들어진 별명이네.

"난 이 나무를 볼 때마다 이런 생각을 하곤 해. 우리도 이 나무와 같은 것이 아닐까, 우리도 언젠가 싹을 터뜨릴 육지를 찾아 방황하고 있는 게 아닐까, 난 언제쯤 그런 육지를 만날 수 있을까… 뭐, 그런 생각 말야."

육지. 그녀의 말을 듣자 난 그 육지가 무엇을 뜻하는 것인지 알 수 있었다. 나에게 있어 그 육지란 에롤 그녀를 말하는 것이 아닐까? 나도 중증이긴 한가 보다. 문득 다른 생각 하나가 떠오른다. 나의 육지는 그녀라 쳐도 그녀의 육지는 과연 무엇일까.

그녀의 육지가 되고 싶다. 그러나 그런 생각이 채 가시기도 전에 나 자신을 되돌아보게 된다. 그녀의 육지가 될 자격이 있는 걸까? 그녀가 어떤 것을 원하는지 알 순 없지만, 아니, 어떤 것을 원한대도 나 자신이 그 조건에 부합될 수 있을까? 자신이 없어진다. 무엇 하나 제대로 하는 것도 없는, 무엇 하나 내세울 것 없는 내 자신을 돌아보게 된 것이다.

돌아보면 정말 한심한 일이 아닐 수 없다. 내 나이 16세. 결코 짧다고만 할 수 없는 이 시간 동안 나는 무엇을 했단 말인가. 내가 나일 수 있는 무언가가 떠오르지 않는다. 누군가에게 자랑스럽게 내세울 아무것도 없지 않은가.

영웅이 되겠다고 집을 뛰쳐나왔지만 집을 떠나온 이후로 정작 내 의지대로 무언가를 한 일이 있었던가. 뭐가 뭔지 알지도 못하고 이리저리 끌려 다니기만 하지 않았던가.

그제야 나에게 부족한 것이 무엇인지를 깨달을 수 있었다. 의지 부족이었다. 무언가를 반드시 이루어야겠다는, 아니, 그것보다도 정확한 목표조차 없다고 보는 것이 옳을 것이다. 영웅이라··· 참 대단해 보이긴 하지만 무엇부터 시작해야 하는지조차 알지 못하지 않은가.

"왜 그래?"

자신만의 생각에 몰두하다가 에롤의 초롱초롱한 눈망울이 눈앞에 나타나자 그만 기겁해 버리고 말았다. 으와, 가슴 떨려. 에롤은 아무 생각 없이 한 행동일지라도 당하는 입장에선 살인적인 행동이라고. 덕분에 잠시 내 머리 속을 휘젓던 생각들이 순식간에 도망가 버리기는 했지만.

"나올 때부터 좀 이상해진 것 같아. 평소 같지 않은걸."

평소 같지 않다라··· 틀린 말은 아니다. 요새 들어, 아니, 전부터 느끼는 거지만 왠지 혼자만의 생각에 빠져드는 일이 많아진 것 같다.

"그냥 좀 생각할 일이 있어서."

대답을 들은 에롤의 눈에 장난기가 서린다. 웃, 불안해지면서 동시에 기대감이 드는 이유는?

"내가 알면 안 되는 거야?"

크윽, 알면 안 된다기보다도··· 아니지, 내 고민의 실체는 에롤 때문이란 걸 지금 말할 수는 없잖아. 그러고 보면 난 아직 에롤이 어떤 마음으로 날 바라보는지 전혀 모른다고. 결국 나 혼자 속으로 끙끙 앓고 있는 한심한 상황이라는 얘기지만. 그게 현실인걸.

"그, 그건······."

"흐응, 섭섭하네. 벌써부터 나한테 비밀이라 이거지?"

윽, 그, 그렇게 귀엽게 삐치지 말란 말이다. 다 말해 버리고 싶어지잖아. 윽, 그렇지만 말할 수 있는 것도 아니고, 완전히 궁지에 몰린 꼴이다.

"말하고 싶지 않으면 안 해도 돼. 흥."

크윽… 이 강력한 반어법의 카운터. 어쩌지? 그냥 말해 버려? 그렇지만 여기서 아까 고민했던 내용에 대해 말해 버린다는 건 대놓고 '나 너 좋아해'라고 말하는 것과 다를 바가 없다. 아직 그럴 용기는 없다고.

그렇게 둘이서 아옹다옹하고 있을 때 하늘의 도우심인가. 그 순간 누군가 우리를 불러 세웠다.

"에롤… 양?"

돌아보니 한 남자가 손가락으로 우릴 가리킨 채 입을 쩍 벌리고 서 있었다. 왜 저러지?

"그, 그 남자는 누… 구?"

그 남자? 손가락이 가리키고 있는 방향을 보건대 나를 말하는 건가 본데? 음, 소개를 해야 하나? 그렇게 생각하고 입을 막 열려는 찰나 에롤이 먼저 말했다.

"아, 안녕하세요, 잭슨 씨. 얘는 토미라고 해요. 인사해, 토미."

에롤의 말에 따라 엉겁결에 고개를 까딱하면서 인사해 버리고 말았다. 원래 손윗사람에게 할 인사법은 아니지만 지금 이렇게 에롤이 한 쪽 팔짱을 끼고 부축한 상황에서 내 맘대로 다가가 악수를 청할 수도 없고 해서 간단히 인사한 것이다.

"안녕하세요."

그러나 그는 내 인사 따위에 답할 생각은 하지도 않고 급하게 물었다.

"토미? 처음 보는 얼굴인데… 어디서 살지?"

당연한 얘기다. 솔직히 난 여기가 어딘지도 모르니까. 뭐라고 대답해야 하지? 그러나 고민하기 전에 에롤이 대신 대답해 주었다.

"음, 토미는 여기 사람이 아니에요. 사정 때문에 우리 집에서 머물고 있죠."

그 대답을 듣자 남자는 입을 쩌억 벌리고는 믿어지지 않는다는 표정을 지어버리고는 말을 제대로 잇지 못했다.

"에, 에롤 양의 지, 집에서 말… 입니까?"

에롤은 한 치의 망설임도 없이 단호히 대답했다.

"네."

그 대답이 떨어지자 잭슨이라는 그 남자는 잠시 입을 쩌억 벌린 상태 그대로 굳어 있다가 갑자기 뒤로 홱 돌아서더니 마구 달려가기 시작한다. 왜 저러지?

"저 사람 누구야?"

에롤은 나의 질문에 싱긋 웃으면서 대답했다. 우웃, 정말이지, 그녀의 웃음만큼은 적응이 안 된다. 내가 적응하기엔 너무 강렬한 충격이다. 흑흑.

"응, 잭슨 씨라고 그냥 가끔 인사하는 마을 사람이야. 오늘은 좀 이상해 보이긴 해도 착한 사람이지. 작은 잡화점을 하고 있는데 내가 가면 덤도 많이 주고 그래."

으음… 잭슨인지 뭔지는 모르지만 좀 꺼림칙한걸.

"가자. 좋은 장소가 있거든."

내가 무슨 생각을 하든지 간에 에롤은 밝게 웃으며 말했다. 정말이지, 벌써 몇 번째나 말하는 거지만 저 미소에 녹아나지 않는 남자가 있을까?

"좋은 장소?"

"가보면 알아."

그녀가 이끄는 대로 발걸음을 옮겼다. 초겨울이 목전이라 그런지 조금은 황량한 풍경이었지만 아까도 말했듯이 지금 내 눈엔 그런 건 들어오지도 않는다. 차가운 바람이 조금씩 불어왔지만 추위도 느끼지 못할 상황이니까.

"미끄러우니까 조심해."

그녀의 말대로 발 밑을 살피며 조심스레 올라갔다. 그녀가 인도한 곳은 작은 언덕이었다. 정말 작은 언덕이었지만 그 앞에 서니 온 마을이 한눈에 들어왔다. 작은 계곡 사이에 위치한 작은 마을이었다.

여기저기서 아이들이 와자하게 떠드는 소리가 간간이 들려왔다. 정말 평화롭다는 말이 바로 떠올랐다. 부유하지는 않지만 행복한 사람들의 마음이 전해져 오는 듯했다.

"어때, 좋지?"

"응, 정말."

에롤은 한 손을 들어 마을 구석구석을 살피며 설명해 나가기 시작했다.

"저기 연기가 조금씩 올라오는 집이 레커 씨네 빵집이야. 이런 말하면 안 되겠지만 레커 아저씨는 생긴 건 꼭 몬스터 같으면서도 빵은 정말이지 잘 만들어. 예전에 듣기로는 수도에서 빵 굽는 기술을 배워왔다고 하는데 워낙 허풍이 심해서 신빙성은 없지만 적어도 빵 맛을 보면 가끔씩 그럴 수도 있겠다 싶어. 그리고 그 건너편에 보이는 게 아까 본 잭슨 씨네 잡화점이야. 잭슨 씨가 가게를 물려받은 건 재작년의 일인데 그때까지는 잭슨 씨 아버지가 하셨어. 잭슨 씨 말로는 언젠가 대상회를 여는 게 꿈이라던데 이 작은 마을에서 언제 그 꿈을 이룰지 모르겠지만 아무튼 열심이지."

에롤은 차분하게 이곳저곳 마을 지리며 그곳에 사는 사람들에 대해 설명해 나갔다. 하지만 정작 그 설명을 들어야 하는 나는 그저 그걸 한

귀로 흘려듣고만 있었다. 엉큼하다고 말할는지는 모르지만 그녀의 말보다는 그 말이 나오는 그녀의 입술에 더 관심이 있으니 당연한 일이었다.

하지만 그렇다고 지금 내가 여기서 그녀의 입술을 훔친다든가 하는 일은 생각할 수도 없었다. 물론 나야 그런 맘이 굴뚝같았지만 그녀의 마음을 고려하지 않고 내 마음 내키는 대로 저질러 버릴 수는 없는 일 아니겠는가. 그저 훔쳐보며 망상의 나래를 펴는 것이 고작일 뿐이었다.

조금 지나자 그녀의 설명이 모두 끝났다. 나로서는 처음 얼마간의 내용만 조금 기억날 뿐 다른 데 신경이 가 있었기 때문에 무슨 말을 들었는지 제대로 기억나지는 않았지만 에롤은 만족한 듯한 모습이었다.

한쪽만 일방적으로 이야기하다가 그 이야기가 끝나자 잠시 정적이 맴돌았다. 뭔가 이야기를 꺼내야 한다는 마음은 있었지만 막상 무슨 이야기를 해야 할지 생각이 나질 않았다.

"에취!"

갑자기 재채기가 튀어나왔다. 으, 의식하지는 못했더라도 춥기는 추웠던 모양이다. 몸은 정직하다던가.

"추워? 이만 갈까?"

계속 이대로 서 있자고 하기도 뭐했으므로 선선히 고개를 끄덕여 응낙했다. 좀 아쉽긴 했지만.

우리는 몸을 돌려 올라왔던 길로 다시 내려가기 시작했다. 그러나 거기서 사건이 터졌다.

"앗!"

나를 인도하던 그녀가 잠시 몸을 휘청거리며 쓰러질 듯 내게 매달려 왔다. 당연한 반응으로 그녀를 부축했다. 그러나 내가 무슨 힘이 있겠는가. 걷는 것도 힘에 겨워서 그녀의 부축을 받아야 하는 처지에 누굴

잡아 세우겠는가. 그대로 우리는 바닥에 엎어져 버리고 말았다.

"아고고……."

넘어졌다는 사실을 깨닫고 나서야 정신을 차려 몸을 일으키려 했다. 그러나 순간 몸이 굳어버린다.

대충 상황이 감이 잡히지 않는가? 남녀 둘이 걸어가다 부둥켜안고 넘어졌으니…….

우리는 잠시 멍하니 서로를 바라보다가 정신을 차리고는 얼굴을 붉히며 몸을 일으켰다. 내 맘 같아서야 계속 그대로 있고 싶었지만.

낙엽도 거의 다 떨어진 어느 늦가을의 일이었다.

"너 이놈, 어디서 뭐 하던 놈이냐?"

음… 이런 상황, 언젠가도 한번 겪어본 적이 있는 것 같다. 그땐 악마 때문이었지. 그 마마보이 녀석과는 달리 이 녀석의 심정은 어느 정도 이해가 간다. 뭐, 이제 겨우 사 오 일 정도밖에 안 된 나도 그녀의 매력에 흠뻑 취해 있는 상황인데 전부터 계속 그녀를 지켜보았을 이 녀석이 이러는 건 어찌 보면 당연한 일일지도 모른다. 그녀는 충분히 그럴 만한 가치가 있다.

하지만 상대를 이해한다고 해서 그대로 따라줄 수는 없는 노릇이다. 따지고 보면 세상사가 다 그렇겠지만 이해와 동의는 차원이 다른 문제다. 특하나 그것이 여자 문제일 경우는 더욱 그렇다.

"지금 무시하는 거냐?"

잠시 생각에 빠져 있다가 대답을 못했더니 그것 때문에 더 열받은 것 같다. 하긴 나라도 그랬겠지만.

"아니, 그런 건 아니고 뭣 좀 생각하느라."

지금 내 앞에서 씨근덕거리는 이 녀석은 어제 산책에서 마주쳤던 잭슨이라는 사람이다. 대충 나이는 나보다 좀 많을 것 같지만 일단은 경쟁자이므로 그런 건 생각하지 않기로 했다. 인간 관계라는 게 그런 작은 부분부터 지고 들어가면 역전하기가 쉽지 않은 법이다. 뭐, 이건 내 생각은 아니다. 어릴 때부터 귀에 못이 박히도록 들은 대상인의 기본 교양 중 일부라고 생각하면 될 듯하다.

　일단 이 잭슨이라는 사람의 인상은 전체적으로 평범 그 자체이다. 뭐, 나도 평범이라는 단어의 속박에서 벗어나기는 힘든 몸이지만 말이다. 짧게 올려친 머리, 약간 그을린 피부, 이렇다 할 특징 없는 외모, 옷차림도 평범한 갈색 셔츠와 쇠가죽으로 만든 듯한 바지, 꽤 오래돼 보이는 낡은 신발이 전부였다. 평범한 농촌 총각, 그 표본이라 불려도 될 듯하다.

　그나마 이곳은 영주의 관할에서 벗어난 개척 마을인 모양이다. 영주가 관할하는 마을이라면 그나마 평범한 이런 외모도 찾아보기가 힘들다. 나도 본 적은 얼마 없지만 영주의 지배라는 것은 간단히 표현할 수 있는 것이 아니다. 그나마 지금은 왕권이 강해져서 예전보다는 나아진 편이라고는 해도 영지라는 것은 여전히 영주들의 돈주머니였고, 그건 영지라는 개념이 없어지지 않는 한 바뀌지 않는 사실이었다. 영지라는 것 자체가 국가에서 그곳의 산출을 거두어 자신의 소득으로 쓰는 걸 허가한다는 뜻이니 말이다.

　어쩌면 지금 이 녀석은 그런 사람들에 비한다면 행복한 고민을 하고 있는 건지도 모른다. 하긴 그저 보고 듣기만 한 내가 이런 말할 자격은 없겠지만.

　"네가 어디서 뭘 하는 놈인지는 모르겠다만 좋은 말 할 때 에롤로미네 씨의 눈앞에서 사라지는 것이 좋을 것이다."

허, 이거 말대로 하지 않으면 주먹질이라도 할 기세인걸. 하긴 어디서 난데없이 나타난 녀석한테 자신이 마음에 품고 있는 여인을 빼앗길지도 모르는 상황이라면 나라도 이랬을 테니 충분히 이해는 가지만 아까도 말했듯이 이해와 동의는 차원이 다른 문제다.

"싫다면?"

잭슨이라는 이 녀석의 표정을 보건대 좀 위험하긴 하지만 그렇다고 물러날 수도 없는 노릇이다. 이미 나 또한 그녀라는 샘물로 목숨을 부지하는 영혼인 이상에야 어쩔 수 없는 일이다. 헉; 내가 이런 표현을 쓰다니. 역시 사랑은 하고 볼 일인가 보다.

"경고를 알아듣지 못한다면 따끔한 맛을 보여주는 수밖에."

정말 덤벼들 태세다. 정상적인 상태라도 체격 차이가 나는 이상—알고 있겠지만 난 아직 성장기 소년이다—내가 절대적으로 불리하지만 그나마 지금은 나 혼자서는 몇 발자국 걷지도 못하는 환자 신세가 아닌가. 이래서는 나만 손해다.

"흠, 당신이 무슨 권리로?"

결국 핵심을 찔러 버렸다. 사실 잭슨이나 나나 그녀의 마음이 어떤지는 모르는 채 자기들끼리 아웅다웅하는 상황이니만큼 이런 질문은 꽤 치명적인 일격이 될 수 있다. 만약 이 질문을 잭슨이 내게 했다면 나도 답이 궁했을 것이다. 일단 에롤이 돌아올 때까지 말로 시간을 벌어보는 것이 지금 내가 할 수 있는 최선의 상황이다.

"그……."

역시나 예상 적중. 그대로 얼어붙어 버린다. 내가 아버지에게 배운 것 중 그나마 이 여행에서 긴요하게 쓰이는 건 이 대화법. 이른바 말발이 전부인 듯하다.

"그런 건 상관없다!"

"왜 상관이 없지? 에롤이 지금 당신의 행동을 보고 뭐라고 할런지는 생각해 봤나?"

나름대로 회심의 결정타라고 생각하고 한 말이다. 어라? 그런데 이 잭슨이라는 녀석의 반응이 상당히 이상해진다.

"에… 에롤이라고……?"

아하! 내가 그녀를 애칭으로 부른 것 때문이군. 하핫! 그러고 보니 내가 저 사람 입장이라고 해도 상당히 쇼크를 먹을 일이겠군. 자신은 이름 뒤에 씨 자까지 붙여가면서 부르는 이름을 내가 무척 친근하게 부르니 충격적이겠지.

"너, 너 이놈……!"

"어? 누구세요?"

휴, 기막힌 타이밍이다. 느닷없이 들려온 목소리에 돌아본 그곳에는 에롤이 바구니를 든 채 어리둥절한 표정으로 우리를 바라보고 있었다.

"아, 안녕하십니까?"

잭슨은 에롤을 보자 거의 반사적으로 넙죽 인사를 했다. 허리를 거의 직각으로 숙이는 폼으로 봐서 긴장했다는 게 명백히 드러나는 그런 인사였다.

"잭슨 씨? 안녕하세요."

에롤 또한 두 손을 모은 채 공손히 그의 인사에 답한다. 허, 그것참, 둘 다 예의 바른 건 인정하지만 저래서야 거리감이 팍팍 느껴지지 않는가. 어쩐지 안도감이 들긴 하지만 말이다.

"어쩐 일이세요?"

인사를 마치자 에롤은 약간 어리둥절한 표정으로 잭슨에게 물어본다.

"그게, 그러니까… 이, 이분이 몸이 안 좋은 것 같아서 약이 될 만한 것이라도 드릴까 해서…….."

그러면서 품에서 뭔가를 꺼내어 에롤에게 내민다. 오호, 핑곗거리는 미리 준비해 둔 것이군. 어설픈 핑계지만 그로서는 최선의 선택이었겠지.

"어머, 그래요? 이러지 않으셔도 되는데……."

"아닙니다. 이건 그냥 작은 성의인걸요. 부담 갖지 마세요."

등을 돌리고 있어서 표정은 알 수 없지만 대충 상상이 간다. 나도 그렇지만 이 녀석도 꽤나 중증이군. 하지만 정작 에롤은 그런 걸 아는지 모르는지 미안한 표정을 지으며 말했다.

"정말 언제나 신세만 지고, 고맙습니다."

그러고는 다시금 잭슨에게 고개를 숙이며 인사를 한다. 그러자 잭슨은 손사래를 치면서 대답했다. 아마도 식은땀을 삘삘 흘리고 있지는 않을지.

"아, 아니, 아니에요. 별것도 아닌 것 가지고, 하하하."

"후훗, 여전하시네요. 아무튼 고마워요. 잠시만 기다리시겠어요? 기왕 오셨으니 차라도 한잔하고 가세요."

그렇게 말하고는 바구니를 내려놓고 물통을 집어 든다.

"물을 길어 올 테니 잠시만 얘기라도 나누고 계세요."

"아뇨! 제가 길어 오겠습니다. 이리 주세요."

"후훗, 손님에게 그럴 수야 없죠. 토미, 잠시 말상대라도 해드려. 금방 올게."

그저 멍하니 둘의 대화를 지켜보던 내게 화살이 돌려지자 난 엉겁결에 이렇게 대답하고 말았다.

"응? 그래."

내 대답이 떨어지자 에롤은 잭슨이 말릴 틈도 없이 물을 길으러 밖으로 나가 버렸다. 사내 둘만 덩그러니 남은 방 안에는 왠지 모를 정적이 맴돌았다.

그것참, 상황이 애매해져 버렸다. 주먹다짐 일보 직전까지 갔다가 오순도순 즐겁게 대화를 나눌 수도 없는 일이고, 그렇다고 이대로 숨막히는 정적 속에 있자니 그것도 그렇고.

하지만 그건 나만의 생각이었던 듯하다.

"크흑, 너무 귀여워."

뭐냐… 주먹을 불끈 쥐고 감격의 눈물을 주르르 흘리다니. 하긴 에롤의 미소라는 게 상당히 아름답다 못해 감동적이라는 점은 부인할 수 없지만… 그녀의 미소에 한 방에 넘어가 버린 건 나도 마찬가지니까 지금 저 심정 충분히 이해는 간다만 어째 좀 보기 추하다.

"뭐, 귀여운 거야 말할 필요도 없지."

그냥 혼자 말하듯 내뱉은 내 말에 잭슨은 고개를 홱 돌리더니 나를 살기등등한 눈초리로 노려보기 시작한다. 하지만 그런다고 물러설 수는 없는 일이다. 이런 기세 싸움에서 질 정도로 녹록한 내가 아니다. 적어도 이 정도 살기는 내가 짧은 여행 중에 만난 이들의 그것에 비한다면 별것 아니니까. 하지만 어쩐지 그런 살기와는 좀 다른 으스스한 느낌은 지울 수가 없다. 왠지 유령이라도 들러붙은 기분이랄까. 한마디로 무섭다기보단 오싹한 느낌? 말이 좀 이상하지만 그게 맞을 듯싶다.

"어디서 굴러 들어온 놈인지는 모르겠다만 좋은 말로 할 때 이 집에서 당장 나가."

제 딴에는 살기를 뿌린다고 뿌린 것이겠지만 나한텐 안 통한다. 이 정도로 나를 굴복하게 할 수는 없지. 최대한 빈정거리는 투로 말했다.

"글쎄, 눈 떠 보니 이미 이곳이었고, 어디까지나 그녀의 의지로 이곳에 머물고 있는 것뿐인걸? 당신이 이래라저래라 할 수는 없는 일이라고. 게다가……."

한 번 숨을 가다듬었다. 다음 말은 나로서도 가볍게 할 수 있는 말이 아니었기 때문이다.

"게다가 난 이미 그녀를 좋아하고 있거든."

쿵.

말이 떨어지는 순간 무언가 떨어지는 소리가 집 안에 울려 퍼진다. 깜짝 놀라 돌아본 그곳에는 에롤이 멍한 표정으로 나를 바라보고 있었다.

정면으로 눈이 마주쳐 버렸다. 그리고 그대로 모든 것이 멈추어 버렸다. 세상마저 멈추어 버린 듯 아무것도 들려오지 않는다. 그저 에롤의 커다란 눈동자만이 존재할 뿐이었다.

이건 아니었다. 언젠가는 이루어져야 할 일이었지만 이렇게는 아니었다. 운명이란 것은 왜 이다지도 가혹한 것인지. 마치 장난기 넘치는 어린아이처럼 마음의 준비를 할 시간조차 주지 않은 채 들이닥쳐 버린다. 말을 한 나나 그걸 듣고 저리도 멍한 표정으로 서 있는 에롤이나 옆에서 그걸 보아야만 하는 잭슨, 이 집 안의 모두에게 이건 너무 가혹한 일이었다.

잠시간의 정적을 깬 것은 에롤이었다. 잠시 동안 멍하니 나를 바라보던 그녀는 고개를 떨구더니 주먹을 꼭 쥐고는 나를 외면해 버린다. 그리고 몸을 돌려 밖으로 나가려 했다.

왠지 모를 위기감이 나를 덮쳐 왔다. 이유는 알 수 없지만 여기서 그녀를 잡아야 한다는 생각이 내 가슴속을 헤집어놓았다. 기력조차 제대로 돌아오지 않은 몸 상태도 잊은 채 나는 한달음에 달려나가 그녀를 부둥켜안아 버렸다.

왜 그런 행동을 취했는지는 지금도 알 수가 없다. 거의 본능적이었다고 해야 하나? 지금 생각하면 참 우습기까지 한 일이었지만 어쨌든 그때의 나는 무엇인가에 쫓기듯 그런 행동을 취해 버리고 말았다.

그러나 막상 그녀를 부둥켜안고 나자 아스라이 풍겨오는 그녀의 체취에 정신마저 혼미해지는 느낌이었다. 몸을 돌려 나가려던 에롤은 그런 나의 행동에 살짝 몸을 떨며 멈추어 서버렸다.

하지만 나의 몸은 아직 그런 과격한 행동을 하기에는 문제가 많았다. 그 이유 때문인지, 아니면 희미하게 풍겨오는 그녀의 체취 때문인지 모르겠지만 결국 난 그렇게 그녀를 안은 채 정신을 놓아버리고 말았다.

다시 정신이 들었을 때는 황혼이 세상을 붉게 물들이고 있을 때였다. 맨 처음 눈에 들어온 것은 나의 손을 꼭 쥔 채 침대 옆에 앉아 잠들어 있는 그녀의 모습이었다. 너무나 사랑스러웠다. 나도 모르게 내 손을 잡고 있는 그녀의 손에 힘을 주었다. 그리고 몸을 조금 돌려 다른 손으로 그녀의 머리를 쓸어 넘겼다. 그러나 곧바로 손에 느껴지는 이물감에 흠칫 떨어야만 했다.

아직 마르지 않아 촉촉이 젖은 그 느낌. 눈물인가?

왜지? 왜 눈물을 흘린 거지? 나 때문인가? 알 수 없었다. 나 때문이라면 그녀에게 미안함과 동시에 어떤 기쁨이 느껴져야겠지만 슬픈 얼굴로 나를 외면하던 그녀가 떠오르자 그것이 아닐지도 모른다는 생각이 점차 내 머리 속을 지배하기 시작했다. 그렇다면 과연 무엇이 그녀에게 눈물을 흘리게 했던 것일까.

하늘이 점점 어두워지고 있었다.

다음날도, 그리고 그 다음날도 우리는 아무런 대화 없이 지냈다. 어색함, 아니, 그 이전에 무언가 지금까지와는 다른 공기가 집 안에 흐르고 있었다. 그것의 원인이 된 것이 내 말 때문이란 건 바보가 아닌 이상 깨달을 수밖에 없는 일이었지만 왠지 모를 어떤 불안한 느낌 때문에 그녀에게 말을 건네지 못했다. 만약 말을 꺼내면 그녀가 사라져 버릴 것 같은, 나 자신도 이유를 알지 못하는 어떤 이유 때문이었다.

하지만 그렇다고 그녀가 나를 대하는 태도에 변화가 생긴 것은 아니었다. 그녀는 이전에 그랬듯이 정성스럽게 나를 간호했다. 그러나 무언가 달라진 어떤 느낌이 벽으로 우리 사이를 가로막고 있었다.

잭슨이 다시 찾아온 것은 그날 저녁이었다. 그는 문밖에서 그녀를 애타게 부르며 사과했지만 그녀는 그저 묵묵히 집 안에서 식사 준비를 하고 있었다. 잭슨의 처지가 동정이 가긴 했지만 내 처지도 그와 다를 바가 없었다. 차이는 집 안이냐, 아니면 집 밖이냐의 차이였을 뿐이다. 적어도 냉담하진 않았지만 차라리 잭슨에게 대하듯이 냉담하게 대해주기를 바랐다. 어떤 감정을 내게 보여주길 바랐다. 지금의 그녀는 단지 에롤의 모습을 한 또 다른 무엇일 뿐이었다.

제9장 비 내리던 그 밤에

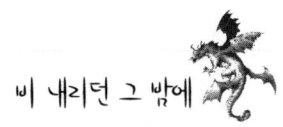

비 내리던 그 밤에

초겨울에 내리는 비는 두 가지 경우가 있다. 비가 내림으로써 급격하게 추워지는 이른바 차가운 비, 그리고 날씨가 따뜻하기 때문에 내리는 포근한 비다. 지금 창밖에는 이른바 차가운 비가 내리고 있었다. 이 비로 말미암아 이제 본격적인 겨울이 시작되는 것이다.

하지만 역시 겨울비라는 건 그 역할보다는 분위기 때문에 더 많이 기억될 것이다. 쓸쓸하게 변해 버린 풍경들 사이로 추적추적 서글프게 내리는 그 모습 때문일 것이다. 왠지 모르게 상념들 속으로 빠져들게 하는 그 공허함 때문일 것이다. 보는 사람으로 하여금 기분이 가라앉게 만드는 음울한 회색 빛 하늘 때문일 것이다.

그건 나 역시도 예외가 아니었다. 원체 가라앉아 버린 집안 분위기에 이런 상황적 요소까지 겹치게 되자 저하될 대로 저하돼 버린 기분은 도저히 회복될 것 같지가 않을 정도였다. 결국 잠도 제대로 자지 못한 채 억지로 눈은 감았어도 갖가지 상념만이 머리 속에서 꿈틀대고 있었다. 그러나 그 모든 것이 하늘이 내비친 무언의 경고였던 것일까. 그나마 이어지던 상념도 갑자기 누군가 문을 두드리는 소리에 깨져 버리고 말았다.

쿵쿵쿵쿵!

다급하게 두드리는 것으로 봐서 상당히 급한 일인가 보다. 에롤을 깨워야 할지에 대해 심각한 고민을 시작하려 했으나 그건 필요없는 일이었다. 그녀는 문 두드리는 소리가 들리자마자 마치 기다렸다는 듯이 일어나 문가로 다가가 물었다. 잠을 이루지 못하고 있었던 것은 나만이 아니었던 모양이다.

"누구세요?"

이미 잠 같은 건 들 생각도 하지 않았거니와 한밤중에 누가 찾아온 것인지에 대한 의문 때문에 나 또한 그녀와 마찬가지로 대답에 귀를 기울였다. 그러나 이어진 것은 잠시간의 정적뿐이었다.

왠지 오싹한 기분이 들었다. 어둑어둑하고 음울한 초겨울의 밤. 게다가 비까지 추적추적 내리고 있는 상황이다 보니 당연한 반응이었다. 유령이라도 나오려는 것처럼 몹시 기분이 나빠졌다. 누가 장난이라도 치는 건가? 장난이라면 가만두지 않겠어!

에롤은 잠시 그대로 있더니 약간 더 큰 목소리로 다시 한 번 말했다. 하지만 목소리만 약간 커진 것일 뿐 미미하게 떨리는 음색을 느낄 수 있었다.

"누구시죠?"

그러나 응답이 없기는 매한가지였다. 꽤 오랫동안 밖에서 들려올 대답을 기다렸건만 아무 반응이 없자 결국 에롤은 몸을 돌려 자신의 침대로 돌아가려고 했다. 그냥 잘못 들은 것으로 생각하는 편이 낫겠다 싶었겠지. 그러나…….

"에… 롤……."

분명히 들었다. 환청이 아니다. 분명히 누군가가 다 죽어가는 목소리로 에롤의 이름을 부른 것이다. 그 소리를 듣자 나도 모르게 화들짝 튕겨지듯 일어났다. 하지만 정작 가장 크게 놀란 것은 당사자인 에롤이었다. 그녀는 소리가 들려온 문가는 바라볼 생각조차 못하고 파랗게 질린 채 서 있을 뿐이었다.

누가 뭐랄 것도 없이 에롤과 나의 눈이 마주쳤다. 그리고 다시 뭐라 말이 오갈 새도 없이 나는 튕겨지듯 일어났다. 몸의 상태 따위는 생각나지도 않았다. 다만 겁에 질린 에롤의 눈동자를 보자 반사적으로 그렇게 된 것이다.

성큼성큼 걸어가 문밖의 소리에 귀를 기울였다. 잘 들리지 않는다. 아마도 빗소리 때문이리라. 뒤를 돌아보았다. 커다래진 눈으로 에롤이 나를 바라보고 있었다. 그리고 그 눈동자에 내 모습이 비친 순간 결심하고는 문고리를 잡았다.

조심스럽게 문을 열었다. 혹시라도 있을지 모를 누군가의 공격에 대비하면서 아주 조심스럽게 열었다. 그러나 정작 문이 열렸음에도 아무런 반응이 없었다.

조금 대담해져서 고개를 문밖으로 내밀고 주위를 둘러보았다. 그러나 역시 눈에 들어오는 것은 아무것도…….

"으악!

누군가가 내 발목을 잡은 것이다. 그야말로 기겁을 해서 나도 모르게 뒷걸음질치려 했으나 예상외로 내 발목을 잡은 손아귀의 힘이 너무나 강해서 결국 그대로 자빠져 버리고 말았다. 그러나 그 덕분에 나의 발목을 붙잡은 게 누구인지 볼 수 있었다.

무척이나 헝클어진 불그스름한 롤 머리, 진창에 더럽혀질 대로 더럽혀진 공주 풍의 옷, 그리고 그 손에 낀 우그러진 검은 건틀릿.

정신을 잃은 채 내 발목을 잡고 있는 그녀는 바로 자낙 양이었다.

"자낙 양?"

지금의 상황, 도저히 이해가 되지 않는다. 다른 것 다 떠나서 우선 누가 자낙 양을 이렇게 만들 수 있단 말인가. 아니, 자낙 양은 혼자도 아니었지 않은가. 그 사람 같지 않은 트리오가 함께 있었는데 어떻게 이런 일이 벌어질 수 있단 말인가. 바보는? 악마는 어디 간 것인가? 왜 자낙 양은 혼자서 이런 모습으로 우리 앞에 나타난 것인가?

"정신 차려요!"

그녀의 어깨를 부축해 집 안으로 끌고 들어갔다. 상대가 자낙 양임을 안 에롤도 선뜻 달려와 함께 도와주었다. 차가운 겨울비에 싸늘하게 식어버린 체온이 전해져 왔다. 그렇지만 이 모든 것이 현실처럼 느껴지지 않는다. 이것이 그리도 쾌활하고 당당하던 자낙 양의 모습이란 말인가.

"…카… 이람… 어서……."

"네?"

자낙 양은 무슨 말인가를 하려고 무척이나 애쓰고 있었지만 알아들을 수 있는 단어는 이것이 전부였다. 그녀를 침대에 눕혔을 때는 이미 정신을 잃은 후였다.

졸지에 환자가 둘로 늘어버리는 바람에 에롤은 더욱 바빠졌다. 그나마 내가 회복기에 접어들어 손이 적게 간다는 점을 제외한다면 무척이나 힘들 것이 분명했지만 에롤은 묵묵히 자낙 양과 나를 돌볼 뿐이었다.

자낙 양이 정신을 차린 것은 그로부터 다시 하루가 지난 후의 일이었다. 자정이 다 지나서도 심란한 마음을 추스르지 못해 잠들지 못하고 있던 내게 자낙 양의 목소리가 들려왔던 것이다.

"휴… 리엘… 휴리엘! 안 돼!"

느닷없이 비명을 지르며 침대 안에서 몸부림치는 그녀의 행동에 놀라 에롤과 나는 다른 걸 생각할 정신도 없이 그녀가 움직이지 못하게 막아보려 했다. 그러나 그녀의 힘이 보통 힘이던가. 우리는 오히려 그녀에 의해 바닥에 내동댕이쳐지고 말았다.

몇 번이나 붙잡고 내동댕이쳐지길 반복한 다음에서야 그녀는 눈을 떴다.

"…여긴?"

잠시 그녀도 상황 파악이 안 되는지 주위를 멍한 표정으로 둘러보았다. 그리고 우리의 얼굴을 보더니 그대로 굳어졌다. 아마도 지금의 상황에 대해 이해한 듯싶었다.

잠시 그대로 멍하니 에롤과 나의 얼굴을 번갈아 쳐다보던 자낙 양은 천천히 고개를 숙이며 손을 바라보다가 얼굴을 부여잡았다.

"으… 으아아아아아아!"

갑자기 괴성에 가까운 비명을 지르며 그녀는 오열하기 시작했다. 하지만 에롤도 나도 무슨 이유에선지 그녀를 달래기 위해 다가서지 못했다. 그저 그녀가 오열하는 모습을 지켜보고 있을 뿐이었다.

내가 정신을 차린 것이 거의 4일이 다 지나서였음을 생각할 때 그녀의 회복력은 과연 놀라웠다. 그녀는 전신 곳곳에 타박상은 물론이고 등에는 깊지는 않지만 긴 검상을 입고 있었다. 거기다가 추운 겨울비를 맞으며 장시간 걸어와서인지 체력도 무척이나 쇠약해져 있었던 것이다. 그런 상황에서 단 하루 만에 의식을 되찾는다는 것이 경이롭지 않다면 말이 되겠는가.

하지만 몸이 회복되어 간다고 해서 그것이 건강해진다는 뜻은 아니었다. 자정에 깨어나서 새벽 내내 오열하던 그녀는 아침 해가 뜰 때가 되어서야 지쳐서 다시 잠들었다. 무엇 때문에 그토록 오열하는지 묻고 싶었지만 그런 상황에서 위로는 못할망정 궁금증이나 해소하자고 질문을 들이댈 수는 없는 노릇이었다.

그리고 잠들었던 자낙 양이 다시 깨어난 것은 해가 뉘엿뉘엿 넘어가는 늦은 오후의 일이었다.

어젯밤과는 달리 그녀는 조용히, 아주 조용히 잠에서 깨어났다. 그녀가 깨어났다는 것조차 그녀가 흘린 땀을 닦아주기 위해 에롤이 다가가고 나서야 알았을 정도였다.

그녀가 깨어난 것에 놀란 에롤이 그녀를 바라보았을 때 자낙 양은 입을 열었다.

"…나를 발견한 지 얼마나 됐지?"

"오늘이 2일째예요."

묻고 싶은 것은 산더미같이 많았지만 그걸 물어볼 수 있는 분위기가 아니었다. 잠시 멍한 눈으로 천장을 바라보던 그녀는 몸을 일으키며 말했다.

"라카이람으로 가야 해. 가능한 한 빨리."

난데없는 그녀의 말에 우리는 어리둥절해졌다. 그러나 그렇게 어리둥절해 있던 우리에게 들려온 자낙 양의 말은 더욱더 충격적이었다.

"빨리 가지 않으면 그곳 사람들은 모두 죽게 돼."

갑자기 이게 무슨 소리란 말인가? 모두 죽다니? 그녀의 말로 인해 혼돈으로 치닫고 있는 우리에게 자낙 양은 마지막 결정타를 날렸다.

"갑자기 그게 무슨 소리죠? 모두 죽다니요!"

갑자기 에롤이 그녀에게 다그쳐 물었다. 어찌 보면 당연한 반응이었다. 그곳은 그녀의 가족과 친구들, 그리고 그녀의 추억이 살아 있는 마을이기 때문이었다. 허나 자낙 양은 천장에서 시선을 떼지 않은 채 담담히 말했다.

"평화는 끝났어."

석양의 붉은빛이 집 안을 비추는 가운데 잠시 우리 세 사람 사이에 정적이 흘렀다. 평화가 끝났다? 어떤 의미인지 감이 오질 않는다.

"무슨 말이죠, 자낙 양?"

자낙 양은 고개를 돌려 나를 바라보았다. 언제나 쾌활하던 그녀의 눈동자는 예전의 그것이 아니었다. 총명하게 반짝이던 그녀의 눈동자는 빛을 잃고 있었다. 전혀 다른 사람이 아닐까 느껴질 정도로, 과연 내가 알고 있던 그녀가 맞는가 싶을 정도로 다른 분위기였다.

"무슨 말일까?"

오히려 내게 물어온다. 그러나 그것은 나를 향한 질문이라기보다는 독백과도 같은 것이었다. 어쩐지 그런 느낌이 들었다.

자낙 양은 내게서 고개를 돌려 창밖을 바라보았다. 그리고 잠시 그대로 가만히 앉아 있었다. 그녀와 그녀 둘레의 모든 시간이 멈춘 듯 보이는 것이 단순한 착각일까. 한참을 그렇게 있다가 해가 모두 진 후에야 그녀는 이렇게 말했다.

"전에… 제시카의 반지에 대해 얘기했었지?"

제시카의 반지? 그렇다. 악마와 그녀, 그리고 바보는 그 반지를 찾기 위해서 가는 거라고 말했었다. 그녀는 잠시 무언가 생각에 잠겼다가 이어 말했다. 나와 에롤은 그런 그녀의 말을 그저 우두커니 듣고만 있었다.

"제시카의 반지는 단순한 호부가 아니야. 아니, 호부라는 것은 맞지. 다만 저주를 회피하는 방법에 문제가 좀 있었어."

자낙 양은 다시 고개를 돌려 우리를 바라보았다.

"제시카는 아무런 능력도 가지지 않은 그저 평범한 귀족 아가씨일 뿐이었지. 그런 그녀가 어떻게 그런 반지를 만들어낸 것일까?"

그렇게 듣고 보니 확실히 이상했다. 아무런 능력도 가지지 않은 여인이 어떻게 그런 강력한 호부를 만들어낸 것인가.

"그건 간단해. 반지의 주인에게 돌아갈 저주를 모두 자신이 감당하는 거지. 무왕 칼스가 짊어져야 했던 그 모든 저주를 그녀의 영혼이 대신 받아낸 거야."

그럴 수가!

"저주란 건 간단히 무효화시킬 수 있는 게 아니야. 아무리 약한 저주라도 그것을 소멸시키는 데는 저주의 매개체를 없애거나 저주에 작용된 힘을 수십 배 능가하는 또 다른 힘이 필요하지. 그런 능력이 제시카에게 있을 리 없으니 그녀가 할 수 있는 방법은 단 하나, 저주의 방향을 왜곡시켜 그 모든 저주를 자신이 감당하는 수밖에 없었던 거야."

"왜 그렇게까지……."

에롤은 떨리는 목소리로 그렇게 물었다. 그러나 자낙 양은 고개를 숙이고 손가락을 만지작거리기 시작했다. 거기에는 전에 보지 못했던 수수한 반지 하나가 끼어져 있었다.

"왜일까? 그녀가 칼스를 사랑했던 것만은 확실해. 하지만 왜 하필 저주 방지였을까. 그건 칼스의 과거를 알면 이해할 수 있어. 아니, 정확히 말해서 제시카가 죽은 이유겠지. 이런 말 들은 적 없어? 칼스가 변경백의 자리를 뿌리치고 수도로 가서 기사단에 들어간 이유. 그의 영지에 침입한 리치 때문에 변경백의 미약한 힘에 환멸을 느끼고 갔다고들 얘기하지. 바로 그 리치 때문이야. 리치란 것은 어떻게 보면 어둠의 귀족이라고 불러도 손색이 없는 존재, 그 존재에 접촉하는 것만으로도 어둠의 힘에 의해 온갖 저주를 받게 되지. 제시카는 그를 리치로부터 구하고 싶었던 거지."

우리가 흔히 알고 있는 사실 뒤에 그런 일이 숨어 있었던 건가. 자낙 양은 숨이 차는지 잠시 심호흡을 하고는 말을 이었다. 에롤은 그녀가 숨을 가다듬기를 기다려 다시금 물어보았다.

"그런데 그 반지가 평화와 무슨 관련이 있는 거죠?"

자낙 양은 에롤을 돌아보며 말했다.

"아까도 말했지만 그 반지는 저주의 방향을 왜곡시킬 뿐 없애지는 못해. 만약 누군가가 그 반지에 깃든 제시카의 영혼을 소멸시킨다면 어떻게 될까. 그건 곧 저주의 방향이 제자리를 찾는 걸 말하지. 수인전쟁 동안 수많은 수인족 주법사들이 무왕 칼스와 그의 가문에 걸었던 수많은 저주가 원래의 방향을 되찾는 거야."

그녀는 말하면서 점점 고개를 떨구었다. 그녀의 어깨는 가늘게 떨리고 있었다.

"토미, 너도 만났던 영살검주 커트라이트 제노디렌 그가 가진 마검 소울 브레이커라면 충분히 그렇게 할 수 있지. 뭐라 해도 영혼을 부수는 마검이니까. 그는 제시카의 반지를 부숨으로써 왕가에 대해 수인족의 독립을 요구하는 선전 포고를 하려는 거야."

"선전… 포고?"

선전 포고라니……? 이 말이 내가 아는 것을 뜻하는 것이라면 그 영살검주는 전쟁을 하려 한다는 얘기인가? 그것도 왕실을 상대로?

왠지 현실감이 들지 않는다. 수인족과의 전쟁이라니. 무왕 칼스의 일도 벌써 몇백 년 전의 일이었다. 그 이후론 수인족과의 전쟁은커녕 다른 나라와의 전쟁도 없었던 것이다. 그런데 지금에 와서 전쟁이라니? 도대체 그 영살검주라는 작자는 무슨 생각을 하고 있는 것인가.

자낙 양은 담담하게 말을 계속 이어갔다. 하지만 여전히 고개를 숙인 채였다.

"전쟁이 시작된다면 두 세력이 최초로 맞붙을 지점은 역시 라카이람뿐이야. 수인전쟁 때도 마찬가지였지만 라카이람은 수인족 진영의 관문인 셈이니까. 게다가 지형적으로도 평원에 위치한 천혜의 요새여서 그곳을 미리 차지해 두면 상대를 압박할 수 있으니까. 하지만 어느 쪽이 먼저 차지하든 간에 그곳 사람들에겐 뭐 하나 득 될 일이 없지. 왕실 측이 점령할 경우는 말할 것도 없고 영살검주 측이 차지하더라도 그곳에서 치열한 전투가 벌어질 것이 자명한 이상 그곳 사람들의 생명은 아무도 책임지지 못해. 지금 미리 그곳을 떠나지 않으면 마을 사람들의 운명은 뻔할 수밖에 없어."

그런 건가… 그러고 보니 정신을 잃으면서 했던 말도 결국 라카이람에 급히 가야 한다는 말이었군.

"그런데 자낙 양."

자낙 양은 눈을 들어 나를 바라보았다. 왠지 흔들리는 듯한 그 눈동자를 바라보며 나는 억지로 아까부터 묻고 싶었던 말을 꺼냈다.

"어째서 혼자 그런 상태로 오게 된 거죠? 다른 사람들은요?"

자낙 양은 급히 고개를 돌려 창가를 바라보았다. 그러나 그녀는 내 질문에 답하지 않았다. 잠시간의 시간이 지난 후 그녀의 어깨가 좀 전보다 심하게 떨리고 있음을 알 수 있었다. 그녀는 울고 있었던 것이다. 그리고 그것은 내 질문에 대한 또 다른 대답이기도 했다. 하지만 난 정확한 답을 듣고 싶었다. 내 예상이 터무니없는 일이라고 믿고 싶었다는 것이 정확한 표현이리라. 무언가 다시 그녀에게 말을 꺼내기 위해 입을 열려는 순간 그녀의 가느다란, 몹시 떨리는, 그리고 울음이 섞인 목소리가 들려왔다.

"내가… 내가 고집만 부리지 않았어도… 바보같이 나서지만 않았어도… 그때 그냥 말을 들었다면… 미안해, 휴리엘……. 휴리엘… 휴리엘……."

나도 에롤도 더 이상 그녀에게 물어볼 수 없었다.

또다시 집안에는 침묵만이 이어졌다. 나중에 조금 진정이 된 자낙 양에게 다시 들은 바로는 무사히 영살검주의 손에서 빠져나온 것은 그녀뿐이라는 것이 확실했다. 바보는 함께 도망치다가 마검에 의해 희생되었다고 한다. 다만 알 수 없는 것은 악마의 자취였는데 악마는 영살검주에게 생포된 듯했다. 아마도 수인족의 상징이라고도 할 수 있는 주법사이니 죽이진 않았겠지만 그렇다고 무사하다고 볼 수만은 없었다. 어쨌든 악마는 그들의 일을 방해하려 했으니까.

도대체 영살검주라는 자는 어느 정도나 강하기에 그들 셋을 그처럼 유린할 수 있었던 것일까? 물론 혼자일 리는 없다. 전쟁까지 생각하는 자이고 보면 그의 휘하에는 무척이나 강한 자들이 많이 있을 것이다. 전에 보았던 그 두건 쓴 여자만 하더라도 긴장감이 좀 없다는 점만 제외한다면 실력은 무척 뛰어났으니까.

하지만 아무리 생각하고 이해하려고 해도 도저히 현실로 느껴지지 않았다. 내가 알던 그 누군가가 죽었다는 것이, 죽음과는 상관없을 줄 알았던 사람이 죽었다는 것이 도저히 현실로 다가오지 않았다.

물론 검의 세계라는 것이 언제나 생명을 담보로 하는 도박과 같다는 것은 잘 알고 있다. 하지만 알고 있는 것과 현실로 닥치는 것은 아무래도 차이가 있었다. 적어도 나는 그것을 뼈저리게 느낄 수밖에 없었다.

자낙 양이 그토록 생기를 잃은 건 어찌 보면 말할 것도 없는 일이었다. 영혼을 공유하기로 맹세한 약혼자를 잃었으니 그 상심이 오죽하겠는가. 아니, 내가 이렇게 말하는 것조차도 그녀의 상처 입은 마음에 결례가 될 것이다. 나라면, 만약 내 앞에서 에롤이 죽는다면 난 자낙 양만큼 이성을 챙길 수 있을까? 연인의 죽음을 지켜보고도 해야 할 일을 잊지 않을 수 있을까? 도저히 장담할 수 없는 일이었다. 이런 상상만으로도 몸서리쳐지는 상황에서 어찌 그런 일을 할 수 있겠는가.

또 한 가지, 왠지 마음 한구석을 저리게 만드는 것이 있었다. 바로 악마의 무사 여부였다. 나도 왜 그녀가 그토록 신경 쓰이는 것인지 알 수 없었다. 분명 에롤과는 다른 감정인데도 자꾸만 꿈속에 그녀의 얼굴이 떠오른다. 차라리 내가 악마를 향해 확실한 감정을 가지고 있다면 시원스럽기라도 할 텐데. 악마를 생각하면 할수록 내 마음속은 더욱더 혼란스럽기만 했다.

아직 회복이 되지 않았음에도 서둘러야 한다는 자낙 양의 독촉 때문에, 아니, 정확히는 무언가에 쫓기는 듯한 불안한 긴장감에 우리는 서둘러 짐을 챙겨 그 마을을 떠나야 했다. 아직 회복이 되지 않은 환자가 둘이나 있었기에 에롤은 작은 마차 하나를 구해야 했다.

워낙에 작은 마을이어서 마차 하나 구하기도 쉽지 않았다. 그나마 쓸 만한 마차라고는 잭슨이 가진 짐수레가 고작이었으니 무슨 말이 필요할까. 에롤과 나는 꺼림칙한 마음을 감춘 채 잭슨에게 찾아가 부탁했다. 하지만 에롤에게 매달리리라 생각한 잭슨은 어찌 된 영문인지 말없이 마차와 말을 그녀의 손에 건네주었다. 마치 죄인과도 같은 그의 표정에 나는 오히려 더 심한 죄책감을 느껴야 했다. 적어도 내가 나타나지 않았다면 잭슨은 이루어질지 어떨지 모르는 사랑일지라도 계속 간직할 수 있었을 테니까.

하지만 남겨진 사람이야 어찌 되었든 자낙 양 말대로 화급을 다투는 상황이었으므로 우리는 그날 밤 그 마을을 떠났다.

얼어붙은 길 한 켠에 마차를 세우고 노숙할 준비를 한다. 날씨가 많이 쌀쌀해졌기 때문에 불을 피우지 않고 마차 안에서 잘 수가 없기 때문이었다. 그제 내린 비로 인해서 계절이 완전히 겨울로 접어들고 있기 때문이었다.

하루 종일 마차를 모느라 지칠 대로 지쳐 버린 에롤을 잠시 쉬게 해주고 땔감을 줍기 위해 숲으로 들어갔다. 하지만 비가 내린 후 바로 얼어버려서 땔감을 구하기도 쉽지 않았다. 겨우 필요한 분량을 구했을 때는 이미 해가 거의 다 지고 난 다음이었다.

마차로 돌아가자 에롤은 내가 쉬라고 했음에도 불구하고 잠자리며 저녁 만들 준비까지 마친 후였다. 하지만 예상외로 땔감을 구하는 게 늦어버린 터라 나무랄 수가 없었다. 그저 수고했다는 말밖에는…….

땔감을 모아놓고 불을 붙였다. 하지만 젖지 않은 것을 골라왔음에도 불구하고 무척이나 힘든 일이었다. 손을 호호 불며 지켜보는 에롤이나 마차 안에서 담요에 싸인 채 무표정하게 앉아 있는 자낙 양의 시선 때문인지 마음만 급해져서 평소보다 더 시간이 걸렸다.

애써 붙인 불이 꺼지지 않도록 돌을 모아 바람막이를 삼고 주위에 땔감을 늘어놓아 마르게 해둔 후 저녁 준비를 시작했다. 마차를 가져온 덕분에 재료라든가 도구를 충분히 가져올 수 있었지만 역시 무언가 허전한 기분이 드는 이유는 왜일까.

에롤의 옆에서 음식 만드는 것을 돕다 보니 문득 악마와 바보의 얼굴이 떠오른다. 손 하나 까딱 않고 내가 만든 음식을 먹기만 하는 그들이 지금 이 순간 떠오르는 이유는 무얼까. 왜 갑자기 그들이 이토록 보고 싶어지는 것일까.

나도 모르게 눈앞이 부옇게 변한다. 잠시 기지개를 켜는 체하며 숨을 크게 들이쉬고 눈을 꼭 감았다. 내가 이렇게 눈물이 많은 놈이었나 생각하면서. 혹시라도 에롤이나 자낙 양이 눈치 채지 않을까 조바심 내면서.

참 이상한 일이다. 그토록이나 나를 부려먹는 그들을 못마땅해했으면서도 막상 다시는 그때처럼 모여 식사할 수 없다는 것 하나 때문에 눈물이 나는 이유를 이해할 수 없었다. 이런 게 미운 정이라는 것일까.

그저 묵묵히 식사를 마치는 자낙 양이나 에롤도 나와 같은 기분일까. 둘 다 너무나 지쳐 보인다. 오늘 불침번은 나 혼자 서는 게 나을 것 같았다.

어둠이 세상을 지배하기 시작하자 별빛이 하나둘씩 떠오르기 시작한다. 달도 뜨지 않아서인지 유난히 별빛이 밝게 보인다.

모닥불에 땔감을 더 던져 넣었다. 그리고는 타오르는 그 노란 불꽃을 잠시 멍하니 바라보았다. 불꽃이 일렁이며 춤추는 모습을 그저 바라만 보고 있었다.

지금이라도 악마, 아니, 메프로슈네가 다가와 졸지 말라고 다그칠 것만 같다. 그러고는 내 옆에 나가와 그 아름답던 목소리로 조용히 노래 부를 것만 같다.

어느 틈엔가 나는 조그만 목소리로 노래를 부르고 있었다.

이제는 알 수 없는
그 길의 저편에
서 있겠어요.

이제는 볼 수 없는
추억의 그 끝에
그대가 보이네요.

그토록 시린
미련만 묻어둔 채

서 있을게요.

이제 다시는
다가갈 수도,
느낄 수도 없겠지요.

하지만 슬퍼 마세요.
이제 우리 헤어진다 하여도
추억만은 남을 거예요.

우리가 함께 거닐던
그 모든 시간 속에서
추억만은 남을 거예요.

 왠지 목이 막혀서 더 이상 부를 수가 없었다. 라카이람이라는 수인 족 마을에서 악마와 함께 모닥불을 쬐던 그때가 떠올라 견딜 수가 없 었다. 지금이라도 잠이 들면 아침에 내 옆에서 잠든 채 나를 놀래킬 것 만 같았다.

 나도 모르게 다시 나오려고 하는 눈물을 닦으려 한 손을 드는 순간 내 옆에서 누군가 나지막한 목소리로 노래를 부르는 것이 들려왔다.

슬퍼 마세요.
울지 마세요.
사랑하는 그대여,

이것이 이별이 아님을,
이것이 이 길의 끝이 아님을
우리는 알고 있잖아요.

우리 다시
함께할 수 없다 하여도
추억만은 남을 테니까요.

언제까지나
언제까지나

사랑하는 그대여,
기억해 주세요.

언제까지나
언제까지나

끝이 아니었음을…….

　그 목소리의 주인공은 에롤이었다. 악마의 것과 비슷한 목소리와 모습을 본 순간 와락 껴안을 뻔했다. 그리고 그런 생각과 행동을 떠올린 나 자신에 놀라 당황해야 했다. 난 분명히 에롤을 좋아하는 것이 아니었나? 악마에게 느끼는 나의 감정이 이 정도였던 것일까?

난 내 속에서 몸부림치는 결론도 나지 않는 이 의문들과 그 밤 내내 싸워야만 했다. 에롤이 그런 나를 밤새 슬픈 눈으로 지켜보고 있다는 것도 깨닫지 못한 채로.

제10장 납치

납치

　주위에 차차 짙은 안개가 깔리기 시작했다. 무겁고 칙칙한, 그리고 왠지 답답한 그런 안개. 이제 조금 있으면 해가 뜰 것이다. 그리고 안개는 햇살에 쫓기어 어디론가 사라지겠지. 언제 나타났었냐는 듯이 그렇게 허무하게.

　멍하니 불꽃만을 바라본 채 생각에 잠기느라 의식하지 못했던 추위가 왈칵 몸을 휩쓴다. 손을 마주 잡았다. 무척이나 차가운 느낌이다. 주전자를 꺼내어 물을 데우기 시작했다. 언 몸을 녹이는 데는 역시 따뜻한 차 한 모금이 최고니까.

　주전자 손잡이를 가지에 끼워 모닥불 위에 올려놓았다. 그리고 휘청이며 타오르는 불꽃에 마지막 남은 땔감을 던져 넣었다. 아침 식사를 준비할 땔감은 에롤이 깬 다음에 다시 찾아야 할 듯하다. 안개에 젖지 않은 걸 구하려면 꽤 애먹겠지만.

새로 던져 넣은 마른 나뭇가지에 불꽃이 일렁이며 휘감아 들어간다. 땔감에서 잠시 물기가 번지다가 언제 그랬냐는 듯 쉬쉬거리며 사라져 버린다. 그리고는 조금씩 불이 붙기 시작한다.

어쩌면 사람의 생이란 것도 지금 저 불꽃 속에서 타오르는 나뭇가지와 비슷한 게 아닐까. 자신의 몸에 남겨진 모든 물기를 뿜어 저항하지만 결국엔 타오르는 불꽃에 몸을 맡겨 버리고 오히려 그 불꽃을 더욱더 키워 버리는, 그리고 그렇게 함으로써 결국엔 다른 나뭇가지마저 태워 버리는 그런 인생.

나 자신에게 다가오는 불꽃은 어떤 것일까. 나는 어떻게 타오를 것인가. 그리고 누구를 또다시 태워 버릴 것인가. 마침내 그 불꽃을 꺼뜨리고 하얀 재만 남기는 날은 언제일까.

그러나 나의 상념은 더 이상 이어지지 못했다. 앉은 채로 땔감에 불꽃이 옮겨 붙는 걸 지켜보던 내게 나무가 타는 소리와는 다른 잡음이 들려왔기 때문이다.

저벅저벅.

분명히 발걸음 소리였다. 더구나 점점 소리가 커지고 있었다. 누군가가 우리를 향해 오고 있는 것이다.

등줄기로 서늘한 느낌이 파고들었다. 지금 오고 있는 것이 혹시 적일지도 모른다는 생각이 머리를 스친 것이다. 만약 정말로 그렇다면 어떻게 할 것인가. 암담해졌다. 지금 우리 중엔 싸울 수 있는 사람이 없다. 에롤이야 말할 것도 없고 나조차도 제대로 칼 한번 휘둘러 본 적이 없지 않은가. 유일하게 싸울 수 있는 능력을 가진 자낙 양도 아직 환자 상태이지 않은가.

어떻게 해야 할 것인가. 일단 모두를 깨워야 하지 않을까? 하지만 어떻게 도망친단 말인가. 마차다. 일단 마차를 몰고 달려 버리면 운 좋게 도망칠 수도 있을 것이다. 그런 생각이 머리 속을 스치자 주저할 겨를도 없이 벌떡 일어나 말들을 매어놓은 곳으로 갔다. 아니, 가려 했다.

"여어, 실례합니다."

하지만 내가 무언가 행동을 취하기도 전에 그 발자국 소리의 주인공이 먼저 당도해 버렸다. 이젠 어떻게 해야 한단 말인가. 나 자신의 멍청함에 화가 났다. 기껏 불침번을 서겠다고 나선 주제에 누군가가 다가오는 것조차 깨닫지 못하다니…….

나 자신을 자책할 때가 아니다. 어떻게든 방도를 세워야 했다. 우선은 잠들어 있는 두 여자를 깨워야 한다. 그리고 나라도 방패가 되어 그들이 도망칠 시간을 벌어야 한다. 에롤과 자낙 양이 해를 입는다면 나 자신을 용서할 수 없을 것이다.

그 짧은 시간 동안 수많은 생각이 일시에 지나갔다. 두렵기도 했다. 무섭지 않다고 하면 그건 거짓말일 테지만 에롤의 얼굴이 떠오르자 결심을 굳혔다. 그리고 그 결심을 행동에 옮기려는 찰나.

"저… 죄송합니다만 불 좀 쬘 수……."

안개 사이로 누군가가 나타나 나에게 말을 걸어왔다. 조금 큰 키에 등에는 클레이모어를 메고 있었으며 체인메일을 걸친 위로 튜닉을 걸친 기사의 차림새였다. 그는 나에게 다가와 말을 걸다가 내 얼굴을 보고는 어리둥절한 표정을 지었다.

여차 하면 소리를 질러 여자들을 깨우고 그에게 달려들 태세를 취했다. 얼마나 통할는지는 모르지만 그게 내가 할 수 있는 최선의 방법이었으므로.

그러나 그런 나의 각오에도 불구하고 그 불청객은 잠시 무언가 생각하는 듯하더니 손바닥에 주먹을 탁 하고 내려치며 다시 말했다.

"아! 죄송합니다. 느닷없이 나타나는 바람에 놀라셨나 보군요. 저 이상한 사람 아닙니다. 그냥 지나가다가 불빛이 보이기에 불이나 좀 쬘까 하고……. 하하하. 싫으시다면 그냥 가죠. 죄송합니다."

오히려 어리둥절해져 버린 내가 뭐라고 말할 사이도 없이 그렇게 순식간에 말해 버린 남자는 등을 돌려 사라지려 했다. 그러자 왠지 말할 수 없는 안도감이 내 몸을 훑고 지나갔다. 적어도 우리에게 해를 끼칠 사람은 아닌 듯했으므로.

"아, 저기……."

나도 모르게 손을 뻗으며 그 사람을 불러 세웠다. 그러나 그 말이 채 끝나기도 전에 나는 다시 한 번 어리둥절해져야만 했다. 아니, 당황스러웠다는 것이 더 정확한 표현일 듯하다. 그 기사 차림의 남자는 마치 기다렸다는 듯이 쪼르르 달려와 내 손을 부여잡으며 대답했던 것이다.

"네?"

그를 불러 세우기는 했지만 이런 반응이 나올 줄은 예상치 못했던지라 몹시 당황스러울 수밖에 없었다. 식은땀을 주르르 흘리며 그의 초롱초롱한 눈동자에 대고 마저 말할 수밖에 없었다.

"저… 차라도 한 잔 하고 가시죠. 날도 추운데."

왠지 그의 술수에 당한 것 같다는 느낌이 강하게 드는 건 왜일까.

"으흐흑, 정말 고맙습니다. 하마터면 얼어 죽을 뻔했습니다. 초겨울부터 이렇게 추워버리다니 너무 심한 일이 아닙니까? 정말이지 뭐라고 감사드려야 할지 모르겠습니다."

기사는 눈물까지 주르르 흘리며 여기까지 단숨에 말해 버렸다. 이거참, 기사 중에도 이렇게 말이 빠른 사람이 있었군. 뭔가 엄청나게 속은 느낌이 들었지만 그냥 넘어가기로 했다.

"아뇨, 이 정도를 가지고… 일단 앉으세요."

음, 그나저나 안도의 한숨이 나왔다. 역시 너무 안일했던 것이다. 만약 그가 그냥 지나가는 사람이 아닌 적이었다면 어찌했을 것인가. 적이 존재한다는 것을 알면서도 그에 대한 대비를 하지 않은 것은 확실히 내 잘못이었다. 그저 급하다는 마음에 아무런 대비를 하지 않은 내 잘못인 거다.

기사는 발을 동동 구르며 모닥불로 다가가 불을 쬐기 시작했다. 등에 멘 검이나 갑옷, 그리고 문장이 새겨진 튜닉으로 미루어 기사인 것이 거의 확실해 보이건만 평소에 생각하던 기사의 이미지와는 조금 달라서 오히려 친근하게 느껴졌다.

기사라면… 도움을 청해볼까? 우리 일행에는 여자가 둘이나 된다. 곤경에 빠진 레이디를 돕는 것도 기사의 의무라고 하지 않던가. 아직 라카이람까지 가는 길은 한참이나 남아 있었다. 오늘처럼 요행으로 넘어가는 일을 또 바란다는 것은 말이 안 된다. 조금이라도 대비를 하여야 하지 않겠는가.

"저… 실례입니다만 기사이신가요?"

데워진 물을 찻잔에 따르며 넌지시 물어보았다. 물론 차림새에서 기사인 것은 빤히 알아볼 수 있었지만 얘기를 꺼내기 위해서 이런 질문을 먼저 한 것이다. 얘기의 시작은 상대가 적의를 가지지 않을 만한 자부심을 가지는 내용이라든가, 좋아하는 일을 가지고 하는 것이 좋다. 이것도 상인의 대화술 중 하나라고 생각해 두기 바란다.

아무튼 그런 나의 의도가 먹혀들었는지 기사는 허허 웃으며 대답했다.

"하하, 그게… 얼마 전에 쫓겨났습니다. 하하하."

이런… 완전히 잘못 짚어버렸군. 상대의 약점을 짚어버렸으니 말이다. 그에게 찻잔을 건네주며 사과하는 것이 최선이었다.

"저런, 죄송합니다. 그런 줄도 모르고 입을 함부로 놀려서……."

다행히도 그는 내가 건넨 찻잔을 받아 들며 사람 좋게 웃을 뿐이었다.

"하하, 괜찮습니다. 뭐, 그런 거 별로 신경 안 쓰니 미안해하실 것 없습니다."

그렇게 말하고는 찻잔을 감싸 쥐고 천천히 음미하듯 마셨다. 한입에 털어넣을 줄 알았는데 역시 기사는 기사인가 보다.

그럼 이제 슬슬 본론을 꺼내볼까? 그가 찻잔에서 입을 떼기를 기다려 말을 꺼냈다.

"감사합니다. 그럼 지금은 어디를 가시던 길인가요?"

그런 내 질문에도 불구하고 기사는 잠시 차 내음을 음미하는 듯한 표정을 짓더니 대답했다.

"으음, 아, 어디를 가냐구요? 근처에 왔다가 누가 사람을 찾아달라는 부탁을 해서 이곳에 들어온 것이랍니다. 그런데 이렇게 추울 줄 알았어야지요. 이곳을 발견하지 못했다면 전 얼어죽었을지도 모릅니다. 정말 고맙습니다. 하하!"

확실히… 전에 영살검주를 따라다니던 두건 뒤집어쓴 여자 이후로 가장 말이 빠른 사람이다. 그나저나 누군가의 부탁으로 이곳을 돌아다니는 거라면 동행을 요청하기는 좀 힘들겠군.

그런데 그 기사는 잠시 생각에 잠긴 내 표정을 훔쳐보더니 헛기침을 하면서 내게 말했다.

"크흠, 실례되는 질문일지도 모릅니다만 혹시 무슨 고민이라도 있으십니까?"

고민이라… 고민은 쌓이고 쌓였지. 악마에 대한 고민, 에롤에 대한 고민, 자낙 양에 대한 고민, 앞으로 내가 가야 할 길에 대한 고민, 떠나온 집에 대한 고민, 당장 라카이람까지 가는 도중의 안전에 대한 고민…….

하지만 그렇다고 그걸 처음 보는 사람에게 풀어헤칠 수도 없는 노릇 아닌가.

"고민이라뇨, 무슨. 그냥 잡생각 조금 했습니다."

대답을 들은 기사는 갑자기 손을 턱에 괴고는 나를 빤히 쳐다보았다. 뭐… 왜 이러는 거지?

"흐흠… 그렇지 않은 것 같은데요? 뭐, 다른 분들은 다 주무시는 것 같으니까 저한테 말씀해 보시지요. 이럴 경우엔 모르는 사람이 오히려 객관적으로 일을 바라볼 수도 있는 법이랍니다. 게다가 전 어차피 좀 있다가 헤어질 사람 아닙니까? 부담 갖지 마시고 털어놔 보시지요. 조금은 개운해질 겁니다. 원래 고민이란 쌓아두면 병이 되는 법이거든요."

묘한 설득력이 느껴진다. 그럴지도 모른다는 생각이 들었다. 사실 난 고민을 가슴속에 쟁여두는 데만 익숙해져 있었던 것이다. 하지만 가슴속에 묻어둔 고민은 언젠가 다시 고개를 쳐드는 법이라는 것을 누구보다도 잘 알고 있는 내게 그의 이와 같은 말이 묘한 설득력을 가지는 것은 오히려 당연한 일일지도 몰랐다.

"그럼… 죄송하지만 조금 들어주시겠습니까?"

마침내 용기를 내어 대답하는 나에게 그 기사는 사람 좋은 얼굴로 웃으며 말해 주었다.

"그럼요. 부담 갖지 마시고 말해 보세요."

"허어, 그것참. 우선 위로의 말씀부터 드려야겠군요. 그런 엄청난 일을 당하셨다니. 평범하신 분인 줄 알았는데…… 아, 이건 절대 나쁜 의미가 아닙니다. 그러니까 무슨 말이냐면, 그런 어려운 일을 겪었으리라고는 생각 못했다고 할까요? 음, 말이 헷갈리는군요. 죄송합니다."

내 말을 모두 들은 그 남자는 어설프게 위로하려 하다가 자신도 이상하다고 느꼈는지 손을 내저으며 다시금 사과해 왔다. 어쩌면 조금은 멍청해 보이는 그 모습에 왠지 상대를 편안하게 해주는 무언가가 있는 듯했다.

이 남자의 이름은 데런. 자신의 말로는 기사직을 때려치우고 고향으로 돌아가는 퇴직 기사란다. 하지만 기사라기보다는 어딘가의 자유분방한 용병을, 그것도 조금은 모자란 용병을 보는 듯한 인상의 그런 사내였다.

물론 아무리 편한 인상의 사나이라고 해서 내가 겪은 일을 모두 말할 수는 없었다. 나도 그 정도의 눈치는 있으니까. 물론 이 사람이 모든 사실을 알게 된다고 해서 변하는 건 없다. 하지만 잠시라도 지금의 시간을 즐길 수 있는 여유를 주는 것이 좋지 않겠는가. 모든 사실을 알게 된다면, 특히 앞으로 일어날 전쟁에 대해 알게 된다면 그는 한시도 마음 편히 있을 수 없을 것이다.

아니, 그게 아닌가? 약간의 언질을 주어 그와 그의 가족들이 전쟁으로 인해 해를 입지 않도록 해야 하는 것일까? 이런 생각이 떠오르자 다시금 고민이 될 수밖에 없었다. 그러나 겁 많은 나는 결국 나와 에롤,

그리고 에롤의 언니 메프에 대한 얘기만 할 수밖에 없었다. 실체를 알 수 없는 나의 엇갈리는 감정들에 대한 주절거림밖에 할 수 없었다.

"데런 경께서 죄송하실 이유가 있나요. 전 그저 제 말을 들어주신 것만으로도 감사하고 있습니다. 털어놓으니 차라리 시원하고 좋군요."

적어도 그건 사실이었다. 모호한 내 자신의 감정에 대한 혐오스러움 같은 것들이 조금은 엷어지는 느낌이라는 건 부정할 수 없었던 것이다. 이래서 수다라는 것이 존재하는 것일는지도 모른다.

"아니, 감사하실 건 없습니다. 전 그냥 한 귀로 듣고 한 귀로 흘려들을 뿐이니까요. 적절한 해결책 같은 거라도 드릴 수 있다면 좋으련만……."

해결책이 그처럼 쉽게 나올 수 있는 거라면 누가 고민 같은 걸 하겠는가. 메프—어느 틈엔가 악마라는 말을 쓰지 않게 되어버렸다—를 만날 수 있다면 모르되 그렇게 하지도 못하는 상황에서야 그녀에 대한 감정을 확인할 수도 없다. 에롤에 대한 감정에 의문이 생기는 이유도 사실 그녀 때문이지 않은가.

"괜찮습니다. 한 번 더 말하지만 전 그저 들어주신 것만으로도……."

그러나 내가 말을 마치기도 전에 데런 경은 자신의 왼 손바닥을 오른 주먹으로 탁 내려치면서 말하기 시작했다.

"아, 그렇습니다. 제가 전에 들었던 충고인데 당신에게도 해당이 될는지 모르겠군요. 그러니까… 현재에 충실하라! 네, 바로 그겁니다."

워낙에 열띤 모습으로 말을 하는 터라 흥미가 일었다.

"현재에 충실하라고요?"

"그렇습니다. 미래 또한 어차피 언젠가 다가올 현재이고 과거란 결국 지나 버린 현재가 아니겠습니까? 과거의 잘못을 가슴에 새기고 다가올 미래를 대비하면서 주어진 현재에 충실히 한다면 설사 어떤 어려움이 있더라도 극복할 수 있는 겁니다."

틀린 말은 아니다. 하지만 그걸 제대로 실천할 수 있는 이는 과연 몇이나 될까? 누구나 알고 있는 내용이지만 현실이란 너무나도 돌발적인 것이지 않은가. 과연 내가 한 달 전만 해도 지금의 이런 모습을 상상이나 할 수 있었겠는가. 반박할 말이 산더미 같았지만 말해 준 성의를 생각해서 그냥 수긍해 버렸다. 굳이 그와 논쟁을 할 이유는 없었으므로.

"그럴 수도 있겠군요."

"지금의 이 말을 당신에게 적용시켜 본다면… 결국 그 메프라는 분을 만나보는 것이 해결책에 접근하는 가장 가까운 방법이 아니겠습니까? 그렇다면 회피하지 마시고 당당히 그분과 만나서 결판을 지으십시오."

역시 맞는 말이다. 하지만 역시 문제는 메프를 내 맘대로 만날 수 없는 상황이라는 점이다. 내가 그걸 몰라서 안 하고 있겠는가.

"하지만 전 지금 그녀를 마음대로 만날 수 없습니다. 사정이 있어서……."

나의 그 말에 데런 경은 잠시 고민하는 표정을 짓더니 다시 한 번 왼손바닥에 오른 주먹을 탁 내려치며 말했다.

"그렇지! 그렇게 하면 됩니다. 저에게 맡겨주시겠습니까?"

뭘 어떻게 맡기란 건가. 난 메프가 지금 어디 있다는 것조차 말하지 않았는데.

"어떻게 하시려고요?"

"그냥 저에게 맡기시면 됩니다. 그럼 그녀를 만나도록 해드리죠."

어리둥절해져 버리는 것은 오히려 당연한 일이 아니겠는가. 어떻게 저렇게 자신만만하게 장담할 수 있는 것인가. 아무래도 허풍이 아닐까, 내 기분을 돋워주기 위한? 그렇게밖에는 생각할 수 없었다.

결국 반 장난 식으로 이렇게 말하고 말았다. 매우 경솔하게도.

"그렇게까지 말하신다면 한번 맡겨보죠."

그런 나의 대답에 데런 경은 희색이 만면에 가득하여 대답했다.

"아, 감사합니다. 그럼 잠시 실례하겠습니다."

"예?"

퍽.

무슨 소린지 몰라 어리둥절한 내 눈앞에 데런의 주먹이 꽂힌 건 바로 그때였다. 그 일격에 나는 그대로 정신을 잃어버리고 말았다.

"토미, 토미."

누군가 내 몸을 흔드는 것을 느끼며 정신이 들었다. 윽, 갑자기 얼굴 언저리에서 통증이 몰려온다. 인상을 찌푸리고 나도 모르게 얼굴을 부여잡고 끙끙대는데 누군가 내 어깨를 잡아 흔들기에 바라보니 자낙 양이었다.

자낙 양은 왠지 피로한 듯한 모습이었지만 눈빛만은 형형한 것이 무척이나 긴장한 듯한 모습이었다.

"정신이 들었니?"

자낙 양의 진지한 표정에 왠지 주눅이 들어서 고개를 끄덕였다. 그리고는 곁눈질로 주위를 살폈다. 서로 마주 보고 있는 좌석이 있는 좁은 실내, 그리고 양편에 달린 창문 너머로 스쳐 지나가는 풍경들. 달리는 마차 안인가? 자낙 양의 어깨 너머로 에롤이 파랗게 질린 채 겁먹은 눈으로 나를 바라보고 있는 것이 눈에 들어왔다. 영문 모를 일이었지만 그 둘의 표정에서 느껴지는 긴장감이 곧바로 내게도 전해졌다.

좀 더 주위를 자세히 살폈다. 마차 안이긴 한데 아무래도 낯설다. 이것이 우리가 타고 오던 마차가 아니라는 것은 생각할 필요도 없는 일이었다. 화려하지는 않았지만 꽤 치장까지 되어 있는 것이 잭슨이 빌려준 짐마차와는 확연히 구분되는 그런 마차였기 때문이었다. 하지만 그걸 알았다고 해도 상황 파악이 안 되는 건 마찬가지였기 때문에 어리둥절해 있는 내게 자낙 양이 다그치듯이 물어왔다.

"어떻게 된 건지 기억나니?"

그걸 나한테 물어봐도… 그러고 보니… 맞다! 그 데런이라는 작자가 갑자기 내게 펀치를 먹이는 바람에 정신을 잃은 것 같은데 정신이 들고 보니 영문 모를 마차 안이라는 건가? 그제야 왜 에롤과 자낙 양이 이토록 긴장하고 있는지 깨달을 수 있었다. 설마 납치인가?

"그게……."

어떻게 설명해야 한다지? 함께 차를 마시며 대화를 나누던 기사가 난데없이 주먹을 날려 기절시켰다고 말해야 하나? 그랬다가는 대번에 멍청한 놈이라고 욕을 들어먹을 것이다. 내가 잘못한 것이니 욕을 먹는다 해도 어쩔 수 없었지만 에롤이 나를 어떻게 생각할지에 대해 생각이 미치자 곧이곧대로 말할 수 없었다. 그렇게 우물쭈물하며 어떻게 대답을 해야 할지 몰라서 머뭇대고 있는데 갑자기 창문이 왈칵 열리더니 한 사람이 얼굴을 내밀었다. 그는 바로 데런이었다.

"여어, 정신이 들었습니까?"

창문 너머에서 역시나 사람 좋은 얼굴로 내게 그렇게 물어오는 그의 얼굴을 보자 무언가 울컥 치밀어 올랐다. 그렇지만 지금 그와 싸울 여유 같은 건 없었으므로 감정을 억지로 억누르고서 그에게 물어보았다. 중요한 것은 그의 의도가 무엇인가를 알아내는 일이었으므로.

"이게… 어떻게 된 일이죠?"

창문 너머에 보이는 그의 얼굴이 흔들리는 것과 마차 밖의 풍경이 빠르게 지나치고 있는 걸로 봐서 그는 아마도 마차 옆에서 말을 달리고 있는 듯했다. 하지만 말을 모는 것이 무척이나 능숙한지 앞도 보지 않은 채 나를 향해 대답했다.

"하하, 당신이 원하는 바를 이루어드리겠다고 했지 않았습니까."

난데없는 그 말에 어리둥절해질 수밖에 없었다. 메프를 만나고 싶다고 했던 것 말인가? 하지만 그녀는 지금… 아니, 그것보다 나는 그녀가 어디 있다는 말조차 한 적이 없는데? 무의식 중에 뒤를 힐끔 보니 자낙 양이나 에롤 역시 긴장된 얼굴로 우리의 대화를 듣고 있었다.

확실하게 그의 의도를 알아내야만 한다. 끓어오르는 화를 억지로 누르고 그런 기분을 그에게 내색하지 않으려고 했지만 언성이 조금 커지는 건 어쩔 수 없었다.

"그녀가 어디 있는 줄 알고 데려다 준다는 거죠? 그리고 왜 나를 기절시킨 겁니까?"

하지만 그는 성난 나의 목소리에도 굴하지 않고 쾌활하게 웃으며 대답했다.

"하하하, 그야 당연히 잘 알고 있지요. 영살검주와 함께 있지 않습니까."

그 당연하다는 듯한 대답을 듣는 순간 한 가지 의심이 들었다. 영살검주와 함께 있다고? 나는 그런 말을 한 적이 없다. 아니, 메프가 영살검주와 함께 있다는 것조차 확신하지 못하고 있었다. 자낙 양도 실종이라고만 말했지 확실히 어디 있는지 말한 적은 없었다.

내가 모르는 것을 알고 있다는 것은 설마……

"당신이 그걸 어떻게 아는 겁니까?"

그러자 데런은 한쪽 눈을 찡긋거리고는 입을 열었다. 무척이나 즐겁다는 표정으로.

"저에게 사람을 찾아달라고 부탁한 사람이 바로 그 사람이거든요. 음, 전부터 조금 알고 지내던 사이이지요."

그 사람이란 영살검주?

그제야 모든 의문의 고리가 철컥 소리를 내며 연결되었다. 이럴 수가…… 그렇다면 어젯밤에 내게 접근해 온 것은 우연이 아니었다는 것인가? 모두가 의도적인 행동이었다는 말인가? 그런데도 나는 멍청하게 그런 줄도 모르고 오순도순 차나 홀짝거렸단 말인가?

너무나 큰 실수였다. 눈치라도 챘다면 적어도 이렇게 모두 사로잡히는 꼴은 당하지 않았을지도 모른다. 에롤만이라도 도망시킬 기회가 있었을지도 모른다. 내 멍청함에 화가 난다. 결국 이렇게 돼버린단 말인가.

"아, 뭐 그렇게 자책하실 필요는 없습니다. 서로서로 득이 되는 일이지 않습니까? 당신은 당신이 원하는 바를 이룰 수 있고 저는 친구의 부탁을 들어줄 수 있으니 말이죠. 하하하."

돌아보지 않아도 자낙 양이나 에롤의 의혹 섞인 눈초리를 느낄 수 있었다. 일이 꼬여도 정말 더럽게 꼬여 버렸다. 지옥 밑바닥에 처박힌 것처럼 그저 암담할 뿐이었다.

이제 어떻게 해야 한단 말인가. 한시라도 빨리 라카이람으로 돌아가

야 하는 판국에 오히려 적에게 사로잡힌 꼴이 되고 말다니. 어째서 이
토록 일이 꼬여만 가는 것인가.

스쳐 지나가는 창밖의 광경으로 봐서 마차 문을 열고 밖으로 뛰쳐나
간다는 건 자살 행위나 다름없었다. 달리는 감옥이라고 불러도 손색이
없을 것이다. 더군다나 나와 자낙 양은 아직 제대로 회복조차 되지 않
은 상태에서 무리하게 길을 떠난 터라 기진맥진해져 있는 상황이었다.
이런 상황에서 무엇을 어떻게 해야 한단 말인가. 무언가 방법을 짜낼
수도, 운 좋게 방법을 짜낸다 해도 실행할 여력조차 없지 않은가. 그야
말로 막다른 골목에 갇힌 새앙쥐처럼.

그렇다고 이렇게 넋놓고 있을 수만은 없었다. 안 돌아가는 머리라도
굴려서 방법을 짜내야만 했다. 움직이지 않는 몸을 끌고서라도 도망쳐
야만 했다.

"토미."

마차 한구석에서 머리를 쥐어뜯으며 고민하고 있는데 어느 사이엔
가 다가온 에롤의 목소리가 들려왔다. 화들짝 놀라 고개를 쳐들다
가……

쿵!

"윽!"

"꺅!"

……그대로 에롤과 눈앞에 별이 번쩍이는 스킨십—일명 박치기—을 하
고 말았다. 좁디좁은 마차 안에서 갑자기 큰 동작을 취했으니 당연한
결과라고 해야 하나. 하지만 그렇다고 내 머리만 부여잡은 채 끙끙거
리고 있을 수는 없었다. 눈물이 찔끔 나왔지만 다시 천천히 고개를 들
어 에롤을 향해 시선을 돌렸다. 에롤 또한 이마를 부여잡은 채 나에게

시선을 돌리고 있었다.

잠시 마차 안에서 정적이 흐른다. 머리를 부여잡고 끙끙거리는 나, 역시 이마를 부여잡은 채 물끄러미 나를 쳐다보는 에롤, 그 모든 광경을 황당한 눈으로 지켜보던 자낙 양이 갑자기 입을 가린 채 고개를 숙였다.

"쿡쿡……."

그리고 고개 숙인 자낙 양으로부터 들려오는 숨죽인 웃음소리. 그녀가 다시 돌아온 이후로 처음 듣는 웃음소리였다. 그녀의 웃음은 전염되듯이 나와 에롤에게도 퍼져 왔다. 우리는 잠시 지금의 상황도 잊은 채 숨죽여 킥킥거리며 웃어야 했다.

웃음은 자고로 만병 통치약이라든가. 숨죽여 웃기는 했지만 웃었다는 그 행위 하나만으로도 이토록 기분이 상쾌해지는 이유는 무엇일까.

문득 잊고 있던 어머니의 말이 다시금 떠올랐다.

"힘들고 괴로울 때는 억지로라도 미소를 지어보렴. 억지로라도 소리 내어 웃어보렴. 그러면 웃음은 너에게 힘을 줄 거야."

이제야 진정 그 말이 진실임을 깨닫게 되었다. 단순히 작은 웃음임에도 불구하고 조금 전까지 나를 지배하던 걱정과 근심이 조금은 가벼워진 느낌이었으니까. 왠지 힘이 나는 것처럼 느껴지는 것이 분명 착각은 아닐 것이다.

비단 그것은 나에게만 적용되는 일은 아니었다. 침울했던 마차 안의 분위기가 조금쯤은 밝아졌다. 어둡던 그녀들의 표정에 화색이 돌기 시작한 것이다.

그녀들을 지켜야 한다. 그녀들의 입가에 띤 저 미소를 지켜야 한다. 그것이 남자의 로망 아니겠는가. 용기를 내야 한다. 나지 않더라도 억지로라도 끌어내야 한다.

그렇게 마음속으로 다짐하고 있을 때였다.

"정지! 정지!"

갑자기 마차 밖에서 들려오는 데런의 다급한 목소리와 함께 마차가 급히 서기 시작했다. 너무 급하게 선 나머지 반대편에 앉아 있던 에롤과 자낙 양의 몸이 중심을 잃고 앞으로 쏠리며 내쪽으로 넘어왔다. 평소라면 얼씨구나 할 상황이었지만 나 역시 갑작스런 마차의 정지 때문에 뒷머리를 마차 벽에 세게 부딪치고 말았다.

"큭!"

나도 모르게 신음 소리가 입술을 비집고 나왔다. 하지만 머리를 부여잡기보다는 내게 돌진해 오는 에롤의 몸을 받아 들었다. 의지가 본능을 이긴 건지, 본능이 의지를 거부한 건지 나로서도 헷갈리는 일이었지만 무사히 그녀가 다치지 않게 잡아줄 수 있었다.

하지만 상황은 더 이상 그런 시답지 않은 생각을 허용하지 않았다.

"전원 공격 태세로! 마법을 쓰기 전에 막아야 한다! 돌격!"

이어서 들려오는 데런의 다급한 목소리. 그리고 그와 함께 마차 밖으로 몇 명의 기사가 말을 탄 채 달려나가는 것이 언뜻 비쳐 왔다. 왁자한 고함과 말발굽 소리. 어찌 된 영문인지 몰라 눈만 휘둥그레진 채 서로의 얼굴만 바라보고 있는 동안도 그 소리는 계속 이어져 왔다.

콰앙! 후드득. 툭툭.

잠시 동안 들려오던 그 소음은 갑자기 들려온 단 한 번의 폭음을 끝으로 갑자기 사라져 버렸다. 그리고 무언가 마차 주변으로 후두둑거리며 떨어져 내리기 시작했다. 무의식 중에 돌아보았다. 부러진 검, 부서져 형체조차 찾기 힘들어진 방패, 그리고 믿을 수 없다는 듯이 커진 눈으로 나를 노려보는 한 사람의 반쯤 부서진 머리.

"까아아아악!"

몸이 의지를 거부한다고 하던가. 에롤에게 저 모습을 보이도록 하면 안 된다는 생각이 떠올랐으나 그것은 단지 생각에서 그치고 말았다. 그리고 무엇엔가에 이끌리듯이 멈추어 선 마차의 문을 열고 밖으로 고개를 내밀고 마차 앞을 바라보았다.

맨 처음 눈에 들어온 것은 한쪽 무릎을 꿇은 채 검을 짚고 주저앉아 있는 데런의 뒷모습이었다. 그리고 그의 앞에 솟아 있는 거대한 바위가 눈에 들어왔다. 그 바위 위에는 한 남자가 서서 차가운 표정으로 데런을 쏘아보고 있었다.

은빛 머릿결을 바람에 날리며 서 있는 그는 바로 라카이람에서 나를 습격한 마법사 크라이스 바탈리언이었다.

"너였군, 크라이스."

데런은 숨을 헐떡거리면서 낮은 목소리로 말했다. 조금 전까지 쾌활한 목소리로 말하던 그라고는 생각할 수 없는 차가운 목소리였다. 땅에 박아넣은 검에 의지해 몸을 일으키려 하였으나 쉽지 않은지 팔이 부들부들 떨리고 있는 것을 쉽게 알아볼 수 있었다.

그의 주변은 마치 폭풍이라도 휩쓸고 지나간 듯이 난장판이 되어 있었다. 군데군데 움푹 패어 있는 땅바닥과 그 위에 널브러져 있는 잡동사니들, 그리고 방금 전까지는 살아 숨 쉬던 사람의 것이었을 핏덩어리들, 아직 살아 있는지 미약한 신음을 흘리며 뒹굴고 있는 몇몇 사람들. 전쟁터의 모습, 바로 그 자체였다.

크라이스 바탈리언, 실없는 마마보이라고만 생각했던 그의 또 다른 모습이라고나 할까. 하지만 그의 모습은 이토록 잔혹한 장면을 연출한 자의 그것이라고 보기에는 너무나 차분했다. 차분함이 지나쳐 차가와 보이는 그의 모습에 공포마저 느껴지는 것은 어쩌면 당연한 반응일지도 모른다.

길 중간에 우뚝 솟아 있는, 왠지 그 존재 자체가 부자연스러워 보이는 바위 위에 선 채 깔보듯이 아래를 내려다보던 그는 자신에게 말을 건넨 데런을 향해 입을 열었다. 표정 하나 바꾸지 않은 채로.

"용케도 날 알아보는군. 날 만난 적이 없을 텐데도."

방금의 공격으로 몹시 큰 타격을 받은 듯 몸을 가누기 위해 애쓰던 데런은 그 같은 말이 들려오자 잠시 고개를 떨구더니 그대로 주저앉아 버렸다.

"어찌 알아보지 못하겠는가. 소문 자자한 북의 탑의 천재를."

앞 모습을 볼 수는 없었지만 아마도 그는 특유의 웃음을 입에 물고 있을 것이다. 조금은 쓸쓸하게. 빈정거리는 듯한 그의 말투에서 그런 느낌이 전해져 온다.

크라이스는 그 같은 데런의 말에 조금은 불쾌한 듯 눈썹을 찡그렸다.

"아직 여유를 부릴 기운이 남았나?"

하지만 데런은 오히려 뒤로 벌렁 누워버렸다.

"글쎄, 아무래도 승산이 없는 게임인 것 같아서 말씀이야. 진작에 대비를 했어야 하는데 가볍게 흘려들은 탓이겠지."

그렇게 말하고는 품속에서 무언가를 꺼내 들었다. 그리고 그것을 본 순간 크라이스의 얼굴은 확 구겨지고 말았다.

"일단은 네 승리다, 크라이스. 나중에 다시 보자."

크라이스는 데런의 말에 대꾸하지 않았다. 대신 손을 들어 외쳤다.

"라이트닝!"

순간 눈부신 섬광이 크라이스의 손끝에서 튕겨지듯 뿜어져 나왔다. 하지만 데런은 두려움없이 손에 든 무언가를 번쩍 들어 올렸다.

콰광!

크라이스의 손끝에서 나온 섬광이 데런을 후려치는 동시에 무언가 강렬한 섬광이 뿜어져 나왔다. 그리고 이어지는 폭발. 반사적으로 손을 들어 눈을 가렸다.

섬광이 사라진 것을 깨닫고 손을 내렸을 때 보인 것은 데런이 있던 자리에 남겨진 그슬린 구덩이 하나뿐이었다. 방금의 공격으로 형체도 남기지 못한 것일까? 그러나 공격을 가한 크라이스의 표정을 힐끔 보니 그런 것은 아닌 듯했다.

"당했군. 워프 스크롤이라니."

그렇군. 스크롤이라… 그것으로 도망친 것이었군.

하지만 워프 스크롤이라니? 일반적으로 스크롤은 무척이나 고가품이라고 알고 있다. 목숨에 비한다면 아무리 비싸다고 해도 아깝지 않겠지만.

잠시 데런이 있던 곳을 노려보던 크라이스는 천천히 고개를 돌려 나에게 시선을 맞추었다. 전에 봤을 때와는 또 다른 눈빛. 그때도 호의적인 눈빛은 아니었지만 지금처럼 눈빛만으로 기가 죽을 정도는 아니었다. 눈이 마주친 것만으로 움찔할 정도는 아니었다.

게다가 이 잔혹한 손속. 어쩐지 예전에 보았던 그의 모습과 심한 괴리감을 느끼는 건 당연한 일일지도 몰랐다.

"잘 있었나?"

하지만 나지막한 그 말에 내가 미처 대꾸할 틈도 없이 바위 위에 서 있던 그의 모습이 순간 사라져 버렸다. 그리고 시야에서 사라진 그의 모습을 다시 찾기도 전에 옆구리에 강렬한 통증을 느끼며 주저앉아야만 했다. 어느 틈엔가 내 옆으로 다가온 크라이스가 옆구리를 후려친 것이었다.

"커헉!"

순간적으로 몰려온, 호흡이 막히는 듯한 통증에 꼴사납게 주저앉아 버린 내 옆으로 다가온 크라이스는 잠시의 여유조차 주지 않은 채 다시 발을 들어 내 얼굴을 걷어찼다.

"큭!"

그 일격에 난 그대로 널브러져 버리고 말았다. 피하고 자시고 할 틈도 없었으므로.

"그만 해요!"

그렇게 정신없는 와중에 누군가의 울부짖는 듯한 목소리가 들려왔다. 이건… 에롤의 목소리인가?

"닥쳐!"

하지만 크라이스는 그런 에롤의 외침에 고함을 쳐버렸다. 몸을 뒤틀어 고개를 들어 바라보았다. 에롤이 크라이스의 한 팔을 잡고 매달리고 있었다. 하지만 크라이스는 에롤을 외면한 채 말하고 있었다.

"이건… 네가 나설 일이 아니다, 에롤로미네."

에롤은 그와 같은 크라이스의 말에 고개를 저으며 말했다. 에롤의 눈가에서 무언가 반짝이는 것이 떨어진다. 그녀의 목소리는 울먹이고 있었다.

"그만… 그만 해요, 라이 오빠."

오빠라고? 지금 오빠라고 부른 것인가?

왠지 소외당하는 느낌이 든다. 신나게 얻어터져 뒹구는 녀석이 할 말은 아니지만 어쩐지 저들과 나 사이에 거리감이 강하게 느껴진다. 이유 같은 건 알 도리가 없었지만 느닷없이 나에게 분노를 터뜨리는 크라이스나 그걸 말리는 에롤 두 사람 사이에 끼어들 수가 없는 분위기였다.

내가 몸을 일으키는 도중에도 크라이스는 에롤을 외면한 채 가만히 서 있었고 에롤은 그런 그의 한 팔을 붙잡고 소리죽여 울고만 있었다. 하지만 난 그녀에게 뭐라고 말 한마디조차 할 수 없었다.

괜한 억측일지는 몰랐지만 크라이스가 분노를 터뜨린 대상도, 에롤이 울게 된 원인도 어쩐지 나와는 상관없는 것일지도 모른다는 생각이 강하게 들었기 때문이다. 왜 그런 생각이 들었느냐고 묻는다면 대답이 궁하기는 하지만.

"미안… 하다."

한참을 그렇게 가만히 서 있던 크라이스는 무겁게 입을 열었다. 하지만 그건 나를 향한 말이 아니었다. 그 말이 그의 입에서 나온 순간 에롤이 풀썩 주저앉아 버렸던 것이다.

무엇이 미안하고, 그 미안하다는 말이 도대체 무슨 의미인지 난 알 수가 없었다. 그렇다. 난 에롤에 대해 아는 것이 없었던 것이다. 그녀가 저처럼 우는 까닭도, 말 한마디에 힘을 잃고 주저앉아 버리는 이유도.

괴로운 일이었다. 방관자라는 것은 어찌 되었든 괴로운 일이다. 더

구나 지켜보아야 하는 사람이 사랑의 대상일 경우에는 괴롭다 못해 비참하기까지 한 일이었다. 위로조차 하지 못한 채 그저 지켜만 봐야 한다는 것은 너무도 괴로운 일이었다. 괴로워하는 이유조차 알지 못한 채 그저 상대의 고통을 보고만 있어야 한다는 건 단순히 말로 표현할 수 없는 그런 고통이었다.

"자낙!"

갑자기 크라이스가 고함을 버럭 질렀다. 자낙 양? 자낙 양을 왜 부르는 거지?

"언제까지 연극할 생각이냐, 이 간악한 계집!"

단순히 분노만이 아닌 어떤 증오의 감정마저 느껴지는 그런 말이었다. 하지만 그 말을 듣는 순간 그런 그의 감정보다 더 신경 쓰이는 것은 그 말의 내용이었다. 뭐지? 간악한 계집이라고? 연극이라고? 이게 도대체 무슨…….

자낙 양이 있는 마차로 고개를 돌리자 때마침 마차 밖으로 나오는 자낙 양의 모습이 눈에 들어왔다. 여전히 병약해진 모습이었지만 왠지 쏘아보는 듯한 눈빛이 느껴진다. 저건 절대 병자의 눈빛이 아니었다. 이전에 내가 알지 못한 또 다른 눈빛이었다.

뭔가가 잘못되어 가고 있다. 퍼뜩 내 머리 속을 이런 생각이 헤집고 들어왔다.

"일단은 고마워해야겠군, 라이."

차가운 목소리. 너무나 차가워서 말이 지나간 자리에 얼음이 맺힌다고 해도 믿을 것만 같은 그런 목소리. 내가 아는 자낙 양이 맞는 건가? 그 쾌활하고 상냥하며 언제나 바보의 어깨 위에서 재잘대던 그 자낙 양이 맞는 건가?

"솔직히 엄마 치마 꼬리만 잡고 다니던 그 애송이라고 보기 어려울 정도야. 멋지게 컸구나, 라이."

크라이스는 그 같은 자낙 양에게 으르렁거리듯이 대답했다.

"그 따위 이름으로 나를 부르지 마라, 더러운 계집."

하지만 자낙 양은 오히려 미소를 띠며 말했다. 하지만 그건 사람을 푸근하게 만들던 예전의 모습이 아니었다. 살기마저 느껴지는 얼음장 같은 미소였다.

"더러운 계집이라… 귀하게 커온 도련님 입에서 나올 수 있는 최대의 욕이겠군. 이거 황공해서 어쩌나. 아하하하하하!"

도대체 그 내용을 이해할 수 없는 대화 때문에 혼란스러워하고 있는 것이 내가 할 수 있는 전부였다. 이 의외의 상황 때문에 놀란 것이 나 혼자만이 아니라는 것 정도가 내가 가질 수 있는 위안의 전부였다. 에롤 또한 눈물을 닦을 생각도 하지 못한 채 혼란스러운 얼굴로 크라이스와 자낙 양을 번갈아 보고 있었던 것이다.

"좀 이른 감은 있지만 어차피 한 번은 치뤄야 할 일이니 서운하게 생각지는 말아줬으면 좋겠군."

이렇게 말하고선 어느샌가 꺼내 든 건틀릿을 착용하기 시작한다. 그런데 저 건틀릿은? 지금까지 그녀가 사용하던 건틀릿과는 색깔만 같을 뿐 모양이 전혀 다른 것이었다. 이전의 것이 단순한 쇠장갑 형태의 건틀릿이었다면 지금 꺼내 든 것은 팔꿈치까지 완전히 감싼 데다 주먹 부분엔 칼날 비슷한 것까지 달려 있는 특이한 것이었다. 그리고 손등 부분에는 눈동자 모양의 문양이 빛나고 있었다.

"역시… 너였군."

크라이스는 무언가 알고 있는 것인가, 저 건틀릿에 대해?

"그것마저 꺼내 들었으니 결국 네 대답은 하나겠군."

그와 같은 크라이스의 말에 자낙 양은 씨익 웃으며 대답했다.

"알고 있다니 얘기가 편하겠군. 그럼 시작해 볼까, 천재 나리?"

방금 병사들을 전멸시킬 때의 자신만만한 표정이 아닌 어떤 긴장감이 크라이스의 얼굴에 맴돌기 시작했다.

그야말로 일촉즉발의 상황, 도대체 이야기가 왜 이렇게 되어가는 것인지도 모른 채 몸을 일으키다 말고 멍하니 볼 수밖에 없는 그런 상황, 그런 우리들은 아랑곳없이 짙어져만 가는 살기 속에서 서로 노려보고 있는 그런 상황이었다.

자낙 양이 손가락을 쥐었다 폈다 하면서 한 걸음 내딛는 순간이었다.

"잠깐만요!"

서로 대치하고 있는 크라이스와 자낙 양의 사이에 에롤이 달려들어 팔을 벌리고 막아선 것이다. 모두의 시선이 에롤에게로 모아졌다.

"도대체, 도대체 왜 이러는 거예요? 왜 둘이 싸우려고 하는 거예요?"

크라이스는 내게서 등을 돌리고 있었기에 어떤 표정을 지었는지 알 수 없었지만 자낙 양의 표정은 그대로 내 시선에 들어와 박혔다. 피식 웃으며 깔보는 듯한 표정을 짓는 자낙 양의 모습이.

"풋, 왜일까?"

자낙 양은 흐릿하게 미소 지은 채로 팔짱을 끼며 다시 말했다. 어쩐지 매우 거만한, 예전의 내가 알던 자낙 양과는 전혀 다른 모습.

뭔가가 이상하게 돌아간다고밖에 생각할 수 없는 기묘한 상황 속에서 내가 할 수 있는 행동은 단 하나, 그들의 말속에 숨은 진실을 찾으려 노력하는 것뿐이었다.

"네가 설명해 볼 테냐, 라이?"

에롤은 자낙 양의 그 말에 고개를 돌려 크라이스를 바라보았다. 크라이스는 그런 에롤의 시선을 외면하며 침중하게 말했다.

"그녀는 네가 알고 있는 자낙 양이 아니다."

무슨 말이지? 에롤이 알고 있는 자낙 양이 아니다? 누구와 바꿔치기라도 되었단 말인가?

"아니, 그게 아니지. 애초에 자낙이라는 인물 자체가 없었다는 게 정확하겠지. 설명은 정확하게 해야 하는 거야, 라이. 쿡쿡."

크라이스의 말이 떨어지자 자낙 양은 기다렸다는 듯이 덧붙였다. 마치 이 상황 자체를 즐기는 것처럼. 애초에 자낙이라는 사람 자체가 없었다니, 이건 또 무슨 말인가. 오히려 더 혼란스러워질 뿐이었다.

나만 혼란스러워하는 것은 물론 아니었다. 사정을 모르는 에롤도 혼란스러워하기는 마찬가지였다.

"그게 무슨 말이죠?"

자낙 양은 그런 에롤의 질문에 빙글거리면서 대답했다.

"글쎄, 무슨 말일까?"

그러나 자낙 양의 그 말에 미처 반응할 틈도 없이 갑자기 그녀의 모습이 순간 흐릿해졌다.

"학!"

아차 하는 순간엔 이미 자낙의 주먹이 에롤의 복부에 쑤셔 박힌 후였다. 에롤은 전혀 예상치 못한 공격에 허리가 꺾여 숨도 제대로 내쉬지 못한 채 풀썩 쓰러지고 말았다. 도대체 저게 무슨 짓이란 말인가!

"귀찮게 자꾸 말 걸지 말아. 난 너같이 내숭이나 떠는 여자애가 제일 싫으니까. 퉤!"

이제야 크라이스나 자낙 양의 말을 이해할 수 있었다. 쓰러진 에롤에게 침을 뱉는 그 모습을 보고서야 이해할 수 있었다. 그녀는 내가 알던 자낙 양이 아니었다. 자낙 양 그녀는 그동안 철저하게 자신을 숨기고 있었던 것이다.

그나마 이제까지 내가 만났던 인물 중에 호감이 가던 한 사람의 실체가 저런 것이란 말인가. 나는 도대체 무엇을 보고 있었단 말인가. 철저히 감춰진 가면 속에서 그녀는 이런 나를 보고 얼마나 비웃었겠는가.

나를 속인 자낙의 그 행위에 앞서 아무 이상한 낌새조차 알아채지 못한 내 자신에게 화가 났다. 아니, 그런 그녀를 조금이나마 의지했던 내 자신에게 화가 치밀어 올랐다. 그러나 그 울분을 폭발시키기엔 난 너무나 나약했다. 그래서 더 화가 났다. 그저 화를 낼 뿐이었다.

"자, 이제 조용해졌으니 한번 몸 좀 풀어볼까? 그동안 정말 힘 죽이느라 좀이 쑤셨거든."

그렇게 말하며 앞으로 다시 한 걸음 내딛는 자낙의 건틀릿이 희미하게 빛을 내기 시작했다. 아니, 정확히는 손등의 눈 모양의 문양에서 빛이 흘러나오기 시작했다.

"역시 그랬군. 그 문양은 주시자의 문양, 이미 사라졌으리라 생각했던 타락한 신의 졸개."

주시자? 그게 뭐지? 타락한 신의 졸개라니…… 도대체 무슨 말이지? 그러나 자낙은 그런 크라이스의 말에도 동요하지 않고 오히려 진득한 살기마저 느껴지는 웃음을 배어 문 채 크라이스와의 거리를 서서히 좁히기 시작했다. 그러나 크라이스는 그런 그녀의 행동을 제지하지 않았다.

마법사가 전사와 싸울 때 가장 중요한 것은 싸움을 모르는 내가 생각하기에도 거리를 유지하는 것이었다. 마법 발동에 시간이 걸리는 마법사의 싸움이라면 당연한 것이 아니겠는가. 아무리 강력한 마법이라도 발동하기 전에 적의 검에 목이 날아가 버린다면 무슨 소용이겠는가.

크라이스가 그런 상식을 모르리라고는 생각할 수 없었다. 무슨 속셈이라도 있는 것일까.

"호오, 거기까지 안단 말인가? 이거 정말 의외인데. 하긴 문양을 알아보았다면 당연한 얘기겠지만 말야. 덕분에 널 죽일 이유가 확실해져서 좋군."

천천히 걸음을 떼던 자낙의 모습이 잠시 멈칫하는 듯했다. 아니, 그렇게 느낀 순간 자낙의 모습이 갑자기 픽 하고 사라져 버렸다. 다급히 크라이스에게 눈을 돌렸다. 그러나 크라이스는 그것을 아는지 모르는지 그저 앞만 바라보고 있었다.

고함이라도 쳐야 된다고 생각했다. 그러나 그건 생각만으로 끝나고 말았다. 갑자기 크라이스의 모습도 픽 하고 꺼져 버렸기 때문이다. 그리고 갑작스런 그 모습 때문에 놀랄 틈도 없이 크라이스가 있던 곳에서 얼마 떨어지지 않은 자리에 자낙의 모습이 얼핏 드러났다.

"빌어먹을."

내가 알던 자낙 양이라면 절대로 입에 담지 않을 상소리가 흘러나왔다. 얼핏본 그녀의 얼굴은 이제까지 한 번도 본 적이 없는 사납게 구겨진 모습이었다.

"이 빌어먹을 자식, 어디에 숨은 거냐!"

자낙 양이 허공에 대고 큰 소리로 외치자 대답이 돌아왔다. 그러나 그 대답은 자낙의 질문에 대한 대답이 아니었다.

"스톤엣지!"

그 말이 들려온 순간 자낙의 몸이 공중으로 튀어올랐다. 그리고 그 뒤를 뒤쫓듯이 거대한 돌 기둥이 솟아올랐다. 아까 크라이스가 서 있던 길을 막고 있는 바위와 같은 모습으로.

자낙은 뛰어오름으로써 그 뾰족한 돌 기둥의 공격을 피해냈지만 크라이스의 공격은 그것으로 끝난 것이 아니었다.

"윈드 블레이드!"

어디서 들리는지조차 불명확하게, 메아리치듯이 사방에서 울려 퍼지는 그 말이 떨어짐과 동시에 자낙은 몸을 웅크리며 대답하듯 외쳤다.

"주의 가호!"

쩌쩌쩌쩡!

그리고 간발의 차로 무언가 마구 깨지는 듯한 폭음이 연달아 울려 퍼졌다. 그리고 그 소리가 이어질 때마다 자낙의 몸은 무언가 강력한 펀치에 맞은 듯이 움찔거리며 공중에서 밀려 나갔다. 하지만 자낙은 그와 같은 공격에도 별 충격을 받지 않은 듯이 공중제비를 돌며 땅에 내려앉았다.

"아이스 미사일!"

연속되는 마법의 난무, 어디에 숨은 것인지 모습조차 보이지 않는 크라이스는 마법의 천재라는 자낙 양의 말답게 쉬지 않고 몰아치고 있었다.

화려한 효과 같은 것은 없어도 일 격 일 격이 자낙의 급소를 노리는, 마치 전문적으로 사람을 죽이기 위해 마법을 배운 것처럼 자낙의 의표를 찌르며 몰아치는 마법의 폭풍, 그것이 크라이스의 공격 방식이었다.

하지만 그런 짜임새있는 크라이스의 공격은 자낙에게 아무런 피해를 주지 못하고 있었다. 인간 같지 않은 반응 속도는 차치하고서라도 공격을 도저히 피할 수 없는 상황 하에서도 아까처럼 '신의 가호'를 외치면 순간적으로 마법 공격이 무효화돼 버리고는 했던 것이다.

허공을 가르는 수십 개의 얼음 화살을 비껴낸 자낙은 땅으로 내려앉으며 크게 소리를 질렀다. 아무리 공격이 성공하지 못했더라도 그걸 막아내고 피해내는 데는 어느 정도 체력이 소모되기 마련이고, 그건 아무리 인간 같지 않은 자낙이라고 해도 마찬가지였다.

"헛수작 마라, 크라이스. 그 딴 마법 나에겐 통하지 않는다!"

하지만 그건 공격을 하는 크라이스의 경우에도 마찬가지였다. 단 한 번의 공격이라도 적중하면 바로 목숨을 빼앗을 수 있는 무시무시한 공격을 이어간다는 것은 엄청난 정신력 소모를 의미했다. 결국 누가 먼저 힘이 빠지는가가 문제였던 것이다.

그런데 의외의 일이 벌어졌다. 에롤의 옆에 크라이스의 모습이 나난 것이다. 정신력이 모두 소모될 때까지 숨어서 마법 연사만 할 것이라는 예상을 뒤엎는 일이었다. 그리고 그것은 누가 생각하기에도 자살 행위나 다름없었다. 그러나 당사자인 크라이스는 그걸 아는지 모르는지 전혀 개의치 않는 모습으로 쓰러져 있는 에롤을 안아 들면서 작게 대답했다.

"그 정돈 알고 있다."

그 말에는 알 수 없는 자신감, 승리에 대한 자신감이 배어 나오고 있었다. 하지만 자낙은 그런 그의 말보다 목표가 눈앞에 나타났다는 사실에 더 고무되었던 듯 곧바로 크라이스를 공격하기 위해 몸을 날렸다. 아니, 날리려 했다.

몸을 날리려던 자낙의 얼굴이 갑자기 움찔하더니 사납게 구겨져 버린다. 그리고 그와 동시에 자낙이 서 있는 땅바닥에서 회오리와 같은 기류가 일어나기 시작했다. 아니, 단순히 회오리만 일어나는 것이 아니었다. 길 표면에 마치 누군가가 그리듯 이리저리 빛의 선이 그려지기 시작한 것이다. 자낙은 그만 당혹한 비명을 지르고 말았다.

"이, 이건?"

하지만 크라이스는 그런 자낙을 돌아보지도 않은 채 에롤을 안아 들고는 무릎을 펴 일어났다. 그러고는 침착한 목소리로 말했다.

"내가 왜 괜히 이곳에 스톤엣지를 세워 마차를 멈춘 거라고 생각하는가?"

그렇다. 그 한마디로 모든 것이 분명해졌다. 애초에 크라이스가 이곳에서 데런 일행을 습격한 것은 데런을 상대하기 위함이 아니었던 것이다. 처음부터 크라이스는 자낙을 목표로 함정을 파고 기다리고 있었던 것이다.

바로 그 함정, 땅바닥에 그려지는 빛의 문양이 더욱더 강한 빛을 폭출시키기 시작했다. 그리고 그것은 아차 하는 순간 한계를 넘어 공중으로 일직선의 빛 기둥을 만들어냈다.

그리고 그 빛의 세기가 거세어지면서 자낙의 고통에 찬 비명 소리도 커져만 갔다.

"아아아악!"

크라이스는 빛 기둥 속에서 고통스러워하는 자낙에게서 등을 돌리며 짧게 말했다. 마치 사형 선고를 내리듯.

"잘가라, 자낙. 아니, 신의 분노라 불리던 자여."

그 말이 시동어가 되었는지 빛의 기둥은 마침내 폭발하듯 사방으로 퍼져 나갔다. 아니, 빛뿐이 아니었다. 그 주위를 맴돌던, 미친 듯이 회오리치던 바람도 함께였다. 그 광기에 젖은 폭풍이 폭발하듯 퍼져 나가자 주위의 모든 물건이 그 힘에 의해 밀려 나갔다. 아니, 날아가 버렸다. 물론 멍청히 서 있던 나의 몸이라고 해서 예외는 아니었다.

마치 시간이 느리게 가듯이 멀어져 가는 땅바닥. 그러나 그것은 너무도 짧은 순간이었다. 빛의 폭발이 정점에 이르는 순간 무언가 강렬한 충격과 함께 나는 정신을 잃었다.

제11장 홀로 된다는 것

홀로 된다는 것

격렬한 추위에 몸을 떨며 정신을 차렸다. 어느새인가 또다시 해가 지고 있었다. 반사적으로 일어나 몸을 부둥켜안으며 차가워진 손발을 비볐다. 하지만 몸의 떨림이 멈추지 않는다. 너무나도 추웠다. 그리고 몸의 떨림이 어느 정도 멈추고 나서야 정신을 잃기 전의 상황이 떠올랐다.

몸을 일으켜 주위를 둘러보았다. 폐허가 되어버린 길 한 모퉁이 나무 둥치에 서 있었다.

어느샌가 나는 터벅터벅 걷고 있었다.

마차가 보인다. 아니, 이전에 마차라고 불리웠을 잔해의 무더기가 보인다. 잡동사니며 시체들이 주위의 숲 속에 아무렇게나 널브러져 있었다. 하지만 움직이는 물체는 오직 하나, 나뿐이었다. 에롤도, 크라이스도 보이지 않는다. 그들은 어디로 간 것일까. 하지만 추측할 수 있는 단서조차 그들은 남겨두지 않았다. 무엇을 어떻게 해야 하는지 막막하기만 하다. 폐허 속에서 그저 멍하니 서 있을 뿐이었다.

허기가 몰려온다. 이율배반적인 신체의 몸부림이었다. 묵묵히 마차의 잔해 속을 뒤지기 시작했다. 아무 생각 없이 몸이 원하는 대로 움직일 뿐이었다.

부서진 마차 조각들을 모아 모닥불을 피웠다. 열기가 세어짐에 따라 점차로 몸의 감각이 돌아오기 시작했다. 그리고 살아난 신경들이 몸부림을 치기 시작했다. 그러나 그 고통을 무시한 채 부서진 짐들 속에서 식량을 찾아 묵묵히 식사 준비를 했다.

에롤은 크라이스가 데려간 것일까? 그 빛의 폭발 속에서 무사히 빠져나간 것일까. 하긴 크라이스 자신이 만든 일이었으니 해를 입지는 않았을 것이다. 그럴 것이다. 크라이스는 대단한 마법사니까. 아무런 힘도 없는 나와는 다른 그런 남자니까. 에롤과도 잘 알고 있는 사이니까 무사하겠지, 아마도…….

씹고 있는 건량의 맛을 알 수가 없다. 그저 몸이 원하는 대로 씹어 넘기고 있을 뿐이었다.

무슨 맛인지도 모른 채 식사를 마치고 그나마 쓸 수 있을 만한 물건 몇 가지를 챙기기 시작했다. 구석에 처박힌 몇몇의 시체들, 그러나 아무 감흥이 없었다. 아무런 느낌도 일어나지 않는다. 아니, 모든 것이 허상처럼 느껴졌다. 아무 고통 없이 깨고 나면 기억 나지 않을 그런 꿈처럼만 느껴졌다.

도대체 여긴 어디쯤 되는 것일까. 크라이스는 에롤을 데리고 어디로 간 것일까. 생각을 이어가려 했지만 그나마도 제대로 되지 않는다. 무언가에 막힌 것처럼. 문득 다른 사람이 생각난다. 자낙 양 그녀는 죽은 것일까?

그녀가 떠오르자 무엇이 어떻게 된 것인지 다시금 혼란스러워지기 시작했다. 돌변해 버린 그녀의 태도, 사실이라고 믿어버리기엔 너무나 거리감있는 사건이었다.

크라이스는 그녀를 주시자라고, 타락한 신의 졸개라고 칭했다. 그리고 마지막에는 신의 분노라고 불리웠다고 했다. 그 말들은 무슨 뜻일까.

무왕 칼스의 수인족 정벌 당시만 해도 대륙에는 종교가 왕권에 버금갈 만큼의 성세를 누리고 있었다. 그 이전에도 강력하기는 했지만 그 당시에 특히 더 위세를 떨친 것은 수인족들의 공격으로부터 종교가 방패 역할을 했기 때문이라고 알고 있다. 저주와 같은 실제적인 것부터 황폐해진 마음을 돌우는 신앙 자체로의 의미로도 종교는 그 당시 인간들의 방패였다.

그러나 이상한 것은 그토록 성세를 떨쳤던 종교가 수백 년이 지난 지금에 와서는 자취를 감추었다는 것이다. 아니, 종교라는 것은 존재했지만 그것은 새로이 생겨난 몇몇 종파일 뿐이었고 그 성세는 수인족 정벌 당시와 비견될 만한 것이 아니었다. 성황이라는 종교의 지도자가 국정에까지 관여할 정도로 위세를 떨치던 당시와는 비교할 수도 없는 그런 미미한 존재일 뿐이었다. 일반 대중들에게 신은 전설 속에 나오는 그저 먼 얘기이거나 그저 관념 속의 허상일 뿐이었다.

생각해 보니 어떤 의문이 가슴속에 자리 잡아간다. 하지만 고개를 저어 그런 생각들을 떨쳐 내어버렸다. 결국 나와는 상관없는 일일 뿐이었다. 왕실이니, 영살검주니, 신이니 하는 것이 나와 무슨 상관이란 말인가. 난 결국 아무 힘도 없는 가출 소년일 뿐인데. 서글프지만 그것이 현실이었다.

계속해서 고개를 저어 내 머리 속을 비집고 들어온 잡념을 떨치려 애쓰는 그때였다.

끼이이이잉—

마치 무언가를 긁어내는 듯한 기이한 소음이 폐허 속에 울리기 시작했다. 단순히 귀에 들리는 그러한 소음이 아니었다. 무언가 몸 전체를 울리는 듯한 그런 소음이었다. 소리가 들려오는 쪽을 찾으려 했으나 그럴 수도 없었다. 그 기이한 울림은 마치 마음속에서 들려오는 것처럼 들려왔기 때문이다.

소음이 점차로 높아지기 시작했다. 귀가 먹먹해진다. 귀를 막았으나 아무 소용 없었다.

파캉!

그렇게 나를 괴롭히던 소음은 어느 순간 무언가 깨지는 듯한 소리로 바뀐 뒤 다시금 잠잠해졌다.

이건 또 무슨 일인 걸까. 이 한 달 간 하도 많은 일을 겪은 터라 위기 의식이 해이해져 버린 건지도 몰랐다. 아니, 그 모든 자극들로 인해 무감각해져 버린 건지도 몰랐다. 결국 난 겁도 없이 마지막의 파열음이 돌려온 곳을 향해 다가갔다.

어둑어둑한 길바닥 위에 누군가의 모습이 얼핏 보였다. 주저앉은 채 마치 숨을 고르는 듯한 모습이었다. 아니, 그렇다고 느꼈을 때는 마치 꺼져 버린 듯이 사라지고 난 후였다.

눈을 비비며 내가 잘못 본 것인가 확인하려 했다. 그러나 꼭 그럴 필요가 없음을 알게 되었다.

아차 했을 때는 무엇인가 내 목에 차가운 느낌을 남기고 있었다.

"움직이지 마."

낮게 깔리는 그 음성. 어투도 목소리도 상당히 달랐지만 그 목소리의 주인공이 누구인지 난 단번에 깨달을 수 있었다.

거친 숨을 몰아쉬며 나를 위협하고 있는 그 사람은 바로 자낙이었다.

이상한 일이었다. 어쩐지 화가 나야 정상인 상황, 아니, 지금 내 목숨이 위협받고 있는 것에 대해 공포라도 느껴야 하는 그런 상황임에도 불구하고 자낙의 목소리를 듣는 순간 반가움이 앞서는 이유는 도대체 무엇일까. 이대로 아무도 없는 텅 빈 폐허에 어딘지조차 모르는 낯선 길가 위에 혼자 내버려지는 것보다는 적일지라도 누군가와 같이 있는 것을 나는 바란 것일까? 역시 아직도 누군가에게 기대지 않고는 조금이라도 버티지 못하는 것일까?

"죽지… 않았군요."

이런 나약한 나 자신이 어쩐지 억울하다는 생각이 들었다. 어느새인가 나는 다른 사람과 같이 있는 것에 너무나 익숙해져 버린 것이다. 누군가와 함께하지 않으면 안 된다고 생각하게 된 것이다. 아니, 생각만이 아니라 몸 자체가 그렇게 되어버린 건지도 몰랐다. 그러나 그런 나의 생각을 아는지 모르는지 자낙은 그저 코웃음 칠 뿐이었다.

"흥, 다른 놈들은?"

내 말 같은 건 아예 싸악 무시한 채 자신의 궁금증부터 해결하려 든다. 내가 알던 사려 깊은 자낙과는 다른 모습. 하긴 바보와 있을 때는 그런 것도 없긴 했지만. 바보… 바보 녀석.

그러나 당당한 말투만큼 그녀의 상태가 좋아 보이지는 않는다. 등 뒤로 전해지는 거친 호흡은 제쳐 두고서라도 목을 겨누고 있는 건틀릿의 칼날조차 미미하게 떨리고 있었다. 그녀는 허세를 부리고 있는 것이다. 아무리 눈치가 없다고 해도 바로 눈치 챌 수 있는 그런 허세를.

왠지 두렵지가 않다. 이런 걸 초탈한다고 하는 걸까. 아니, 포기한다고 하는 걸까. 하도 많은 자극을 받다 보니 이젠 자기 목숨 정도는 심각하게 생각하지 않는 경지에라도 도달한 걸까? 아니면 그냥 겁을 상실한 걸까?

"저 혼자예요."

무슨 짓을 하는지도 모르는 채 목에 겨누어진 그녀의 주먹을 슬쩍 밀어버렸다. 역시 그냥 겁을 상실한 것이 맞나 보다. 속으로 쓴웃음을 삼킨 채 돌아서서 자낙을 바라보았다. 그러나 그녀로서도 그게 마지막 기운을 끌어내어 벌인 짓이었는지, 아니면 긴장이 풀어진 것인지 바닥에 털썩 주저앉고 말았다.

어깨를 들썩이며 숨을 몰아쉬는 자낙의 모습은 거대한 몬스터를 맨주먹으로 짓이기고 거대한 바위를 발길질 한 번에 가루로 만들던 그런 인간 같지 않은 싸움꾼의 그것이라고는 생각할 수 없었다. 오히려 상처 입고 비에 젖은 작은 새 같아 보인다고나 할까. 역시 난 단지 겁을 상실한 것뿐인지도 모른다.

"지쳐 보이네요."

주저앉은 그녀를 향해 말했다. 역시 난 말솜씨가 달라나 보다. 이건 흡사 추워서 이를 따닥거리는 사람한테 추워 보인다고 말을 건네는 것과 다를 바가 없지 않은가. 그러나 그녀는 숨을 몰아쉬다가 말고 고개를 들어 나를 노려보았다. 이번에는 무시하지 않는군.

"홍, 그래도 너 하나 정도는 한 줌 거리도 안 돼."

나의 눈을 정면으로 쏘아보더니 그렇게 대꾸한다. 그제야 그녀의 모습을 조금이나마 가늠할 수 있었다. 헝클어질 대로 헝클어진 머릿결, 군데군데 탄 자국이 선명한 그 머릿결은 땀과 흙더미에 범벅이 되어 산발한 것마냥 흐트러져 있었다.

여전히 허세를 부린다는 게 한눈에 들어오건만 그런 그녀의 모습이 예전의 상냥한 모습과 겹쳐지는 이유는 무얼까. 에롤의 집에 만신창이가 되어 들어오던 그 모습과 겹쳐지는 이유는 무얼까. 바보의 이름을 부르며 오열하던 모습과 겹쳐지는 이유는 무얼까. 그 모든 것이 결국은 전부 거짓이었던 것일까? 전부 연기였던 것뿐일까?

정말 알 수 없는 일이었다. 하지만 그걸 안다고 해도 달라질 것은 없었다. 어느샌가 나는 이미 그녀를 부축해 일으키고 있었다.

어쩐지 의혹에 찬 그녀의 눈동자를 외면한 채 변명하듯 말했다.

"겨울이나 마찬가지예요. 불가로 가죠."

대꾸도, 저항도 하지 않은 채 자낙은 나의 어깨에 몸을 맡겨온다. 여전히 의혹을 그 눈동자 속에 담은 채. 당연한 일이다. 나 역시도 이런 나의 행동이 이해가 가지 않았으니까. 그저 혼자보다는 누군가가 같이 있는 것이 낫겠다 싶었기 때문이랄까? 그것이 변명이든 아니든 상관은 없었지만.

별빛이 하나둘씩 하늘가에 새겨지고 있었다.

그러나 그것도 잠시, 하늘 저편에서 흰 달 레미네스가 모습을 드러내자 저마다 뽐내듯이 빛을 발하던 별들은 점차 희미해져 갔다. 그리고 어느새인가 차가운 바람이 뼛속까지 스미기 시작했다.

초겨울의 밤이란 무척이나 위험한 것이다. 아니, 야외에서의 밤 자체가 위험하다는 말이 옳겠지만.

"무슨 꿍꿍이지?"

불가에 몸을 웅크린 채 건량과 담요를 건네는 나를 향해 쏘아붙인다. 마치 물에 젖은 고양이처럼 잔뜩 몸을 웅크린 채 앉아서 담요 사이로 눈빛만이 빛나고 있다. 어쩐지 귀여워 보이는 그런 모습이었다. 하지만 그걸 내색하거나 할 여유 같은 건 나도, 그녀에게도 없었다.

"글쎄요."

그녀가 나를 노려보든 말든 마차의 부서진 조각을 모아 불가에 쌓아 두기 시작했다. 무언가라도 하지 않고는 못 견딜 것 같았기에. 자낙은 그런 나를 물끄러미 쳐다보다 말고 이번엔 내가 건넨 건량으로 시선을 돌렸다. 망설이는 것인가? 하긴 나라도 그랬겠지.

왠지 설명해야 할 필요를 느껴 한마디 건넸다.

"전에도 말했지만 독 같은 걸 넣을 생각이었으면 예전에 그렇게 했겠죠. 지금에 와서 굳이 하지 않던 짓을 할 생각은 없군요."

굳이 뒤돌아보지 않더라도 자낙이 나를 쏘아보고 있을 것은 뻔했다. 그러나 역시 돌아서 그걸 확인해 볼 생각은 없다. 그걸 먹든 안 먹든 그건 결국 그녀의 선택이니까. 난 건네준 것만으로 내가 할 일을 다한 셈이었으므로.

마차의 부서진 잔해 속을 뒤져 그 안에 뭉쳐 있는 찢어진 담요 중에 그나마 쓸 만한 걸 골라내어 다시 불가로 갔다. 아무리 넝마처럼 찢어지고 흙과 먼지로 더럽혀진 담요라도 그나마 없는 것보다는 나을 것이다. 아니, 이것이라도 지금으로썬 절실하다. 솔직히 지금이 한겨울이라면 이 정도 가지고는 대책이 안 되겠지만 초겨울이라고 해도 아무 대비 없이 잠들었다가 얼어죽는 건 마찬가지일 테니까.

자낙의 등 뒤로 다가가 그녀의 등 위로 한 겹 더 담요를 둘러주었다. 자낙은 내가 그녀의 어깨에 담요를 두르는 도중에도 신경 쓰지 않는 것처럼 가만히 있을 뿐이었다. 그저 말없이 미동도 하지 않은 채 모닥불을 바라보고만 있었다. 무언가 깊은 생각에 빠진 듯한 모습 같기도 했다. 내가 건넨 건량도 먹지 않고 놔둔 채였다. 역시 난 신뢰받지 못하는 모양이군. 자신이 나를 속인 것처럼 나도 속일 거라고 생각한 걸까. 하긴 인간은 자신의 거울에 비춰 남을 판단한다던가.

문득 그런 생각을 떠올리는 도중에 자낙의 나지막한 목소리가 들려왔다.

"궁금하지 않나?"

담요를 둘러주고 등을 돌리는 내게 들려오는 갈라진 목소리. 하나마나한 질문이다. 궁금하지 않냐고? 당연히 궁금하기야 하지. 그렇지만 굳이 알고 싶은 절실한 생각도 별로 나지 않는 건 또 왜일까. 어떻게 대답해야 할까? 어쩐지 나 자신의 일처럼 느껴지지 않는 이 상황에서.

"알고 나면 다시는 발을 빼지 못하겠죠?"

그제야 눈을 돌려 나를 바라본다. 내가 알던 자낙의 눈빛과는 다른, 빛이 사라진 듯한 눈동자가 나를 바라보고 있었다. 마치 인형과도 같은, 그런 생기없는 눈동자. 그렇게 표정의 변화 없이 자낙은 대답했다.

"그래, 하지만 그건 지금도 마찬가지지."

지금도 마찬가지…… 그렇군. 이걸로 지금의 상황이 확실해진 건가? 어차피 이렇게 된 이상 난 자낙의 손에서 빠져나가긴 글렀다는 얘기군. 그렇다면 선택은 두 가지뿐인 건가? 협력하든가 저항하든가. 하지만 어떤 선택을 하든 간에 어차피 도구 취급은 마찬가지다. 내 의사야 어찌 되든 쓸모가 있을 때까지 계속 부리다가 어느 순간 제거되겠지. 후훗. 어쩐지 남의 일처럼 생각된다. 전혀 현실감이 느껴지지 않는다. 이게 과연 나에게 닥친 일이란 건가? 무언가 끓어오르면서도 오히려 차분하게 가라앉는 그런 심정. 빌어먹을.

내가 내세울 것이 아무것도 없는 상황. 그녀가 마음먹는 순간 사라질 덧없는 도구일 뿐인 건가. 후후후… 젠장, 젠장.

"그럼 들어보는 게 좋겠군요. 어차피 마찬가지라면."

자낙 양은 고개를 다시 모닥불로 돌렸다. 질문을 기다리고 있다는 걸 굳이 확인할 필요도 없는 모습이었다. 그런 그녀의 모습에 나 또한 모닥불로 시선을 돌린 채 입을 열었다. 뭘 물어야 할지 갈팡질팡할 것 같았는데 의외로 첫 번째 질문은 쉽게 나왔다.

"주시자란 건 뭐죠?"

"말 그대로."

무성의한 대답이다. 나도 성의있는 질문을 한 건 아니지만 그렇다고는 해도… 그게 최선의 대답이라면 내 나름대로 해석해야 하는 건가? 말 그대로라…… 지켜보는 자라는 건가? 다시 물어봐야 되겠군.

"뭘 지켜본다는 건가요?"

"인간, 인간의 사회, 인간의 생활, 그 모든 것."

조금의 시간 차도 두지 않고 곧장 표정 변화 없이 대답해 온다. 그만큼 당연하게 생각하고 있는 질문과 답이라는 의미일까? 하지만 곧장 이해되지 않기는 마찬가지이다. 인간의 감시자… 뭐, 그런 말이 되는 건가? 그러나 무엇 하러 그런 일을 한단 말인가.

"목적은?"

"없다. 단지 의무일 뿐."

이래서야 왠지 의미없는 문답이 되어버리고 있다. 왠지 한심하단 느낌조차 든다. 이런 걸 알아서 무엇에 쓴단 말인가. 질문을 바꾸는 것이 나을 것 같군.

"자낙 양은 무엇 때문에 지금 여기에 있나요?"

조금 궁리한 끝에 나름대로 신경 써 건넨 질문이다. 이 정도면 성의 없는 대답으로라도 어느 정도 윤곽이 나오겠지. 그러나 자낙은 그런 내 기대를 무참히 뭉개 버리고 말았다.

그녀의 대답은.

"신의 의지로."

이 한마디뿐이었다. 더 이상 문답을 할 필요성을 느끼지 못했다. 어떤 질문에도 거의 성의없게조차 느껴지는 대답이나 할 생각이었다면 무엇 하러 물어보라고 한 것일까.

조금 화가 난 채로 문득 그녀의 모습을 돌아보았다. 그녀의 모습을 본 순간 한 가지 생각이 스치듯 지나갔다. 후후, 그렇군. 끝까지 난 이용 대상일 뿐이라는 건가? 나에게 질문을 하게 함으로써 자신의 신념을 일깨운다 이건가? 후후, 빌어먹을.

내가 신경질적으로 땔감을 모닥불에 던져 넣는 동안에도 자낙은 손을 모은 채 무언가 기도드리는 모습이었다.

깜박 잠이 든 건가. 싸늘한 기운에 눈을 떴을 때는 이미 어슴푸레 빛이 떠오르는 새벽녘이었다. 꺼질 듯 휘청거리는 모닥불에 땔감을 다시 집어넣는다. 하루 중 가장 추운 것이 바로 이때라는 것 정도는 알고 있었으므로.

별도 다 사라져 버린 하늘에는 흰 달 레미네스만이 외로이 자리를 지키고 있을 뿐이었다.

문득 허전한 느낌에 고개를 돌렸다. 그리고 그제야 알 수 있었다. 자낙이 사라졌음을.

왜인지 모르지만 난 그날 오후가 되도록 그 자리에 그대로 머물렀다. 잠깐 자리를 뜬 것이 아니라는 정도는 깨닫고 있었음에도 왠지 그렇게 할 수밖에 없었다.

결국 그 자리에서 하루를 더 머물고 말았다. 그리고 다음날이 되어서야 마차가 이동하던 반대 방향을 향해 터덜터덜 걸음을 옮기기 시작했다. 아무런 목적도, 방향도 모르는 채 그저 그렇게…….

제12장 잠시 동안의 휴식

잠시 동안의 휴식

　얼마나 걸었는지 기억조차 희미해져 간다. 아니, 내가 제대로 걷고 있는지조차 확신할 수가 없다. 여기가 어디인지도 알 수가 없다. 하지만 멈출 수가 없다. 그저 걷고 또 걷기만 했다.

　갈증이 난다. 목이 쓰려올 정도로. 수통을 꺼내어 입을 대었으나 목구멍으로 넘기지도 못한 채 그저 흘러내릴 뿐이다. 그래도 들이붓는다. 그리고 더 이상 물이 흘러나오지 않게 되자 신경질적으로 내팽개쳐 버리고 만다.

　이따위가 무슨 소용이란 말인가. 큭큭… 그래, 결국 전부 소용없는 짓인 거다. 빌어먹을.

　누구 하나 나 같은 놈을 신경이나 쓰겠는가. 무엇 하나 도움도 되지 않는 허약한 가출 소년 따위를.

　"멈춰라!"

큭, 누가 소리친 것 같은데. 하긴 그런 건 상관없지. 누가 나 같은 걸 신경 쓰겠어. 이러다 길바닥에 쓰러져 버린다고 누가 나 따윌 신경이나 쓰겠어.

"말이 안 들리나? 멈추란 말이다!"

하늘이 빙글빙글 도는 것 같다. 킥킥, 겨우 이게 나의 한계란 말이군. 며칠 걷지도 못하고 길바닥에 널브러지는 꼴이란 말이지.

하늘이 뒤집히고 땅바닥이 다가온다. 하지만 남의 일처럼 덤덤하기만 하다. 결국 쓰러져 버렸다. 하지만 통증조차 느껴지지 않는다. 하긴 요 근래 정신을 잃은 일이 하도 많아서 적응이라도 된 모양이군. 킥킥, 웃기지 않나? 실신하는 데 면역이 되다니.

"어, 이봐?"

그래, 차라리 이대로 잠들어 깨어나지 말았으면…….

짹짹짹.

귓가를 간지럽히는 새소리에 눈을 떴다. 눈이 부시다. 나도 모르게 한 손을 들어 햇빛을 가렸다. 그리고 잠시 아무 생각도 않은 채 그대로 있었다.

창가로 밝은 햇살이 새어 들어오고 있었다. 어느 정도 그 빛에 눈이 익숙해지자 손을 내리고 몸을 일으켜 주위를 둘러보았다.

가장 먼저 눈에 들어온 것은 벽에 사지를 벌린 채 걸려 있는 커다란 곰 가죽이었다. 그리고 그 한 켠에 석궁과 퀴렐 통이 걸려 있다. 사냥꾼의 집인 건가? 이번에 나를 주운 사람은 사냥꾼인 건가? 어떤 사람인지 정말 운도 없군. 나 같은 걸 주워오다니.

주위의 상황을 확인한 후 나는 나의 몸을 돌아보았다. 땀으로 범벅이 되어 온통 더럽혀져 있던 지저분한 붕대는 어느 사이엔가 새것으로 바뀌어 있었다. 그리고 꽤나 덩치 큰 사람의 것으로 보이는 펑퍼짐한 셔츠와 바지가 입혀져 있었다. 매우 수수하고 조금 낡기는 했어도 깨끗하게 손질되어 있었다.

"앗! 일어났다! 아빠! 아빠!"

누군가 문을 열다 말고 냅다 소리를 지르며 다시 나간다. 어린아이의 목소리였던 것 같은데.

잠시 후 다시 방문을 열고 덩치 큰 남자 하나가 성큼성큼 걸어 들어왔다. 얼굴 한가운데 큼직한 흉터를 새긴 험상궂은 인상에 긴 머리를 묶은 모습의 중년 사내였다. 키가 별로 크지 않았으나 가죽으로 만든 상의 너머로 비치는 잘 단련된 근육으로 보건대 힘깨나 쓸 것 같다. 이 남자가 저 석궁의 주인인가 보군.

남자는 가타부타 말도 없이 다가와 손을 내밀어 내 이마를 짚어보더니 드디어 입을 열었다.

"열은 확실히 내린 것 같군."

그러자 문 너머에서 누군가 고개를 빠끔히 내밀면서 말했다. 조그만 머리가 문틈으로 비집고 들어오는 것이 눈에 들어온다.

"형아, 다 나은 거야?"

짧은 갈색 머리의 귀엽게 생긴 남자 아이였다. 남자는 내 이마에서 손을 내리고는 아이를 향해 빙긋 웃으며 대답했다.

"그래, 며칠만 더 쉬면 다 나을 거다. 와서 인사하렴."

그 말에 아이는 쪼르르 달려나와 침대 옆에 손을 얹고 나를 바라보며 손을 내민다.

"안녕! 난 제레미야, 제레미 델피안. 형 이름은 뭐야?"

왠지 이 녀석의 행동을 보고 있자니 미소가 저절로 떠오른다. 내밀어진 손을 가볍게 쥐며 대답했다.

"안녕, 난 토머스. 토미라고 불러렴."

제레미는 손을 잡은 채 호기심 어린 눈으로 나를 구석구석 관찰했다. 하지만 그 행동이 어짜나 귀엽던지 화가 나기는커녕 나도 모르게 다시 빙그레 웃음을 지을 수밖에 없었다. 마치 다람쥐 같은 그런 녀석이었다.

"잠시 얘기하고 있거라, 제레미. 난 저 형이 먹을 걸 좀 만들어오마."

잠시 나와 소년을 따뜻한 눈으로 지켜보던 남자는 성큼성큼 문밖으로 다시 걸어나갔다.

"형아, 이제 안 아파?"

마치 남자가 나가길 기다렸다는 듯이 부리나케 물어온다. 똘망똘망한 눈빛을 빛내며 물어보는 게 정말이지 한눈에 다람쥐를 연상시킨다.

"응, 안 아파."

그런 내 대답에 제레미는 손가락을 입에 물고 무언가 잠시 망설이는 듯하다가 다시 물어온다.

"형아, 여행하는 중이었어? 모험가야? 보물 찾는 사람이야? 이따만한 괴물이랑 싸우고 그랬어?"

어쩐지 예전에 모험가들에게 질문을 건네던 내 자신이 떠올라 쓴웃음을 지을 수밖에 없었다. 뭐라고 대답해야 좋을까. 동료라 여겼던 사람들에게서도, 적에게서도 버림받은 하찮은 가출 소년이라고 말할 용기가 나지 않는다. 저 초롱초롱한 눈동자 앞에서 초라해지고 싶지 않았다.

"제레미, 그만 하거라, 피곤할 테니까. 자, 이거 들어보게."

어느샌가 방 안으로 다시 들어온 남자의 투박한 손에는 오트밀 한 그릇이 들려 있었다. 언젠가도 이와 같은 모습을 보았던 적이 있었지.

에롤… 에롤은 지금 어떻게 지내고 있는 걸까.

남자가 건네준 숟가락을 받아 들었지만 그 오트밀을 떠 넘길 수가 없었다. 눈물을 삼키는 것만으로도 힘겨웠으므로.

젠장, 이래서는 안 되는데. 정말 우스운 꼴이잖아. 하긴 나란 놈이 원래 그렇긴 하지만…….

기운 내야지. 에롤이 보면 뭐라고 하겠어. 안 그래도 한심스러운 놈인데 이렇게 기운 빠져 있어서야 그나마 봐줄 구석도 없어지겠지. 하긴 봐줄 구석이 있었을 때 얘기지만.

하지만 역시 보고 싶다.

"들지 않고 뭐 하나."

결국 남자의 재촉하는 말을 듣고서야 오트밀을 떠 넘기기 시작했다. 무슨 맛인지, 뜨거운지 차가운지조차 느끼지 못했지만 그냥 떠 넘겼다. 자꾸만 떠오르는 에롤이 만들어주던 오트밀 맛을 떠올리지 않으려 애쓰며 마구 떠 넘겼다.

먹는 모습을 잠시 지켜보던 남자는 고개를 돌려 아이의 머리를 쓰다듬으며 말했다.

"제레미, 가서 장작 조금만 더 가지고 오지 않겠니?"

"응! 맡겨둬, 아빠."

씩씩하게 대꾸하며 달음질쳐 나가는 제레미의 뒷모습을 잠시 바라보던 남자는 오트밀 접시를 물리는 나에게 다시 시선을 돌렸다.

"음, 잠시 이야기 좀 할 수 있겠나?"

소년이 있을 때와는 조금 다른, 어쩐지 냉정해 보이는 눈빛이었다.

"예."

남자는 잠시 나의 눈동자에 시선을 맞추고 있다가 다시 입을 열었다.

"우선 왜 그런 모습으로 산길을 헤매고 있었는지 말해 줄 수 있겠는가?"

글쎄, 뭐라고 말해야 좋을까. 버림받고 외톨이가 되어서 그냥 무작정 걸었다고 말해야 할까? 도대체 짐작조차 가지 않는 목적을 위해 여행하다가 쓸모없게 되자 버려졌다고 말해야 할까.

"그건……."

뭐라고 말하면 좋을까?

"대답하기 곤란한가?"

뭐라 대답할 말이 없다. 거짓말을 할 수도, 내가 아는 너무나도 적은 진실을 밝힐 수도 없었다. 동정은… 싫다. 버림받은 강아지마냥 산길을 헤매던 녀석의 입에서 나올 말은 아니겠지만.

남자는 마치 속내를 꿰뚫듯이 바라보던 시선을 거두고는 일어나 벽에 걸린 곰 가죽을 향해 다가갔다.

"이게 뭔 줄 아는가?"

등을 돌린 채 벽에 걸린 곰 가죽을 바라보며 말해 왔다.

"곰 가죽 아닌가요."

남자는 손을 들어 이제는 살아 있을 때의 온기가 사라져 버린 곰 가죽 모서리를 쓰다듬으며 다시 말했다. 작은 미소를 지은 채로.

"이놈은… 내가 맨 처음 이곳에 왔을 때 이 부근을 차지하고 있던 녀석이지. 한마디로 이 녀석은 이곳의 왕이었어. 웬만한 몬스터들도 이 녀석한테는 상대가 안 됐었지. 그만큼 영리하고 강한 놈이었어."

추억에 잠긴 듯 남자는 무언가를 떠올리는 표정이었다.

"당시 난 무엇 하나 가진 것 없는 떠돌이에 불과했지. 여기 걸린 이 석궁 하나와 보잘것없는 약간의 살림살이, 그리고 그런 나를 바라보는 아내의 따스한 눈빛, 그게 내가 가진 전부였네. 난 당시 내가 세상에서 버림받았노라고 생각하고 있었지. 이 녀석은 그런 내가 넘보기에는 너무나 강한 놈이었어. 하지만 난 결국 이놈을 이겨 버렸지."

무엇을 말하고 싶은 걸까? 분명 아무 의미 없이 이런 말을 하는 것 같지는 않은데.

"내가 이 녀석을 이긴 건 솔직히 행운이나 다름없는 일이었네. 하지만 난 결국 이겼지. 내게 그런 힘을 준 건 내 아내의 따스한 눈빛 때문이었다고 지금도 생각하고 있네. 아내를 지켜야 한다는 그 마음 때문이라고 생각하고 있네."

남자는 몸을 돌려 다시 나를 바라보았다.

"자네가 어떤 일을 겪었는지는 자네가 말하지 않으면 난 알 수가 없네. 하지만 말일세, 자네도 무언가 지켜야 할 것이 있다는 걸 잊지 말았으면 좋겠네. 비록 자네가 깨닫지 못하더라도 말이지. 이런 말 하긴 뭐하지만 말이지, 자네는 마치 내가 처음 이곳에 왔을 때의 모습을 닮았어. 아니, 정확히 말하자면 자네의 그 무표정한 얼굴에서 당시의 내 모습이 떠올려진다고 한다면 맞는 말이겠지."

말솜씨는 그다지 좋지 않았지만 그의 말에는 나를 염려하는 마음이 아로새겨져 있었다. 어쩐지 따뜻해지는… 그런 느낌이었다.

"지금은 곁에 없지만 난 지금도 힘들 때마다 나에게 미소를 지어주던 그녀의 얼굴이 가끔 떠오른다네. 이상하게도 지치고 힘이 없을 때마다 떠오르더군. 포기하고 싶을 때는 웃으라면서 나의 어깨를 쓰다듬어 주던 그녀의 모습이 말일세."

남자는 내 옆으로 다가와 내 어깨를 쓸면서 내게 시선을 맞춘 채 다시 말했다.

"자네도 힘들 때는 웃어보게나. 지금 못 견디게 힘들다면 지칠 때까지 울어버린 담에 하하 웃으면서 털어버리게. 그러면 조금은 시원해질 거야."

"힘들 때는 웃어보렴."

왠지 이 험상궂은 남자의 얼굴에 이제는 기억조차 가물거리는 어머니의 모습이 겹쳐졌다. 나도 모르게 왈칵 눈물이 났다. 하지만 난 그 눈물을 억지로 참아보려 하지도 못하고 그대로 엉엉 울어버렸다. 남자는 그런 나를 토닥거릴 뿐이었다.

"내 이름은 자일루크 델피안, 루크라고 부르게."

그때 누군가 달음박질치는 소리가 들려왔다. 고개를 들어 문가를 바라보자 그곳에는 제레미가 눈이 동그래진 채 바라보고 있었다.

"형아, 왜 울어? 또 아픈 거야?"

천진난만한 그 모습에 나도 모르게 미소가 새겨졌다. 방금의 울음과 제리미의 천진한 표정으로 인해 조금은 마음이 가벼워진 듯한 느낌이었다. 난 눈가에 흘러내리는 눈물을 쓱 닦아내면서 말해 주었다.

"아니, 그냥 하품이 조금 나온 것뿐이야."

조금은 어두운 하늘이다. 겨울 하늘이란 게 원래 다 그렇다지만 그걸 알고 있다고는 해도 어쩐지 쓸쓸한 느낌의 하늘이다. 산속에서의 낯은 무척이나 짧다. 어쩌면 저 어두운 하늘은 그래서인지도 모른다.

"형아, 형아."

고개를 돌려보니 제레미가 숨을 헐떡거리면서 언덕을 달려 올라오고 있다. 정말 귀여운 녀석이다. 땀에 젖은 밤색 머리카락이 빛나는 듯 보이는 건 단순히 착각만은 아닐 것이다.

제레미는 나와 닮은 면이 참 많은 녀석이다. 물론 외양이나 지금의 내 모습과 비교해서 말한 건 아니다. 어머니를 일찍 잃은 것이라든지, 그러면서도 그런 걸 내색하지 않고 항상 입가에 웃음을 머금고 있는 것이라든지 하는 부분을 말하는 것이다. 물론 난 지금 그렇지 못하지만.

작다고는 해도 역시 언덕은 언덕이다. 한달음에 달려오느라 숨이 턱까지 찬 제레미는 정작 올라와서는 거칠어진 숨을 고르느라 한동안 시간을 들여야 했다.

"무슨 일이지?"

제레미의 숨소리가 어느 정도 평소와 같다고 생각되어진 시점에서 내가 먼저 물어보았다. 한동안 고개를 숙인 채 숨을 고르던 녀석은 내 질문에 그제야 고개를 들고 말하기 시작했다.

"응? 아, 그게… 맞다. 아버지가 잠시 마을에 내려가시는데 뭐 필요한 것 없는지 물어보라서."

루크 아저씨의 말을 직접 듣지는 않았어도 그 말에서 풍겨 나오는 따뜻한 정을 느낄 수 있었다. 어디의 누구인지도 모르는 다치고 지쳐서 넝마가 되어버린 날 이토록이나 보살펴 준다는 건 보통의 사람으로선 보기 드문 일이 틀림없으니까. 생각해 보면 내가 집에서 나온 뒤 처음으로 만나는 호의적인 사람일지도 모른다.

"별로. 그다지 필요한 게 없는걸. 아버지께 물어봐 주셔서 감사하다고… 아니, 내가 말씀드릴 테니 같이 가자."

"응!"

사실 따지고 보면 제레미가 나를 이토록이나 따르는 건, 역시 말은 안 해도 외로워서일지도 모른다. 산속에서 또래의 친구 하나 없이 아버지와 단둘이 산다는 건 확실히 흔한 일은 아니니까. 그렇게 보면 녀석도 꽤나 속이 깊은 셈이다.

제레미와 함께 집으로 돌아왔을 때는 이미 루크 씨는 차비를 마친 채 막 길을 나서려던 참이었다.

"아, 왔군. 말은 들었을 테지만 뭐 필요한 것 없나?"

그저 빈말로 물어보는 것일지라도 고마울 뿐이다.

"아뇨, 신경 써주셔서 고맙다고 말하고 싶어서요."

이런 말, 조금 어색하다. 하지만 루크 아저씨는 나의 그런 기분을 알아챈 건지 허허 웃으며 내 등을 두드렸다.

"괜찮아. 뭐 그런 걸 가지고. 그럼 난 일단 다녀오겠네. 오늘 밤은 마을에서 자야 할 것 같으니까 제레미 좀 잘 봐주게나."

워낙에 힘이 좋은 사람이어서 등을 두드릴 때 좀 아프긴 했지만 악의가 있는 게 아니란 건 내가 더 잘 안다. 나도 그의 웃음에 마주 미소를 지으며 대답했다.

"예, 걱정 마시고 다녀오세요. 밤길 어두운데 조심하시고요."

루크는 그런 나의 말에 다시 한 번 껄껄 웃으면서 말했다.

"하하, 이 사람아, 난 이래 뵈도 여기서 10년 가까이 산 사람이야. 아무리 어두워도 길 잃을 염려는 없으니 걱정 말라고."

그때까지 나와 아저씨의 대화를 물끄러미 손가락을 입에 문 채 지켜보던 제레미가 그제야 입을 열었다.

"아빠, 아빠."

아저씨는 녀석의 부름에 고개를 숙여 시선을 맞추었다. 얼굴에 그 인자한 미소를 가득 띤 채로. 하긴 나라도 이런 아이가 있다면 항상 저런 얼굴로 지낼 테지.

"음, 무슨 말을 하고 싶은 거지, 우리 꼬마?"

"응, 그러니까, 내가 어제 말한 거 있잖아. 그거 잊지 말라고요."

어제 말한 거라니… 뭘 말하는 걸까? 궁금해지기는 했지만 굳이 말하지 않는다면 물어볼 필요는 없겠지.

"그럼, 누구 말인데 이 아빠가 잊겠니. 걱정 말거라."

"헤헷."

아저씨는 몸을 일으키며 나에게 말했다.

"너무 늦어져도 곤란하니까 이만 가봐야겠군. 제레미 잘 부탁하네."

그렇게 말하지 않더라도 내가 지금 아저씨에게 해줄 수 있는 건 그뿐이니까. 나 또한 아저씨의 미소에 미소로 답하며 말했다.

"걱정 마세요."

그제야 아저씨는 몸을 돌려 발걸음을 떼기 시작했다. 그리고 한 손을 들어 말했다.

"그럼 내일 보세."

그렇게 멀어져 가는 아저씨의 뒷모습에 손을 흔들며 석양 너머로 멀어져 가는 아저씨의 모습이 사라질 즈음까지 지켜본 뒤에야 우리는 집 안으로 들어갔다.

어느샌가 겨울바람이 불기 시작하고 있었다.

제13장 네가 어떻게?

네가 어떻게?

덜컹덜컹.

어느샌가 거칠어진 바람이 나무로 만든 조악한 창문을 두들기고 있었다. 커튼이 걸려 있다고는 해도 새어 들어오는 바람까지 어쩔 수는 없었다. 덕분에 나와 제레미는 담요를 둘둘 만 채 벽난로 앞에 자리를 잡고 누워야 했다. 그나마 벽으로 가려져 있는 너머라 노숙에 비할 바는 아니었지만 그래도 추운 건 추운 것이니까.

밤이 길어진 탓인지 막상 자리를 잡아도 쉽사리 잠이 들 것 같지가 않다. 물론 그건 제레미 역시 마찬가지였다. 어깨를 맞대고 앉아 벽난로 속에서 노랗게 타오르는 장작을 지켜보았지만 역시 지루한지 몸을 꿈틀대면서 이리저리 자세를 바꾸고 있었다. 나 역시도 아직은 어리지만 어린아이에게 심심함이란 지독한 형벌과도 같은 것이다.

"심심하니?"

아늑한 불꽃 때문인지 조금 몸이 나른해져 오기는 했지만 정신은 오히려 또렷했다. 이리저리 몸을 꿈틀대던 제레미는 마치 기다렸다는 듯이 고개를 반짝 들어 올리며 말했다.

"형아, 나 모험 얘기 해주라."

순간 난감해진 이 기분을 뭐라고 표현해야 할지. 솔직히 모험이라고 할 만한 거리가 없지 않은가. 왜 끌려 다니는지도 모른 채 이리저리 끌려 다닌 게 내 여행의 전부이니 말이다. 물론 나중에야 조금쯤은 그 내용을 알게 되었지만.

애초에 그런 진실을 대놓고 말해 주지 못한 게 문제였다. 스스로 초라해지기 싫다는 구실 하에 내 스스로 함정을 판 꼴이랄까. 역시 이럴 땐 얼버무리는 방법밖에 없겠지. 좀 비겁하더라도 어쩔 수 없는 일이다.

"음, 제레미가 재미있어할 만한 이야기는 없는데 어쩌지?"

하지만 그 정도로는 역시 어림도 없었다. 애초에 어린아이가 떼쓰는 걸 얼버무려 넘길 수 있다는 생각 자체가 착각인지도. 당연한 얘기지만 제레미는 오히려 눈을 반짝거리며 내게 매달렸다.

"괜찮아. 그냥 아무거나 말해 주라, 응? 형아~"

하아… 이거야 원.

"와아! 그 코란… 아무튼 그 코에 뿔난 몬스터가 그렇게 세?"

솔직히 메프 일행과의 여행, 지금 생각해 봐도 별로 즐거운 여행이라고 말할 수는 없는 일이었지만 이야깃거리가 없으니 어쩔 수 없었다. 언제나 무뚝뚝했지만 자낙 양이 재잘거릴 때는 고개를 돌리고 남몰래 얼굴을 붉히던 바보 녀석이 떠올랐다. 그리고 그런 웃음으로 모두에게 진실을 감추고 있던 자낙도 떠오른다. 그리고… 지금은 어떻게 지내는 지조차 알 수 없는 메프의 모습도.

분명 난 그들에게 좋은 감정을 가지고 있지 않아야 정상일 것 같은 데 왜 그들의 얼굴을 떠올리면 이렇게 가슴이 아픈 걸까. 난데없이 잠시 헤어진 사이에 죽어버렸다는 바보 녀석은 그렇다고 해도 날 속이고 다시 날 버리기까지 한 자낙 양이나 끝까지 한 조각도 진심을 내비치지 않았던 메프를 떠올리는데 왜 이리 가슴이 아픈 걸까.

"형아, 형아?"

이야기하다 말고 잠시 상념에 빠져 허우적대는 나를 건져낸 것은 어리둥절해진 제레미의 표정이었다.

"왜 그래, 갑자기?"

무어라 말해야 좋을까. 지금의 나 자신도 이해할 수 있는 이 감정을 이야기할 수는 없었다. 설령 이야기한다 해도 제레미가 그걸 이해할 리도 없었지만. 결국 나는 또다시 얼버무릴 수밖에 없었다.

"그냥… 친구들이 생각나서."

결국 이렇게 말할 수밖에 없었다. 친구… 친구라. 과연 그들을 친구라 부를 수 있을까. 한마디로 웃기는 소리였다. 그들도 나도 절대로 그렇게 생각하지 않을 테니까.

이런 게 어른이 된다는 것일까. 나 자신이 어릴 때도 얼마나 수많은 어른들을 곤혹스럽게 만들었을까. 얼마나 많은 떠올리고 싶지 않은 일들을 장난삼아 건넨 말 때문에 떠올려야 했을까. 무언가 잊기를 바란다는 것, 어쩌면 그것이 어른이 되어가는 과정인 걸까.

하지만 그 말에 우울해진 건 나뿐이 아니었다. 제레미 역시 표정이 우울하게 변해 버렸다. 당연한 일이겠지. 역시 나의 멍청함은 누구와도 비견될 수 없는 것인지도 모른다. 그런 것도 미처 생각하지 못하고 경솔하게 말을 내뱉다니. 어린아이의 마음 하나 헤아리지 못하다니. 어떻게 다른 데로 관심을 돌려봐야겠는데. 나는 제레미의 관심을 끌 무언가를 떠올려 보려 애써야 했다.

그러나 그럴 필요는 없었다.

콰앙!

갑자기 굉음을 울리며 문짝이 폭발하듯이 부서져 내렸다. 놀란 것은 둘째 치고라도 날리는 나무 조각에 제레미가 해를 입지 않도록 거의 반사적으로 제레미를 감싸 안았다. 생각하고 말고 할 틈도 없는 갑작스런 일이었다.

부서진 문가에서 차가운 겨울바람이 비명을 지르며 몰아닥치기 시작했다. 갑작스런 그 바람에 벽난로의 불꽃이 휘청거리는 사이로 하나의 거대한 그림자가 달빛을 등진 채 문밖에서 우리를 노려보고 있었다. 섬뜩한 빛을 사방에 뿌리는 붉은 눈동자가 우리를 노려보고 있었다.

그 밤, 악몽의 시작이었다.

잠시 시간이 얼어붙은 듯한 느낌이었다.

그러나 점차 어둠에 눈이 익자 차가운 밤하늘을 배경으로 문밖에서 우리를 노려보고 있는 사람의 모습이 점차 윤곽을 드러내기 시작했다. 그리고 등 뒤에서 타오르는 불빛의 일렁임이 극에 달한 순간, 그자의 얼굴을 확인하고야 말았다. 그리고 그 순간 나는 경악할 수밖에 없었다. 반가움, 그러나 지금의 알 수 없는 상황에 대한 의문이 뒤섞인 표현하기 어려운 그런 감정이 몰려왔다.

이럴 수가. 이것이 어찌 된 일이란 말인가. 어째서 네가 여기에 그런 모습으로.

그자는 바로 죽었다던 바보였다.

"크크크크……."

바보의 입가로 비릿한 광기가 풍겨 나오고 있었다. 그 외양은 바보가 틀림없었지만 도저히 같은 사람이라고 생각할 수 없을 정도의 질식할 것만 같은 광기.

도대체 이것이 어찌 된 일이란 말인가.

마침내 바보는 몸을 움직여 서서히 우리에게 다가오기 시작했다. 거대한 장검, 저것 또한 내가 익히 보아온 바보의 검이 틀림없었다. 도대체 이 상황을 어떻게 설명해야 이해할 수 있다는 말인가.

하지만 바보가 움직임으로써 퍼뜩 정신을 차릴 수밖에 없었다. 적어도 지금 바보가 내비치는 저 광기와 살의는 거짓이 아니었다. 이유는 알 수 없었지만 무작정 바라보고만 있을 수는 없는 노릇이었다. 그리고 그렇게 생각하자마자 내 자신도 놀라울 정도로 잽싸게 제레미를 안은 채 몸을 일으켰다.

제레미는 그저 눈이 동그래진 채 바보의 모습을 바라보다가 내가 몸을 일으키자 그때서야 입을 열었다.

"누, 누구세요?"

그러한 제레미의 말에 바보는 왠지 잠시 걸음을 멈추었다. 그리고 그것은 곧바로 팽팽한 대치로 이어졌다.

바보의 의중은 알 수 없었지만 적어도 그가 공격할 심산이라면 나에게 승산 같은 건 있을 리가 없었다. 너무나 좁은 집 안, 거기에 난 제레미마저 안은 상태라 행동이 부자연스러울 수밖에 없었다. 아니, 그런 자잘한 것 다 떠나서 기본적인 실력 자체가 차원이 달랐다. 그의 인간 같지 않은 힘과 검은 내가 가장 잘 알고 있지 않은가.

"휴, 휴리엘, 이게 무슨 짓이야?"

말을 뱉어놓고서야 아차 하는 느낌이 들었다. 바보는 내 말을 알아듣지 못하는 것이다. 그야말로 진퇴양난. 무엇을 어떻게 손써볼 도리조차, 왜 이런 상황에 처한 것인지조차 알 수 없는 막막한 상태였다.

그리고 그런 나의 심정을 비웃기라도 하듯이 슬쩍 입술에 미소를 배어 문 휴리엘이 나에게 쇄도해 왔다. 그리고 그 순간 내 시야는 온통 새파란 검광으로 물들었다.

피해야 한다. 도망쳐야 한다. 머리 속에서 아우성치는 이성이 아니더라도 그건 당연한 일이었다. 하지만 그건 그저 바램일 뿐이었다. 내가 무슨 대응을 하기도 전에 어느새인가 그 검광은 코앞까지 다가와 있었다. 익히 알고는 있었지만 역시 너무나도 빠른 공격이었다. 하지만 거기에 감탄하고 있을 상황도 아니었다.

"아악!"

무엇이 어떻게 된 것인지 알아볼 틈도 없이 몰아치는 검광에 질려버린 제레미의 비명을 듣고서야 번뜩 정신을 차렸다. 그리고 정신을 차렸을 때는 이미 바보와 나의 위치가 서로 바뀌고 난 후였다.

어떻게 된 거지? 어떻게 저 검을 피해낸 거지?

기적적으로 피해낸 것은 확실한데 나조차도 그 과정을 이해할 수가 없어서 당황해야만 했다. 그러고 보니 이런 경우가 처음은 아니었다. 크라이스의 마법을 피해냈던 일, 그리고 바보를 처음 만났을 때 그의 검을 피해냈던 일, 공통적으로 나 자신이 어떻게 그렇게 했는지 이해조차 하지 못한 사이에 벌어졌던 일들이다.

나를 지나쳐 난로 바로 앞에서 등을 돌린 채 서 있던 바보가 시선을 획 돌려 나를 쏘아본다. 내가 피해낸 것에 대한 당황함보다는 분노를 띤 채로.

하지만 과정은 이해하지 못했더라도 어찌 되었든 피해낸 것은 사실이었다. 그리고 그 덕분에 퇴로가 열린 것도 사실이었다. 여기까지 이해해 내자 더 이상 잴 것 없이 나는 곧바로 문밖으로 뛰쳐나갔다.

무작정 앞만 보고 달렸다. 뒤쫓는 바보의 발자국 소리를 가늠할 틈도 없었다. 그저 제레미를 감싸 안은 채 무작정 달릴 뿐이었다.

"제레미를 부탁한다."

마을로 떠나기 전 웃으며 내게 장난처럼 말하던 루크 아저씨의 모습이 떠오른다. 건성은 아니었지만 자신있게 대답했을 때 누가 이런 상황을 예측이라도 했겠는가.

처음 느끼는 바보의 살기, 그러나 진짜 멍청이가 아닌 이상 그것이 진짜인지 가짜인지 구별 못할 성질의 것이 아니었다. 그저 눈이 마주친 것만으로도 오금이 저려오는 광기와 살의를 어찌 거짓이라 하겠는가.

만약 따라잡힌다면 아까와 같은 행운을 다시 기대할 수는 없는 일이었다. 행운이란 말 그대로 운일 뿐 신뢰할 수 있는 성질의 것이 아니니까.

굳이 뒤돌아보지 않더라도 바보가 바싹 따라붙어 있을 것이다. 아니, 그의 능력을 감안한다면 지금 이렇게 달리고 있는 내 눈앞에 그의 모습이 갑자기 나타난다 해도 전혀 의심할 여지가 없는 일이었다.

그렇다. 어째서 바보는 내 뒤를 쫓아만 오는 것이지? 그의 능력이라면 내 앞길을 막거나 눈 깜짝할 사이에 등 뒤에서 일격을 날린다 해도 전혀 이상할 것이 없다. 그렇다면 이건? 지금의 이 상황은 어떻게 설명해야 하는 거지?

거대한 고목나무 둥치를 비껴 지나가며 곁눈질로 뒤쪽을 살폈다. 그러나 아무것도 보이지 않는다. 하지만 시선을 다시 앞으로 돌렸을 때 나는 반사적으로 걸음을 멈출 수밖에 없었다.

어느 틈엔가 바보가 길을 가로막고 서 있는 것이다.

다른 걸 생각할 틈도 없이 다시 등을 돌려 반대 방향으로 달리려고 했다. 그러나 몸을 돌리는 순간, 마치 허깨비처럼 다시 내 앞을 가로막는 바보의 모습에 다시금 멈출 수밖에 없었다. 마치 먹이를 모는 야수처럼 바보는 그렇게 내 앞에 서 있었다.

그렇다면 지금까지 내가 도망가도록 놔둔 것은 무엇 때문이란 말인가. 혹시 일부러 이 장소로 나를 유인하기 위해서였다는 말인가.

"이런이런… 엉뚱한 사람이잖아 이거."

전혀 이 분위기와 맞지 않는 장난기 어린 한 여인의 목소리가 들려온 것은 바로 그때였다. 하지만 들려온 방향을 종잡을 수가 없었다. 마치 메아리치듯이 사방에 울리며 들려왔기 때문이었다. 마치 한밤의 악몽 속에 나오는 귀곡성이 저러할까.

목소리의 주인공을 찾기 위해 이리저리 고개를 돌리다가 다시 바보에게 시선을 돌렸을 때 나와 제레미는 저도 모르게 흠칫 몸을 떨고 말았다.

마치 유령과도 같이 희미한 무엇인가가 바보의 뒤쪽에서 서서히 걸어나오고 있었던 것이다.

그 존재는 천천히, 마치 지금의 상황을 즐기기라도 하듯이 느긋하게

다가왔다. 그리고 그 존재가 바보의 옆에 멈추었을 때 비로소 그 존재를 확인할 수 있었다.

마치 자낙 양과 쌍둥이라도 되는 듯한 인상이었다. 그러나 타오르는 듯한 붉은 금발을 머리 뒤로 질끈 동여맨 모습과 날렵한 느낌의 몸에 달라붙는 검은 가죽옷을 입은 그녀의 모습은 자낙 양과는 확실히 구분되는 무언가가 있었다. 어쩐지 장난기 어린 소녀의 이미지였던 자낙과는 달리 약간 치켜 올라간 듯한 눈매가 어딘지 모르게 사나워 보이는 그런 모습이었다.

그녀는 바보의 곁에 멈춰 서자 갑자기 검을 들고 서 있는 바보에게 안겼다. 그리고 마치 석상마냥 나에게 검을 겨누고 있는 바보의 목을 한 번 핥더니 작게 말했다.

"어쨌든 수고했어요, 휴리엘."

그녀의 말로 지금 내 앞에 서 있는 남자가 바보인 것이 확실해졌다. 하지만 지금의 이 상황은 도대체 어떻게 된 것이란 말인가. 도대체 왜 바보가 나에게 검을 겨누는 것이고, 왜 자낙이 아닌 다른 여자가 저처럼 바보에게 행동하는 것일까? 그리고 그것을 묵묵히 받아들이는 바보의 행동은 또 어떻게 설명해야 한단 말인가.

"다, 당신은 누굽니까?"

바보의 살기에 억눌려서인지 떨리는 목소리로 간신히 입을 떼었다. 내가 이럴 정도니 제레미야 더 말할 나위도 없었다. 그저 몸을 떨며 내게 안긴 채 숨소리마저 죽이고 있었다.

나의 그 같은 말에 여자는 시선을 나에게 돌렸다. 하지만 여전히 바보의 목에 두 팔을 두르고 매달린 채였다.

"그건 내가 묻고 싶은 말이군. 넌 누구이길래 그녀가 가진 문장의 냄새를 풍기는 거지?"

문장의 냄새? 그게 무슨 말인가. 적어도 내 기억 속에는 그런 단어가 들어 있지 않았다.

"무슨 말이죠?"

그제야 여자는 바보에게서 몸을 떼었다. 하지만 바보는 여전히 석상처럼 나에게 검을 겨눈 채 움직일 줄 몰랐다. 그러나 여자는 그런 그의 무반응을 개의치 않는 모습으로 천천히 나에게 다가왔다.

나도 모르게 움찔하면서 뒤걸음질칠 수밖에 없었다. 직접적인 살기가 풍겨오진 않았지만 그보다 어떤 위험한 느낌이 느껴졌기 때문이다. 이런 걸 직감이라고 하는 걸까.

나의 반응에 여자는 오히려 싱긋 미소를 띠었다. 아름답지만 위험하게 느껴지는 미소라는 게 저런 걸까.

하지만 그런 느낌이야 어찌 되었든 여인은 여전히 그 의미 모를 미소를 띤 채로 어느샌가 코앞까지 다가왔다. 당연히 그에 따라 뒷걸음질칠 수밖에 없었지만 여인은 그런 내 모습에 다시 한 번 싱긋 웃었다.

순간 여인의 모습이 흐릿해졌다. 아니, 그 불타는 듯한 금발이 마치 물에 잉크를 떨어뜨린 것처럼 퍼지는 듯하더니 어느새 손바닥을 펼쳐 눈앞을 가리고 있었다.

"눈을 떠라."

갑작스런 그 행동에 잠시 얼어붙듯이 몸이 경직되어 버린 나의 귓가로 그녀의 짤막한 목소리가 들려왔다. 그리고 그와 동시에 그녀의 손바닥이 빛을 발하기 시작했다. 반사적으로 손을 들어 그 빛으로부터 피하려 했지만 무언가 알 수 없는 올가미에 꽁꽁 묶인 것처럼 갑자기 몸을 움직일 수 없게 되어버리고 말았다. 눈조차도 감을 수가 없었다.

"아아아악!"

망막이 타 들어가는 듯한 통증이 느껴졌다. 아니, 그걸 느끼는 순간 갑자기 이마를 불로 지지는 듯한 통증이 함께 터져 나왔다.

그 격심한 고통을 이기지 못한 나의 의식은 또다시 멀어져 가고 있었다. 하지만 간신히 부여잡고 있던 의식의 끈이 끊어지려 할 즈음 그녀의 목소리가 작게, 그러나 메아리처럼 울렸다.

"흠… 역시 낙인이로군."

그리고 그 말과 함께 시야를 가득 메우던 그 강렬한 빛이 순식간에 거짓말처럼 사라져 버리고 말았다. 이마를 지져 버리는 듯한 그 끔찍한 고통도 더불어 사라져 버렸다. 정말 기절할 것만 같았던 그 끔찍한 고통이 모두 환상처럼 사라져 버린 것이다.

"헉헉!"

기진맥진해져 버린 채 그대로 철버덩 무릎을 꿇고 쓰러져 버리고 말았다. 이 추운 날 비 오듯 땀을 흘리며. 하지만 어느 틈엔가 품에서 떨어진 제레미가 그런 내 등 뒤에 찰싹 몸을 붙이는 것이 느껴지자 정신이 화들짝 돌아왔다. 녀석의 그 작은 몸이 떨리는 것이 느껴지자 지금 내가 해야 할 일을 떠올린 것이다.

적어도 지금 이들이 내게 무엇을 바라는지는 모르지만 결코 그것이 나나 제레미에게 득이 될 성질의 것은 아닐 것이다. 제레미를 도망시켜야만 한다. 하지만 어떻게 해야 한단 말인가.

"이제 좀 정신이 드나?"

잠시간 그렇게 숨을 돌리고 있다가 바로 머리 위에서 들려오는 그 목소리에 화들짝 놀라 고개를 치켜 올렸다. 장난기 어린, 그러나 바라보는 이로 하여금 무언가 위험한 느낌을 가지게 만드는 그런 미소가 나를 바라보고 있었다.

"무슨 짓을 한 거죠?"

다리에 힘이 풀려 일어서지도 못한 채로 다시 물었다. 그런 내 모습이 재미있게 보였던지 여인은 생글생글 웃으며 대답했다.

"확인을 해본 것뿐이야. 짜릿하지?"

짜릿하냐고? 울컥 화가 치밀었지만 애써 삭여야 했다. 지금은 일단 제레미의 안전을 확보하는 것이 가장 중요했으므로.

"당신은 누구죠?"

욕이 나오려는 것을 억지로 참으며 우선 가장 궁금한 점을 물어보았다. 그러나 여인은 그런 내 말을 싸악 무시한 채 뒤로 빙글 돌더니 다시 휴리엘에게로 다가갔다. 그리고 처음 등장했을 때처럼 팔을 목에 두르며 그의 귓가에 대고 나지막이 말했다.

"후후, 휴리엘, 아주 일이 재미있게 되었지 뭐예요."

휴리엘은 나에게 칼을 겨눈 상태 그대로 조금도 움직이지 않은 채였다. 마치 인형과도 같은 그런 모습이었다. 그에게서 풍겨지는 진득한 살기만 아니라면 충분히 착각하고도 남을 정도였다.

여인은 그러한 휴리엘의 반응은 신경 쓰지 않는 듯 다시 나에게 고개를 돌려 말했다.

"소년, 이름은?"

그녀의 질문에 왠지 대답하면 안 될 것 같다는 예감이 들었으나 이미 입을 열어 말하고 난 후였다. 실수였다.

"토머스입니다만."

그녀는 내 이름을 듣고는 다시 한 번 씨익 웃다가 갑자기 얼굴을 굳히더니 소리쳤다. 방금의 그 나긋나긋한 목소리라고는 상상할 수도 없는, 마치 가슴을 후벼 파는 듯한 낮게 깔린 날카로운 목소리로.

"나 주의 권능을 세상에 밝히는 자, 이뮤시엘이 명한다. 토머스여, 버려라."

그 말과 동시에 시야가 검게 물들어 버린다. 마치 주위의 모든 영상이 검은 잉크에 젖어들듯이 검게 물들어 버린다. 귓가가 웅웅거리기 시작한다. 그리고 어느 틈엔가 고막이 터져 나갈 듯한 굉음이 내 귀를 진동시키고 있었다.

그날 밤의 기억은 거기에서 끊겼다.

〈2권으로 이어집니다〉

# 용어 해설

★ 아이템(Items)

• 주시자의 무구(Overseer's BattleGear)

주시자의 검, 주시자의 눈, 주시자의 손, 주시자의 영혼. 이상 총 4개로 이루어진 무구. 독립적으로는 아무런 효과도 없으나 4개가 합쳐지면 신조차도 소멸시킬 수 있다고 전해지는 전설의 무구.

과거 다른 신들을 척살하는 과정에서 쓰여졌다고 전해지지만 자세한 기록은 남아 있지 않다. 현재 남아 있는 주시자의 무구는 주시자의 손뿐이며 바로 자낙이 토미에게 물려준 건틀릿이 그것이다.

• 주시자의 손(Overseer's Hands)

주시자의 무구 중 하나이며 검은색의 풀 아머 형 건틀릿이다. 손등 부분에 주시자의 문양이 새겨져 있으며 재질은 확인되지 않았다. 그러나 데런의 검에 직격당하고도 오히려 상대방의 검날이 훼손될 정도로 강한 내구력을 자랑한다. 현재 자낙의 손을 거쳐 토미가 소유하고 있다.

• 소울 브레이커(Soul Breaker)

무왕 칼스의 검으로 더 유명하다. 흔히 영혼을 파괴할 수 있다고 전해지지만 정확한 용도와 위력은 밝혀지지 않은 상태이다.

이것은 검 자체가 주인을 가리기 때문이라는 말이 있는데, 주인이 아닌 자가 이 검을 사용하려 하면 영혼이 소멸된다고 전해진다. 소울 브레이커라는 이름은 여기서 유래했으며, 정말로 영혼이 파괴되는가에 대해서는 실제로 그 것을 시험해 보려 하는 자가 없었기에 확인되지 않았다.

형태는 일반적인 롱 소드보다 약간 더 가늘고 긴 검신을 가지고 있으며, 검날 중앙의 혈조 부분에 미세한 양각이 있다. 가드 부분 중앙에 작은 홈이 패여져 있는 것을 제외하고는 특이한 사항이 없다.

현재 영살검주 커트라이트 제노디렌이 소유하고 있다.

• 제시카의 반지(Zesica's Engage Ring)

무왕 칼스의 숨겨진 약혼자 제시카가 가지고 있었다는 약혼 반지.

정확한 형태는 알려진 바가 없다.

제시카 자신의 영혼을 담보로 모든 저주를 무효화시키는 효과가 있다는 말 이 있었으나 자낙의 정보 조작인 것으로 밝혀져 정확한 용도 또한 알 수 없다.

• 데스트로이어(Destoyer's Claw)

정확한 명칭은 파괴자의 손톱이지만 흔히 그냥 데스트로이어라고만 불린 다. 구불구불한 검날을 지닌 프람베르크의 일종이지만, 그보다는 조금더 검 신이 두꺼운 편이다. 양날 대검이며 그 무게와 검신의 특이성으로 체인메일 정도는 일격에 파괴할 수 있는 파괴력을 가지고 있다. 다만 형태의 특이성으 로 인해 사용 방법이 일반적인 대검과 조금 다르다.

★ 기술(Skill)

• 주법(呪法)

저주를 일반 마법처럼 사용하기 위해 개발된 기술이다.

역사 시대 초기에 수인족은 권능이라는 신의 은혜로부터 고립되어 있었다. 이것은 그들의 신앙이 토테미즘과 애니미즘에 근거하고 있었기 때문인데, 후에 그들 특유의 샤먼들이 권능에 대항하기 위해 저주의 개념을 확장시켜 만든 것이 바로 주법이다.

권능처럼 대가성의 능력이지만 그와는 달리 주법사들은 주법을 실행할 때마다 대가를 치르는 방식이 아닌, 주법사가 되면서 큰 대가를 치르는 방식을 택했다. 이를테면 단기 상환의 채무 방식이 아닌 원금 예치의 채무 방식을 택했다고 할 수 있다.

주법은 크게 일회성의 금언 주법과 지속성의 원진 주법으로 나뉜다.

언령 중심의 금언 주법은 수인족에 전통적으로 내려오는 힘의 상징이기도 하다. 다만 그 효과가 일회성이며 무생물에는 효과가 없다는 것이 단점이다.

원진 주법은 금언 주법이 지닌 단점을 보완하기 위해 만들어졌다. 일종의 부적과도 같은 개념으로써 효과가 지속적이며 무생물에도 효과가 있지만 금언 주법보다 위력이 너무 약한 것이 흠이다.

주로 라스트니아의 고대 도시에서 원진 주법의 흔적이 발견되며 무안의 성에 설치된 무안술 또한 원진 주법의 한 예이다.

• 인형술(Doll Playing)

다른 사람을 인형처럼 부리는 기술의 총칭이다. 최면술을 사용한다고 전해지지만 정확히 알려진 바는 없다.

도적 길드의 앨리스가 사용한다.

• 조형술(Figure Mastery)

물질에 마법적 생명을 부여하는 기술의 총칭이다. 골렘이나 가고일등은

이 기술의 부산물이다. 실질적인 조형술의 비전은 이미 많은 부분이 소실되어 있다.

영살검주의 부하인 키치가 이 기술의 전승자이다.

• 권능 제언(Divine Power Word)

주시자들이 사용하는 일종의 신성 마법.

하지만 일반적인 권능과는 달리 그 형식적인 면에서는 주법과 유사한 점이 많다. 바로 대가성의 문제인데 주법처럼 처음에 대가를 치르고 쓸 때도 혈액을 소모한다.

따라서 효율적인 면에서는 주법이나 일반적인 권능에 비해 상당히 떨어지는 편이지만 그 사용법이 일반적인 권능보다 쉽고 즉효성이어서 효과는 큰 편이다. 형식은 문장을 촉매로 하여 정해진 규칙에 따라 언령을 발하면 정해진 만큼 혈액을 소모하면서 효과가 나타나는 식이다.

언령의 규칙은 다음과 같다.

[시행재의 이름으로, 권능 제언 [용법]

나머지 기도문은 부차적인 것이며 생략 가능하다.

• 마법(Magic & Socery)

권능과 주법이 초월적 존재로부터 능력을 차용하는 형식이라면 마법은 순수한 인간 자체의 정신력으로 만들어진 능력이다.

원래 여타의 권능으로부터 소외된 인간들이 신의 권능을 흉내 내어 만든 것이라 전해지며, 신앙이 활발하던 시대에는 그 때문에 박해받기도 했다.

마법이 활성화된 것은 수인족의 국가 라스타니아가 주법을 앞세워 전 대륙을 장악하면서부터였다. 라스타니아는 권능의 무서움을 정확히 인지하였기 때문에 여타의 신전을 탄압하고 박해하였는데, 그 때문에 권능 사용자의 맥이 끊기게 되자 그것을 대신하기 위한 수단으로 선택된 것이 바로 마법이다.

마법의 장점은 뭐니 뭐니 해도 정해진 사용자가 아닌 누구라도 익히고 사용할 수 있다는 보편성이다. 물론 그것을 익히기 위해서는 권능이나 주법과는 비교도 안 될 만큼 부단한 노력이 필요하지만, 누구라도 사용할 수 있다는 점은 초월적 힘에 목마른 인간에게는 단비와도 같은 것이었기에 한때 무서운 속도로 대륙에 퍼져 나갔다.

마법이 쇠퇴하게 된 것은 이러한 광범위한 전파에 위협을 느낀 기존의 마법 사용자들이 그 수련 체계를 폐쇄적으로 바꾸면서부터였다. 엄격한 사제 관계를 만들어 배우고 익히는 데 제한을 둔 것이다.

현재 마법의 주류는 '북의 탑(Tower of North)'이며, 극중 크라이스 바탈리언과 그의 어머니가 사용한다.

• 천신의 화살(Heaven's Bolt)
리필린느가 검술의 최고 기술이다.

리필린느의 검술의 기본은 검과 자신을 일치시켜 검을 단순한 도구가 아닌 몸의 일부로서 인식하도록 하는 데 있다.

천신의 화살은 그런 리필린느 검술의 총화로 검과 그것을 사용하는 사람이 하나의 화살로 적에게 쏘아져 나간다는 개념 하에 만들어진 기술이다.

그 기본은 아셀 리필린느가 만들었으나 그의 실종 이후 그를 보좌하던 시종의 가계에서 연구 보완하여 현재의 리필린느 검술이 만들어졌다. 현재의 리필린느 가계는 이 시종의 가계이며 주인을 기리는 뜻에서 성을 바꾸었던 것으로 보인다.

★ 고유명사

• 주시자(Overseer)

주를 대신하여 세상을 관찰하고 그 의지를 대행하는 자라고만 알려져 있을 뿐 어떤 신을 섬기는지조차 명확하게 밝혀져 있지 않다.

신앙의 쇠퇴를 은밀히 뒤에서 조종했으며, 그 외에도 역사 속에서 보이지 않게 인류를 조종해 왔지만 실질적으로 그 존재를 아는 자조차 없는 상황이다.

• 주시자의 문양(Overseer's Simbol)

주시자를 상징하는 문양이다. 그 이름에 걸맞게 눈동자 모양이며 주로부터 부여받은 권능을 상징하기도 한다.

심장에 새겨진 문양은 권능 제언의 촉매 역할을 하기도 한다.

• 징벌의 인(Marking of Sin)

주시자는 주의 사자이기에 주를 제외한 어떠한 자로부터도 벌을 받을 수 없는 것이 원칙이다. 하나 알려지지 않은 이유로 인해 주의 권능이 세상에 직접 행사되지 못하므로 주시자는 자신의 죄를 징벌할 자를 선택할 수 있다.

그 선택의 표시가 바로 징벌의 인이며 이것은 다음 대의 주시자를 나타내는 상징 역할이기도 하다.

징벌의 인을 받은 자 역시 주의 간접적인 선택을 받은 인물이기에 암암리에 주의 보호를 받게 되는데, 위험이 다가오면 일시적으로 징벌의 인이 활성화되어 신체 능력이 향상되는 효과가 있다.

극중 초반에 토미가 휴리엘과 크라이스의 공격을 피할 수 있었던 것은 바로 이 때문이다.

• 라스타니아(Rhesdnie)

고대 수인족의 국가. 한때 대륙 전체를 지배했던 정복 국가이다.

그들의 정복 이면에는 권능으로 대표되는 다신교적 신앙과 주법으로 대표되는 수인족 토착 신앙의 대결이 숨어 있었다.

한때 대륙의 70%를 석권했으나 너무나 지나친 정복욕으로 인해 다른 민족들의 반발을 사 대 라스타니아 동맹의 원인을 제공했고, 제4차 대 라스타니아 동맹군에 패해 역사 속에서 사라지게 되었다.

• 레가네(Rhikno)

고대 왕국 라스타니아의 수도. 라스타니아가 대륙 정벌에 성공한 직후 대륙 중앙부에 건설되어 4대 72년 동안 번성했으나 제4차 라스타니아 동맹군에 의해 불태워져 역사 속에서 사라졌다.

이후 발굴되었다는 얘기가 있으나 정확한 위치는 현재 알려지지 않고 있다.

• 주시자의 신전(Catheral for Overseer)

주시자들의 신전이다.

지하에 건설되어 정확한 위치를 파악하기 힘들고 외부와의 왕래는 워프게이트만을 통해 이루어진다. 그 내부는 수없이 많은 동굴들로 이루어져 있으며 개개의 동굴의 정확한 용도는 이뮤시엘만이 알고 있다.

• 무안의 성(Castle of Eyelss)

성 전체에 원진 주법이 둘러쳐져 있는 고대의 성.

고대 라스타니아의 유저 중 현재까지 유일하게 형태를 보존하고 있는 성
이다.

현재는 무안의 주법만이 발견되었으며 영살검주 측에 투신한 영사족
(Glorious Snake Tribe)의 주법사와 북의 탑의 마스터 힐라시엔 지오르지오
네가 2년여에 걸쳐 복구시켰다.

고대의 원이름은 아도미샤(Adeo-Miezje)이며 늑대의 혼이라는 뜻이다.
이로 미루어 지금은 멸족한 은랑족(Silver Wolf Tribe)의 유적이 아닌가 생
각되고 있다.

- 리드(Lead)

길이를 나타내는 단위이다. 1리드는 어른의 손목에서 팔꿈치까지를 기준
으로 삼는데, 보통 25센티미터 정도로 생각하면 된다.

- 데리드(Delead)

역시 길이를 나타내는 단위이다. 10리드는 1데리드이며 주로 거리를 나타
내는 데 사용한다. 리드와 데리드는 벨로시안의 공용 도량형이다.

★ 인물 열전

- 리카온 대제 무왕 칼스(Emperor of Lykaon, Khals the Vlaor)

과거 신화 시대부터 파르티아 산맥이 주봉인 동부 산림 지대를 근거로 활
동하던 수인족을 통합한 인물.

지방 귀족 출신이며 원래 국경 지방을 담당하던 영주 가문임. 22세에 기사
서임. 동부 지방에서 근무하였으며 잇단 전승으로 초고속 승진, 28세에 기사

단장, 34세에 동부 지역 총사령관으로 영전.

29세에 당시 왕의 둘째 공주와 결혼, 원래 왕위 계승권은 낮았으나 그의 나이 38세가 되던 해 왕과 첫째 공주 부처가 부대 순시 도중 암살됨에 따라 왕위를 차지하게 됨. 일각에선 그의 음모라고 하는 말도 있지만 사실 여부 불투명.

즉위한 뒤 2년 후, 대대적인 수인 토벌에 나섬. 총 5차에 걸친 이 대원정으로 수인족은 막대한 타격을 입고 동부 산림 지대에 인접한 평야에서 철퇴. 그러나 산림을 근거로 한 게릴라전에 완전 토벌 불가능.

그의 나이 52세에 수상 할라베론의 조언에 따라 '아멜리잔 교서(Letter of Amellizan)'를 내려 수인족 통합 정책을 펴게 됨. 이른바 '계륵'과 다름없는 수인족과의 전쟁으로 국력이 쇠퇴한 때문으로 보임.

그의 나이 57에 수인족과 평화 협정 체결, 동부 산림 지대를 그들의 영역으로 인정하고 물자 교류를 허용함.

왕성에서 심근경색으로 별세, 세수 61세. 혹자는 사망으로 위장하고 은거했다고도 함.

수인족의 완전한 통합은 그로부터 20년이 지난 후에나 이루어지지만 '아멜리잔 교서'의 뜻을 높이 평가한 사가들은 수인족 통합을 그의 업적으로 기록함. 그러나 생전의 그는 수인족에게는 잔혹한 학살자였다고 전해짐.

리치와의 전투는 그가 변경백의 자리를 거부하고 상경하기 전에 벌어진 일로써 변경백의 자리를 물리친 결정적 원인이라고 생각됨. 아마도 무력한 변경백의 힘에 실망한 것으로 생각되고 있음. 연인이 살해당했다고도 전해지나 사실 여부 불투명.

★ 레가네 유적 발굴기 원전 서문

• 라스타니아의 수도 레가네

류드발드 강과 듀크발도르 강 사이에 존재하는 삼각주를 제나디스 사람들은 '바르발도니아'라고 불렀다. 제나디스 말로 바르브는 '중간의', 아도니스는 '강'이라는 뜻이니, 곧 두 강 사이의 땅을 일컫는 말이다.

지금으로부터 4,500년 전 이 땅에는 드라메시, 아나카스, 라스타니아가 차례로 번성해 훌륭한 문명의 자취를 남겼다.

그중의 한 나라인 라스타니아. 성제전 2,500년 전 라스탄에 세워진 이 도시 국가는 상비(常備) 시민군을 만들면서부터 강해져 성력 성제전 1,200년 전에는 천년왕국이라 불리던 아나카스까지 지배하게 된다.

다시 성제전 960년 전부터 350년간 라스타니아는 세계에서 제일 크고 강했다. 그 세력이 동서로는 브라쿠스 산맥에서 벨드론 반도, 남북으로는 칼바티아 해에서 젤던 고원에까지, 그들의 말마따나 멀리 '산봉우리가 줄지어 선 곳으로부터 해가 지는 왼쪽 바다에까지' 미쳤다.

성제전 700년 전, 당연한 얘기겠지만 그 수도가 된 레가네─레그나르─는 그 당시 가장 위대하고 찬란한 도시가 되었다. 화려한 궁전과 사원들을 둘러싼 성벽은 그 위로 수레 3대가 달릴 만큼 두터웠고─너비 18주르─46주르나 솟은 성벽을 너비가 48주르인 해자가 둘렀다.

'상인의 수가 하늘의 별보다 많을' 정도로 번영하였고 그 시대의 벨로시라고 불릴 만큼 세계의 중심지이던 레가네는, 그러나 성제전 612년 전 하루아침에 사라졌다.

그 이유는 아직까지도 불가사의로 남아 있지만 그점은 일단 논외로 치더라도 더 화려하고 더 오래 영화를 누린 도시가 많은데 겨우 72년을 번성한 레가네가 그처럼 고대사에 많이 등장하고 2,600년이 지나도록 자주 거론되는 것은 무슨 까닭일까? 그것은 바로 레가네 시절의 라스타니아가 역사의 들머리에서 보기 드물게 잔학성을 떨친 데 있다.

라스타니아의 제왕들이 스톤엣지—원래 이 마법은 기념비 같은 것을 만들기 위해 만들어진 마법이다—따위를 만들어 저마다 새겨놓은 무용담이나 그 궁전과 사원 벽에 새긴 글과 그림에는 왕에 대한 두려움을 자아내는 내용이 가득하다.

'짐은 잔인하고… 전쟁에서는 앞장서 달리는 온 천하의 왕이며… 무릎 꿇지 않는 적들을 짓밟고 온 세상을 손아귀에 넣었노라.[클라메토시아나스푸르 왕]'

'나는 들판을 피로 물들이는 무시무시한 태풍이로다.[클라메토시아푸르 왕]'

포로나 반역자를 창에 꿰고 살갗을 벗긴 클라메토시아푸르 왕보다 더 잔인한 왕은 레가네로 수도를 옮긴 살바크라제 왕이다. 그는 아나칸을 쳤을 때 도시 전체가 시체로 가득 찰 때까지 주민들을 하나하나 살육하고 집들을 남김없이 불태웠다. 그러나 피에 굶주린 이 잔혹한 제왕은 레가네 신전에서 기도하다가 아들들에게 살해되어 자신의 주검도 피로 물들였다.

라스타니아 인들은 말과 법률과 생활 양식을 드라메시와 아나카스로부터 배웠지만, 돌을 다룬 솜씨만은 누구보다 빼어났다. 그들은 돌을 다듬어 아치를 세우고 수로를 팠으며 뛰어난 조각 예술을 후대에 남겼다. 제련술, 상감술, 도료술 같은 공업 기술에도 뛰어났다. 도서관은 수학, 천문학, 점성학 책으로 가득 찼으며 세계에서 처음으로 식물원, 동물원과 사냥터를 갖추고 있었다.

그러나 뭐니 뭐니 해도 라스타니아가 첫째로 내세운 자랑거리는 군대였다. 군대 조직에는 기병대, 전차대, 경보병대, 중보병대, 포병대, 기술 지원 부대에다 첩보 부대까지 있었다.

병력은 보병 170만, 기병 20만에 전차 16,000대. 성제원서는 라스타니아 군대가 들이닥치는 모습을 '돌풍과 같다'고 했다. 예언자 할마디온은 '그들이 사자처럼 바다처럼 으르렁거리며 달려와 지나는 곳마다 슬픔과 어둠을 남겼다'고 한숨지었다.

돌개바람처럼 서대륙을 휩쓸었던 라스타니아는 성제전 612년 연기처럼 사라졌다. 사치와 게으름에 빠져 있던 클라메토시아푸르 왕은 잔티아, 레톤루스, 벨로시아 연합군이 아나카스를 앞세우고 쳐들어오자 궁에 불을 지르고 궁녀와 시종들, 그리고 자신까지 불길에 내던졌다.

지상에서 가장 눈부시고 거대했던 도시 레가네는 폐허로 바뀌었다. 수천 년간 사막 바람이 뜨거운 모래와 먼지구름을 몰고 와 폐허를 덮자 왕성은 큰 둔덕으로 바뀌었다. 바람 타고 날아온 씨앗들이 봄비를 맞고 움이 터서 둔덕에 초록빛 융단을 깔았다.

'레가네가 황폐하였도다… 누가 위하여 애곡(哀哭)하리오?'성제원서 전사 세략 안타몬 13장 7절'

그러나 그들의 나라가 절멸하였다 해도 그 민족마저 절멸한 것은 아니었다. 그들은 그들이 지배하던 풍요로운, 그러나 피에 젖은 대지에서 도망쳐 부라쿠스 산맥으로 들어갔다. 그들은 역사에서 사라졌으나 그들의 후예들은 지금도 수인족이라 불리며 브라쿠스 산맥을 지배하고 있다.

★ 벨로시안 연대기

현재 대륙에서 가장 강한 국가인 벨로시안의 기원은 헬라디언 대왕의 벨로시안 공국이다. 하지만 역사에는 그 이전부터 벨로시아라는 이름이 거론되고 있다.

최초로 역사에 이름을 드러낸 벨로시아는 세계 역사상 가장 오랜 기간 대륙을 지배했던 천년왕국 아나카스로 거슬러 올라간다.

천년왕국 아나카스의 통치 형태는 고대 봉건주의였는데, 이것은 현재에 이어지는 봉건주의와는 조금 다르다. 중앙에 군림하는 아나카스왕과 그 주위 다른 지역들을 통치하는 수많은 도시 국가들의 연합 형태인 것이다. 벨로시아는 그러한 도시 국가들 중 하나였다.

초기의 이 도시 국가 연합에서는 중앙의 아나카스 왕의 입지가 약했지만 서서히 그 입지가 강화되면서 지방의 다른 도시 국가에 아나카스 직계의 인물들이 서서히 들어서기 시작했고, 이는 아나카스의 중앙 집권으로의 전이를 의미했다. 그리고 아나카스 건국 300년이 지나서 이전의 도시 국가 연합형 봉건제가 아닌 중앙 집권적 봉건제로 전환하게 된다.

이 체제는 매우 견고해 보였고 실제로도 그랬다. 수많은 종교와 문화를 포용한 하나의 왕국을 만드는 데 가장 이상적인 형태였기 때문이다. 이 당시만 하더라도 대륙에는 수십의 신을 모시는 종교가 있었고 각 도시 국가의 주체들은 각자 다른 문화를 영위하고 있었다.

아나카스 인들은 현명하여 그들의 권위를 고집하지 않았고 그것은 평화를 가져왔다. 비슷비슷한 도시 국가들의 모임이라 그 국력의 차이가 심하지 않았던 것도 원인이었다. 물론 그렇다고 내내 평안한 것만은 아니었지만, 800년의 역사 속에서 15번의 크고 작은 전쟁만이 일어났을 뿐 아나카스 체제 자체는 변함이 없었다.

그러던 아나카스에 태풍이 몰아친 것은 그 아나카스를 지탱하던 버팀목인 지배층의 사려 깊음이 사라진 것이 원인이었다. 가장 직접적인 원인은 바로 종교였는데, 그 사상적 갈등이 심화되면서 불안의 싹이 트기 시작한 것이다.

　그러다가 마침내 일이 터졌다. 종교의 갈등으로 인해 서로 대립하던 도시 국가들이 아닌 신을 가지지 못한 민족들이 들고일어난 것이다. 그리고 마침내 그들 중 하나가 패권을 잡는 데 성공하면서 대륙은 전란의 소용돌이로 빠져들게 된다.

　대대로 왕족들이 자신의 권위를 정당화하기 위해 사용되었던 것이 바로 신의 권능이다. 하지만 신을 가지지 못한 민족들, 이를테면 자연숭배 신앙이나 자기 수련적인 철학적 신앙 세계를 구축했던 민족들은 이 권위를 가지지 못함으로써 멸시당하고 압박당한다.

　그러던 중 동쪽의 산림 지대 속에 있던 작은 도시 국가 라스탄에서 권능을 대신할 만한 위대한 힘을 발견하게 되었다. 그 이름은 바로 주법이었다.

　라스탄은 무서운 기세로 대륙을 휘저었고, 마침내 중앙의 아나카스마저 붕괴시키며 스스로의 이름을 라스타니아 제국이라고 개명하기에 이르른다. 라스탄과 주법이 강한 것도 이유였지만 종교적 갈등으로 다른 국가들이 힘을 합치지 못한 것도 큰 원인이었다.

　기존의 주도권을 쥐고 있던 여러 세력들은 아나카스가 함락되자 그제야 화들짝 정신을 차리고 힘을 모아 그들에게 대항하였지만, 그때는 이미 그들의 역량이 너무나 강해진 후였다.

　라스타니아 제국은 그들이 받았던 압박과 박해를 잘 기억하고 있었다. 그들은 그들이 이전에 당한 것만큼 되돌려주었고, 그것은 충분히 위협적인 일이었다.

　마침내 남아 있는 도시 국가들 중 가장 강한 3국이 아나카스의 마지막 후예를 기치로 삼아 일어서게 된다. 바로 잔티아, 레톤루스, 벨로시아가 그들이었다. 벨로시아가 역사의 중앙으로 진입한 것은 바로 이때부터였다.

3국 연합은 라스타니아의 종교 탄압에 불만을 가진 세력들을 속속 흡수하면서 무서운 속력으로 세력을 키워 마침내 라스타니아의 수도이자 힘의 상징인 레가네를 함락시킨다. 그리고 이미 역사 속에서 사라져 버렸어야 할 아나카스의 마지막 후예를 다시 대륙의 왕으로 옹립한다. 하지만 그렇게 옹립된 아나카스 왕에게 실제적인 권위 따위 있을 리가 없었다. 이때부터 다시 대륙은 크고 작은 국가들이 난립하는 전국 시대로 접어들게 된다. 물론 그들 중 가장 강력한 것은 라스타니아 타도의 주축이었던 3개 국이었다.

전란의 시대는 무려 150년이나 다시 지속된다. 그러나 이 전란의 시대를 제압한 것은 엉뚱하게도 위의 3개 국과는 거리가 먼 남부 칼바티아 해안에서 일어난 카르카스 왕국이었다. 이 새로운 천년왕국의 탄생으로 고대 벨로시아는 역사에서 사라지게 된다.

벨로시아가 다시 역사에 등장한 것은 카르카스의 일개 영지로 전락한 서부 벨드론 반도의 벨로시아에 한 사람의 영웅이 탄생하면서부터였다. 바로 헬라디언 국왕이 그 인물이다.

몰락한 가문의 유복자로 태어난 그는 군대에 투신해 수많은 내전과 이민족들의 반란을 제압하면서 영웅이 되었지만, 새로이 떠오르는 이 젊은 귀족은 중앙 귀족들의 시샘이 되었고 마침내 변방이나 다름없는 서부의 끄트머리 벨로시아의 영주로 실질적인 좌천을 당하게 된다.

하지만 그는 그걸 불행이라 생각하지 않았다. 처음부터 그에게는 자신만의 영지와 군대에 대한 열망이 있었고, 그것을 이루게 되자 온 힘을 기울여 자신의 힘을 키워 나갔다. 라스타니아가 일으킨 전란의 시대 이후 나태에 빠진 다른 지방 귀족들이 그의 그런 패기에 당해낼 리가 없었고, 마침내 그는 그의 나이 50에 서부에서 가장 강대한 귀족이 될 수 있었다.

중앙의 귀족들은 그의 그런 파죽지세와도 같은 패기에 기가 죽었으며 그의 날카로운 기세를 무마시키는 의미에서, 그리고 알게 모르게 이루어진 헬라디언의 교섭과 조작과 뇌물에 의해서 그를 대공으로 삼고 그의 영지를 공국으로 인정하게 된다. 이것이 바로 현대 벨로시안의 효시라 할 수 있다.

헬라디언은 전통적인 방법 그대로 그의 최초 영지의 이름을 국호로 삼았다. 옛 벨로시아의 최후를 기억하는 의미에서 벨로시아와 유사하지만 그와는 조금 어감이 다른 벨로시안을 국호로 채택한 것이다.

벨로시아는 벨드론 반도와 같은 기원을 가진 이름으로서 황혼의 신 벨의 이름에서 유래했으며 그 뜻은 황혼의 미덕이다(참고로 벨드론은 황혼이 머무는 곳이라는 뜻이다). 벨로시안은 벨로시아와 유사하지만 그 뜻은 완전히 다르다. 바로 황혼의 기억이 그 뜻으로 이것은 벨로시아와 같은 운명을 맡지 않겠다는 뜻으로 해석되지만 역시 정확한 의도는 헬라디언만이 알 수 있을 것이다.

헬라디언에 의해 기초가 세워진 벨로시안이 완전하게 대륙에 뿌리박은 것은 그의 아들인 현왕 제라르 때였다. 그는 정복 군주였던 헬라디언이 장만한 땅을 법제라는 초석으로 견고하게 만들었다.

그리고 마침내 제17대 공왕이자 최초의 국왕 엔빌의 때에 이르러 기회가 온다. 카르카스가 귀족들 간의 패권 싸움으로 카르카스-로델리스의 남북국 형태로 분열된 것이다. 벨로시안은 명목상으로는 카르카스에 속한 공국이었지만, 이미 카르카스에는 벨로시안을 굴복시킬 만한 권위이나 실력이 없었고 그 허약해진 틈을 타 카르카스 본토 진공을 시작하게 된 것이다. 그리고 마침내 2대에 걸친 피나는 전쟁 끝에 벨로시안은 북부 대륙을 완전히 손아귀에 넣게 된다.

이것을 이룬 인물이 바로 정복왕 리카온이었다. 무왕 칼스의 별칭인 리카온 대제는 바로 이 정복왕 리카온의 이름에서 따온 것이다. 이후 현재에 이르기까지 벨로시안이 대륙의 북부를 제압하고 있다.

벨로시안 왕가는 현재까지 3번 그 핏줄이 바뀌었다. 한 번은 이른바 공주의 난이라 불리는 사건으로 인해서였고, 그 뒤 다시 무왕 칼스가 왕위에 오르면서 다시 왕가의 핏줄이 바뀌었다. 역사가들은 순서대로 이 세 왕조를 헬레디언 왕조, 세르네제 왕조, 칼스 왕조라 부르지만 왕실에서 공식적으로 인정한 것은 아니다.